20世纪40年代文学的
新中国想象

严 靖 著

中国社会科学出版社

图书在版编目(CIP)数据

20世纪40年代文学的新中国想象/严靖著. —北京：中国社会科学出版社，2017.10
ISBN 978-7-5203-1612-5

Ⅰ.①2… Ⅱ.①严… Ⅲ.①中国文学—现代文学—文学研究 Ⅳ.①I206.6

中国版本图书馆CIP数据核字(2017)第288105号

出 版 人	赵剑英
责任编辑	陈肖静
责任校对	刘 娟
责任印制	戴 宽

出　　版	中国社会科学出版社
社　　址	北京鼓楼西大街甲158号
邮　　编	100720
网　　址	http://www.csspw.cn
发 行 部	010-84083685
门 市 部	010-84029450
经　　销	新华书店及其他书店

印　　刷	北京明恒达印务有限公司
装　　订	廊坊市广阳区广增装订厂
版　　次	2017年10月第1版
印　　次	2017年10月第1次印刷

开　　本	710×1000　1/16
印　　张	15
插　　页	2
字　　数	211千字
定　　价	66.00元

凡购买中国社会科学出版社图书，如有质量问题请与本社营销中心联系调换
电话：010-84083683
版权所有　侵权必究

目　录

绪论 ……………………………………………………………（1）

第一章　四十年代文学新中国想象的历史背景 ……………（17）
　第一节　从"抗日救国"到"抗战建国" ……………………（17）
　第二节　世界"四强"问题 …………………………………（23）
　第三节　"非杨即墨"的选择 ………………………………（27）

第二章　文化本位主义与新中国想象 ………………………（32）
　第一节　"绝续之交"的贞下起元：以《贞元六书》和《国史大纲》
　　　　　为代表的新型民族文化史观 ……………………（32）
　第二节　"中国文艺复兴"理论与中国美学的建构
　　　　　——以李长之、宗白华为中心 …………………（47）
　第三节　"另类"废名的历史文化观及其思想转变 ………（62）

第三章　自由主义与新中国想象 ……………………………（85）
　第一节　三个讨论："自由主义者往何处去""知识分子今天
　　　　　该做些什么"与"今日文学的方向" ………………（85）
　第二节　沈从文的个人本位与新中国想象 ………………（111）
　第三节　朱自清的人民本位及雅俗问题 …………………（125）
　第四节　袁可嘉一代：超越人民性与人性对立的努力 ……（144）

第四章　左翼文化与新中国想象 ……………………………（173）

第一节　毛泽东的新中国话语：从"新民主主义共和国"到
　　　　"社会主义新中国" ……………………………（173）

第二节　赵树理：工农兵文艺的"方向" ……………………（186）

第三节　阶级话语指导下的新农村与新中国想象：
　　　　以丁玲和周立波为中心 ……………………………（205）

结语 ………………………………………………………………（217）

参考文献 …………………………………………………………（223）

后记 ………………………………………………………………（232）

绪　　论

中国现代文学的国家想象并非新鲜话题。它在强调现代中国的文学与历史、政治关系之密切这一点上，产生了深远的影响。这是近三十年来的现代文学研究的基本意识之一，并已构成一基本的研究范式。

已有的研究成果可以大致分为宏观理论研究和微观具体研究两类。宏观理论方面的代表成果包括：李泽厚《启蒙与救亡的双重变奏》（《走向未来》1986年创刊号）、王德威《想像中国的方法：历史·小说·叙事》（生活·读书·新知三联书店1998年版）、王一川《中国形象诗学》（上海三联书店1998年版）、旷新年《民族国家想象与中国现代文学》（《文学评论》2003年第1期）、美国学者杜赞奇《从民族国家拯救历史：民族主义话语与中国现代史研究》（社会科学文献出版社2003年版）、昌切《现代进程中的民族与国家》[《安徽大学学报》（哲学社会科学版）2011年第5期]等。微观具体研究的代表作有：杨厚均《革命历史图景与民族国家想象》（博士学位论文，华中师范大学，2004年）、李杨《50—70年代中国文学经典再解读》（山东教育出版社2006年版）、郑丽丽《"病"与"药"——清末新小说中的救国想象》（博士学位论文，南开大学，2009年）等。另外，无论是二十世纪九十年代烜赫一时的现代性理论，还是近十年以来引起学界较大争议的再解读派和民国机制论，本质上也都是试图从文学的视角重新阐释中国近代史，或者从哲学或历史理论的角度重写文学史。中国想象是这类话语谱系中的核心问题之一。

但是，这一问题至少还有以下几个面向或相关主题未能得到充分研究：第一，中国想象与中国形象的关系；第二，现代文学的国家想象在不同时期的不同表现；第三，地理因素（包括疆域、领土）对国家想象所产生的作用和意义；第四，国家与民族、地方、家庭、个人等的关系。

从分期看，以上研究（无论是理论研究还是具体研究）的共同问题在于都没有深入讨论1937—1949年这一时期的现代文学与国家想象问题。比如，郑丽丽的《"病"与"药"——清末新小说中的救国想象》研究的是晚清时期文学，杨厚均的《革命历史图景与民族国家想象》则以十七年文学为主要研究对象，王一川对"中国形象"的分析，其援引的文本属于1985—1995年文学。美国学者杜赞奇的讨论则止于1937年。于是，国家想象话语表现得最为聚集统一的四十年代，成为一个研究空白，这多少是令人吃惊的现象。

这一断档的缘由，或许从杜赞奇对现代中国思想的兴起和发展特点的认识可以一窥端倪：

> 20世纪初期的中国格外富有研究价值。这不仅是因为现代民族主义在此期间在中国扎下根来，同时也因为正是在这一时期启蒙历史的叙述结构以及一整套与之相关的词汇，如封建主义、自觉意识、迷信和革命等，主要通过日语而进入中文。这些新的语言资源，包括词汇和叙述结构，把民族建构为历史的主体，改变了人们对于过去以及现在民族和世界的意义的看法：哪些民族和文化属于启蒙历史的时代，什么人或什么事必须从此种启蒙历史中排斥出去。①

杜赞奇对其研究动机的解释，显示了晚清民初这一大变局时期

---

① [美] 杜赞奇：《从民族国家拯救历史：民族主义话语与中国现代史研究》导论，王宪明等译，社会科学文献出版社2003年版，第3页。

对现代中国研究所能提供的丰富性。这一情况当然属实。但是如果我们的视角不局限于宏观的思想史考察，不只是思考中国走向现代化过程中那种大变局的意义的话，就能清晰地看到，中国现代性问题并非在清末民初就定型，而是在不断具体和深化的变动中呈现不同的形态。

以杜赞奇中国现代史研究的另一部著作《文化、权力与国家：1900—1942年的华北乡村》（江苏人民出版社1994年版）为例。该书详细描绘了在乡村现代化这一问题上，国家主义与乡村社会之间的角力。很显然，在民国的不同时期，政府力量、地方军阀力量和乡村精英势力都在不断消长和转变。而关于乡村社会管理与发展的制度、方案和计划，也有宏观的自上而下或是自下而上的区别，以及微观的乡镇自治程度和乡村建设等问题。而乡村现代化则隶属于蒋介石国民党政府的建国问题。这一研究证明了抗战爆发后中国历史的特殊性及其研究价值。

同样，李泽厚影响深远的"双重变奏"论于思想史贡献甚大，但是其对历史的描述也显得过于粗糙。这一思想的提出，是以八十年代自由—启蒙主义的角度和立场，对近代思想史进行的一次总结。他在给予"救亡"以历史的同情和理解的同时，侧重于对"启蒙"价值的强调："……救亡的局势、国家的利益、人民的饥饿痛苦，压倒了一切，压倒了知识者或知识群对自由平等民主民权和各种美妙理想的追求和需要，压倒了对个体尊严、个人权利的注视和尊重。"[①] 其中不无一定的历史理性光芒，但是当他这样一揽子地概述整个现代史的时候，逻辑就难免出现断裂："五卅运动、北伐战争，然后是十年内战、抗日战争，好几代知识青年纷纷投入这个救亡的革命潮流中，都在由爱国而革命这条道路上贡献出自己，并且长期是处在军事斗争和战争形势下。……无论是北伐初期或抗战初期的民主启蒙之类的运动，就都

---

① 李泽厚：《启蒙与救亡的双重变奏》，载《中国现代思想史论》，东方出版社1987年版，第33页。

未能持久，而很快被以农民战争为主体的革命要求和现实斗争所掩盖和淹没了。……从二十年代起，自由派们的研究、讨论也只能是书斋中不起实际作用的空议论。"①

这一质疑不能不被提出：在国家想象这一层面，我们熟悉的现代文学的第三个十年，真的能用"救亡"作一总的概括吗？四十年代"自由派"成员、诉求和历史意义与二三十年代有多大的可比性？四十年代的战争与革命、救亡与启蒙，在性质、地位和历史意义上与晚清民初和二三十年代能完全相提并论吗？

时间回溯到1902年。那一年，呼吁人们通过重视小说以利于"群治"多年的梁启超，终于自己操刀，写了一部兼有科幻小说和政治小说色彩的《新中国未来记》。梁任公思接千载视通万里，想象了一甲子之后（1962）的中国情形。

其对"未来"的想象集中在第一回中，但基本无脱"万国来朝"的那种旧式中国中心主义（故小说开头即设计了一个在中国举行的"万国太平会议"）。而且，小说虽然计划宏大，但最终只写了五回，对"新中国未来"预言的架构自第一回后也迅速消失了。王德威认为："这不只是梁启超在经营小说美学上的缺失，他对新中国的未来'究竟'是什么样子，以及新中国要'如何'达到那样的未来，缺乏更丰富的想像资源，恐怕才是主因。"②

事实亦然。清末民初，以《新中国未来记》《黄绣球》《新石头记》等为代表的小说，的确开启了关于"新中国"的想象性叙事。然而，这些叙事都是立足于"救亡图存"的历史意识下的，其出发点是具有危机感的拯救，却难以进行理性的、建设性的、有社会基础或实践模板的想象。即便是提出了"中华民族""新民""小说与群治之关系"等重要理念或主张的梁启超，亦未能为"未来的""新中国"提

---

① 李泽厚：《启蒙与救亡的双重变奏》，载《中国现代思想史论》，东方出版社1987年版，第33、35、41页。

② 王德威：《想像中国的方法：历史·小说·叙事》，生活·读书·新知三联书店1998年版，第61页。

供足够具体丰富又合乎情理的形象。

然而，四十多年后，抗战胜利伊始，有心的历史学家对梁启超这一难称成功的实验之作却做了重新的解读，回应先贤并给予了极高的评价：

> 英人威尔斯（H. G. Wells）撰预言小说数种，所料多奇中，以此为世所称，盖据事理推测，非有神术。昔梁任公先生于清光绪二十八年（一九〇二）亦曾撰《新中国未来记》小说，预言其后六十年中事，虽仅撰成数回，而所期必者固多成事实。世乃鲜注意之，何任公之不幸也！
>
> 《未来记》预言之已验者。一为民国成立，一为南京建都，一为俄国革命，一为匈牙利独立。其转瞬即将完全实现者则为菲律宾之独立。而《未来记》谓一九六二年值中国维新五十周年纪念，尤饶兴味，是年非适为民国五十一年乎（《未来记》中之民国成立，在维新开始之后，一蹴而致共和，任公所不料，实际之民国成立，可即视为《未来记》中之维新开始）。
>
> 预言之不验者。一为光绪帝还政于民，并被推为第一任大统领。（《未来记》中之罗在田，即光绪帝。罗为爱新觉罗之省称，在田为载湉之叶音。）此所料，使帝不早死，未始不可实现，因帝之死，局势遂尔全非。然辛亥革命之终结，仍系以和平方式移转政权，是非全不中也。一为民国成立之前，有南方各省之自治，而广东自治在南方各省中又为最先。此虽与后来事实不符，然辛亥革命，确是发自南方各省，而辛亥春广州之役，实为是武昌首义之先声，又国民革命亦并以广州为基地，自南而北。南方各省，特别广东之为改革策源地，任公固已见及，所料未悉误也。一为宪政党之完成建国大业，此亦与后来事实不符。然立宪党人于民国之成立，并非无功。其请开国会运动，实予清廷以重大打击。辛亥革命，立宪党人多参加民军，躬兴发难。则亦不能谓任公之希望尽成泡影也。一为中俄战争。

此由日俄战后，日本取俄国在辽东之地位而代之，中国所患者为日而非俄，故亦未成事实。九·一八后之日本，即庚子乱后日俄战前之俄国。若以当前之中日战争，视为《未来记》中之中俄战争，任公之推测，仍可认为是也（《未来记》中之中俄战争，列在二十世纪之五十年代，亦恰相合）。

预言之可验者。一为在中国举行"万国太平会议"，商组"万国协盟"。一为中国语文普及世界。案吾国已跻于四强之列，而最近将来之世变实多。以后在华举行新的联合国会议，商组新的世界和平机构，非不可能。或即在任公预期之一九六二年时现，亦未可知。又据语言学者之研究，中国语确有成为国际语言可能（国讯三六七期张公辉未来的国际语言）。且法国已有将中国语言列入中学课程之计划（三十四年四月六日大公报）。是吾国语文普及世界，亦将成为事实也。

总之，任公之预言小说，即任公之建国方案，目光如炬，令人景仰。实非威尔斯之纯文人姿态出现者，所能企及。吾人于任公之预言，可验而尚未验者，能不加倍努力以求其验乎!?[①]

陶元珍对近半世纪前的梁启超小说的解读，核心的意思在于"任公之预言小说，即任公之建国方案"。从《新中国未来记》小说本身看，其实很难说其中的那些期待性强于思辨性的"预言"够得上某种"方案"，也很难说里面有什么"建国"的色彩。史学家将当下历史解释为小说预言之实现，一方面是对先行者作一"家祭无忘告乃翁"的回应式慰藉，另一方面也鼓励国人前赴后继地进行"建国"大业，"加倍努力以求其验"。然而，这一切是建立在抗战胜利，以及"吾国已跻于四强之列"的基础上的。抗日战争这一中国近代史上最大的事件之一，未在梁任公预料之中，可见时代之"变幻"导致国家想象之"莫测"。

[①] 陶元珍：《梁任公〈新中国未来记〉中之预言》，《民宪》1945年第2卷第3期。

现代文学对中国想象的变化，及其反映的文学史的阶段性特征，还可以从以下两个例子看出。

沈从文的《阿丽思中国游记》（1928）和老舍的《猫城记》（1932）是二三十年代中国文学的国家想象的代表作。这两部作品的共同点在于以一种童话或寓言的方式，无情地揭示和批判中国社会的各种黑暗面。两位素来极其重视语言之锤炼和文体之养成的作家，居然不惜牺牲了大部分文学性，用以表达对国家的爱之深责之切的激烈感情。

沈从文承认这一试验的痛苦挣扎：

> 我把到中国来的约翰·傩喜先生写成一种并不能逗小孩子笑的人物，而阿丽思小姐的天真在我笔下也失去了不少，这个坏处给我发现时，我几乎不敢再写下去。我不能把深一点的社会沉痛情形，融化到一种纯天真滑稽里，成为全无渣滓的东西，讽刺露骨乃所以成其为浅薄，我是当真想过另外起头的了。但不写不成，已经把这头子作好，就另外走一条路，我也不敢自信会比这个为好。所有心上的非发泄不可的一些东西，又像没有法子使他融化到圆软一点。又想就是这样办，也许那个兔子同那个牧师女儿到中国来的所见到的就实在只有这些东西，所以仍然就写下来了。[①]

1928年上半年小说的第一卷在《新月》连载发表并很快出版后，那些以讽刺的手法批判中国社会的话语迅速引起广泛注意。有些人甚至将之视为沈从文某种政治立场的转向。他不得不站出来解释："……又以为背后有红色或绿色（并不是尖角旗子），使我说话俨然如某类人——某类人，明白来说，则即所谓革命文学家是也。……说话

[①] 沈从文：《阿丽思中国游记·后序》，《沈从文全集》第3卷，北岳文艺出版社2002年版，第3—4页。该文在小说连载时名为"序"，出版时改为"后序"。

像小针小刺，不过酸气一股，愤懑所至，悲悯随之。疑心从文为专与上流绅士作战，便称为同志者，实错误。担心从文成危险人物，而加以戒备者，也不必。"①

这篇小说是沈从文作品中罕见的以文学手法表达对中国社会的认识。其"愤懑"之漫溢，甚至压抑了"悲悯"的初心。"讽刺露骨乃所以成其为浅薄"是因为充满了"心上的非发泄不可的一些东西"。而文学之用为"发泄"，是沈从文一贯反对的。

无独有偶，四年之后的老舍，用寓言的笔调讲述了一个"猫国"的故事：猫国的政治、经济、文化、教育等方方面面的情形，以及猫国走向灭亡的必然性。

小说对时局的不满之显然使得寓言这一形式几乎没有必要。矮人入侵并活埋猫国人，大量的猫人投降，猫国外交部只会抗议，这些对1931年九一八事变后政治的讽刺，表达了老舍极大的愤慨。而所谓"红绳军""马祖大仙"及"大家夫斯基"则意在嘲讽南方的红军和马列主义在中国的传播。

但《猫城记》的更重要的内容则是批判更深层的、绵长的国民性。老舍笔下，猫人爱占小便宜，把"国魂"（猫国货币）和"迷叶"（猫国的烟草型食物）看得高于一切、习惯于自相残杀。除了贪财自私外，老舍特别地借小蝎之口指出："糊涂是我们的致命伤……问题是没有人懂的，等到问题非立待解决不可了，大家只好求仙。这是我们必亡的所以然，大家糊涂！经济、政治、教育、军事等等不良足以亡国，但是大家糊涂足以亡种，因为世界上没有人以人对待糊涂像畜类的人的。"② 小说的结尾部分再次总结了猫国衰亡的内因："有点聪明的想指导着人民去革命，而没有建设所必需的知识，于是因要解决政治经济问题而自己被问题给裹在旋风里；人民呢，经过多少次革命，有了阶级意识而愚笨无知，只知道受了骗而一点办法没有。上下糊涂，

---

① 沈从文：《阿丽思中国游记·第二卷的序》，《沈从文全集》第3卷，北岳文艺出版社2002年版，第145—146页。该文在连载时名为"序"，出版时改为"第二卷的序"。

② 老舍：《猫城记》，《老舍文集》第7卷，人民文学出版社1980年版，第481—482页。

一齐糊涂，这就是猫国的致命伤！带着这个伤的，就是有亡国之痛的刺激也不会使他们咬着牙立起来抵抗一下的。"①

老舍用把猫国人贬得一无是处的笔调，表达了他深深的民族忧患意识："不知道哪位上帝造了这么群劣货，既没有蜂蚁那样的本能，又没有人类的智慧，造他们的上帝大概是有意开玩笑。有学校而没教育，有政客而没政治，有人而没人格，有脸而没羞耻，这个玩笑未免开得太过了。"② 又说，"猫国人是打不过外人的。他们唯一的希望是外国人们自己打起来。立志自强需要极大的努力，猫人太精明，不肯这样傻卖力气。所以只求大神叫外国人互相残杀，猫人好得个机会转弱为强，或者应说，得个机会看别国与他们自己一样的弱了"。③

从《阿丽思中国游记》和《猫城记》能集中地反映出，沈从文与老舍的国民性批判是有别于鲁迅那一代的五四新文化人的。同样是对社会弊病和人民积习的暴露与批评，他们并非以正面的批评予以表现，而是采取滑稽和闹剧的方式，将事件和情境荒诞化。这样产生的含泪的笑的语言和情节，处处表现了无情与绝望。

所以，夏志清认为，《阿丽思中国游记》和《猫城记》"在其感时忧国的题材中，表现出特殊的时代气息。它们痛骂国人，不留情面，较诸鲁迅，有过之而无不及"，又说《猫城记》是"中国作家对本国社会最无情的批评"。④ 老舍自己也曾说，他写《猫城记》的首要动因"就是对国事的失望，军事与外交种种的失败，使一个有些感情而没有多大见解的人，像我，容易由愤恨而失望"。又说："据我自己看，是本失败的作品。它毫不留情地揭显出我有块多么平凡的脑子。写到了一半，我就想收兵，可是事实不允许我这样作，硬把它凑完了！"⑤

---

① 老舍：《猫城记》，《老舍文集》第7卷，人民文学出版社1980年版，第489页。
② 同上书，第460页。
③ 同上书，第382—383页。
④ 夏志清：《现代中国文学感时忧国的精神》，丁福祥、潘铭燊译，《中国现代小说史》，(香港)中文大学出版社2001年版，第467、469页。
⑤ 老舍：《我怎样写〈猫城记〉》，《老舍文集》第15卷，人民文学出版社1980年版，第210、208页。

这一点与沈从文的"非发泄不可",以及不惜牺牲文学性,使得"讽刺露骨乃所以成其为浅薄",是多么相似!

1937年抗战全面开始后,中国作家一改过去的批判国民性的作风,转而歌颂国民的付出与贡献,肯定中华民族的传统文化。即使是批判和讽刺,其对象也变成法西斯敌人和汉奸。

沈从文一定程度地调整了姿态,对现代文明的批判减少了,对国家愤懑的情绪也减弱了,转而追求文学对抗战建国的意义。他肯定文学在晚清以来的民族国家想象中的社会功用,并试图继承这一传统:"文学当成为一个工具,达到'社会重造''国家重造'的理想,应当是件办得到的事。这种试验从晚清既已开始,梁任公与吴稚晖,严几道与林琴南,都曾经为这种理想努力过。"①

老舍则呼吁作家对抗战这一空前的"大时代"有所贡献:"每逢社会上起了严重的变动,每逢国家遇到了灾患与危险,文艺就必然想充分地尽到她对人生实际上的责任,以证实她是时代的产儿……拿今天的抗战比起以前的危患,无疑,以前的大时代的呼声是微弱得多了;无疑的,伟大文艺之应运而生的心理也比以前更加迫切而真诚了。"②

老舍对这一"大时代"的贡献首推其《四世同堂》。与他的其他小说相似,《四世同堂》也思考了国民性问题。但这部宏大制作探讨了一个新的主题:在民族战争之后,中华民族的优越性,不但得以保存下来,而且更见坚强了;而劣根性,像那些在汉奸走狗身上所表现的,则被淘汰。

老舍特别塑造了钱默吟这一中国文化的形象:"钱先生是地道的中国人,而地道的中国人,带着他的诗歌、礼义、图画、道德,是会为一个信念而杀身成仁的。"又借瑞宣的思考说出了这一主题:

> 他看到了真正中国的文化的真实力量……不,不,他决定不

---

① 沈从文:《"文艺政策"检讨》,《沈从文全集》第17卷,北岳文艺出版社2002年版,第274—275页。

② 老舍:《大时代与写家》,《老舍文集》第15卷,人民文学出版社1980年版,第351页。

想复古。他只是从钱老人身上看到了不必再怀疑中国文化的证据。有了这个证据,中国人才能自信。有了自信,才能再进一步去改善——一棵松树修直了才能成为栋梁,一株臭椿,修直了又有什么用呢?他一向自居为新中国人,而且常常和富善先生辩论中国人应走的道路——他主张必定铲除了旧的,树立新的。今天他才看清楚,旧的,像钱先生所有的那一套旧的,正是一种可以革新的基础。①

瑞宣思想的转变何尝不是老舍自己的呢?从《猫城记》到《骆驼祥子》再到《四世同堂》,老舍对国民性的认识更加成熟,对国家的前途也转而为充满信心了。钱默吟对瑞宣的话很能代表当时知识分子对抗战意义的认识心理:"这次的抗战应当是中华民族的大扫除,一方面须赶走敌人,一方面也该扫除清了自己的垃圾。我们的传统的升官发财的观念,封建的思想——就是一方面想作高官,一方面又甘心作奴隶——家庭制度、教育方法,和苟且偷安的习惯,都是民族的遗传病。……大赤包们不是人,而是民族的脏疮恶疾,应当用刀消割了去!"②

老树发新枝,诗人变战士,这是知识分子对抗战的国家想象和自我想象。这一"大扫除"多少也算是老舍想出的"主张与建议"。有了抗战,他看到了摆脱"由愤恨而失望"的契机。

写《猫城记》的老舍反复强调自己是一个"没有什么思想的人",因此也未能在小说中给出"积极的主张与建议"。③ 这并非仅仅是一种自谦,更能反映出此一时期的中国作家在直接涉及国民性的批判这一主题时,往往带有过强的"问题"小说的意识,而失却了他们惯有的理智和冷静。这一理智和冷静的失控,与二三十年代中国人国家和民族意识的激烈不无关系。从"五四"时期开始,作家对国家感情的激烈

---

① 老舍:《四世同堂·偷生》,《老舍文集》第5卷,人民文学出版社1980年版,第81页。
② 同上书,第266页。
③ 老舍:《我怎样写〈猫城记〉》,《老舍文集》第15卷,人民文学出版社1980年版,第209—210页。

就直接刺激了青年情绪与浪漫主义的结合。郭沫若有《炉中煤》，闻一多则有《红烛》。当郁达夫在《沉沦》中喊出"你快富起来！强起来罢！你还有许多儿女在那里受苦呢！"的时候，闻一多也用《死水》和《一句话》，用"咱们的中国"与"绝望的死水"，迸发出对"中国"极度的交织着爱与恨、失望与希望的两极化的感情。尽管"多研究些问题"也为部分知识者所认同，但其成就主要局限在学术和教育领域的某些课题中。理性的建设显然不是时代主潮。

沈从文所谓的"愤懑"庶几可以视作某种流行的时代情绪。这一情绪反映出知识者在民族和国家振兴方面的束手无策。至于某部分知识者将个人的失意落魄完全归结于国家的落后贫弱（如《沉沦》中男主人公的呼号："祖国呀祖国！我的死是你害我的！"），其逻辑和动机更是值得质疑（约半个世纪后被称作"伤痕文学"的大部分作品也带有这一特性）。

换言之，这类抒情不仅是一种朴素的爱国感情的表达，而且建立了一种将个人命运系于国家的特殊而复杂的联系。它可以有两个指向：一是郁达夫《沉沦》和鲁迅"幻灯片事件"体验的那样，认为国家强弱决定国民待遇（不过鲁迅的思考更全面深刻，因而走向了"立人"的个人主义而非国家主义）。典型的文本还包括朱自清的著名散文《白种人——上帝的骄子》。二是强调个人对国家的爱和贡献。四十年代文学普遍带有这一特征。前者体现了国民对国家、个体对集体的依赖性，后者则体现国民对国家、个体对集体的主动性。前者往往包含失望的情绪，后者则常常走向乐观与希望。

即便是描述老中国历史之厚重沉痛，人民之贫苦萎靡，社会之混乱黑暗，两种宏大叙事或抒情都是不同的。艾青的《雪落在中国的土地上》和穆旦的《赞美》，与闻一多《死水》构成了一个鲜明的对比。艾青长诗的最后一节是：

中国，
我的在没有灯光的晚上

所写的无力的诗句
能给你些许的温暖么？

　　这种对情人或母亲一般的温柔口吻几乎是空前的，它绝迹于鲁迅（可以对比"我以我血荐轩辕"）至沈从文、老舍的笔下。艾青笔下的"中国"似乎是一个与诗人隔桌而坐的老友，而不是一个远方的、宏大的给作家们带来巨大心理和精神压力的历史与文化的载体（如"轩辕""猫国"）。

　　这首写于1937年12月底的诗（此时首都南京已经沦陷），在国家命运与个人命运的处理上体现了鲜明的时代性。该诗很大的笔墨用于勾连"我"与"中国的农夫"这一特别群体的情感共鸣。这一处理将知识者置于最广大的群众之中。组成"中国"的部分就不再被划分为启蒙者与被启蒙者两类人群，而只有"中国人"这一新的符号。"我"的身份、经历和情感都被与"中国的农夫"同一化了：

告诉你
我也是农人的后裔——

由于你们的
刻满了痛苦的皱纹的脸
我能如此深深地
知道了
生活在草原上的人们的
岁月的艰辛。

而我
也并不比你们快乐啊
——躺在时间的河流上
苦难的浪涛

> 曾经几次把我吞没而又卷起——
>
> 流浪与监禁
>
> 已失去了我的青春的最可贵的日子，
>
> 我的生命
>
> 也像你们的生命
>
> 一样的憔悴呀。

这种个人与国家、知识者与大众关系的微妙变化，在穆旦的《赞美》（第三章将详细分析）和戴望舒的《我用残损的手掌》中也有相似表现。这种变化既建立在大的历史语境（抗战）的基础上，也与作家的个人经历密切相关。动荡的1937—1949年，从"安不下一张平静的书桌"开始，知识分子走出象牙塔或亭子间，无数的生活或精神的流浪者诞生了。像戴望舒、艾青或穆旦这样经历坎坷的漂泊者，并非少数。他们的精神品质的变化也投射到对国家的认识和想象中。

本书以四十年代文学的新中国想象为研究对象。其"想象"一词，并不局限于"乌托邦"这一狭隘意义层面。它不只是一种对未来的幻想，更侧重于一种憧憬性设计。它兼有引导、启迪和示范的综合意义。同时，与晚清民初或五四时期的众多国家想象的带有悲壮和激进不同，四十年代的国家想象致力于一种对"新中国"这一形象的具体化和理性化认识。它不仅具有理想性特征，而且具有可实践性特征。它摆脱了"救亡"的压力和阴影，而转变为"建设"的象征。

"新中国"这一词语，自晚清开始出现，二三十年代也时不时出现在政治或文化领域。但是，自抗战爆发后，这一词语开始空前频繁地被使用在不同时空。如上所述，抗战这一近代中国唯一一次真正胜利的对外战争，才正式开启了国人对国家未来的全面而乐观的期待。而且，现代文学在前二十年的中国想象是空洞的或躁进的，破多立少；第三个十年的新中国想象则是相对具体的或积极的，破少立多。有如朱自清对历史的敏锐的判断：

> 我们在抗战，同时我们在建国：这便是理想。理想是事实之母；抗战的种子便孕育在这个理想的胞胎中。……再说这也是时候了。抗战以来，第一次我们获得了真正的统一；第一次我们每个民族都感觉到有一个国家——第一次我们每个人都感觉到中国是自己的。完全的理想已经变成完整的现实了。①

本研究分别讨论了与四十年代新中国想象相关的三类作家：文化本位主义者、自由主义者和左翼作家。这一结构源于四十年代知识群体的政治立场与文化倾向之别。首先，在"建国"这一时代主题引导下，知识者对"新中国"的构想实际上包含政治与文化两大部分（经济部分被与政治相关联，见下文）。因此，文化本位主义是这一时期重要的社会思潮，并且得到相当多的新文学作家的认同。一些重要的历史和哲学著作对执政者和文化人士都产生了很大的影响，其中以钱穆《国史大纲》和冯友兰《贞元六书》最具代表性。其次，自由主义作家进入四十年代，呈现了较大的分化。少数作家坚持文学本位，致力于文化、精神的独立性的争取，并试图以"文化"对抗"武化"，以此建构新中国的精神基础。多数作家则进一步社会民主主义化，加强与"现实""人民""群众"的联系。但是，其中不少人在处理"人性"与"人民性"关系的倾向上，仍然坚持了固有立场。他们注定成为"新中国"的边缘人。最后，左翼作家在"讲话"的引导下，在人民解放军节节胜利这一形势的鼓动下，开始深入农村，以体验生活的方式，讴歌中国农村的变化。这些知更鸟或报喜鸟关于新农村、新社会的史诗般的叙事，一方面直接引导了1949年后中国文学的主流走向和叙事模式，另一方面也遮蔽了复杂的中国社会（包括农村社会）诸多问题的持续存在。历史的断裂性被夸大的同时，1949年后建

---

① 朱自清：《爱国诗》，《朱自清全集》第2卷，江苏教育出版社1988年版，第389页。

立的"新中国",因为聚集了太多在极短的时间就被匆匆处理的内容,最终呈现各种消化不良问题。四十年代文学的新中国想象的几股力量,无论是文化本位主义、自由主义还是左翼,最后也都没有在新中国的文化体制中寻找到自己预想的历史位置。

第一章 四十年代文学新中国想象的历史背景

第一节 从"抗日救国"到"抗战建国"

抗日战争时期,国民政府总的政治口号是"抗战建国"。但是这一口号的提出和对它的理解,有一个渐进的过程。

1927年南京国民政府成立以后,国民党就提出要"努力于革命的建国事业之完成",开始推行"建国运动"。① 事实上,所谓"黄金十年"(1927—1937)的经济和社会发展,也是这一建国运动的内容和实绩。虽然它受到持续不断的内战的影响,但真正打断这一运动进程的是日本的侵略。

1935年华北事变后,国民党第五次全国代表大会上,蒋介石在对外关系报告中说:"和平未到完全绝望时期,决不放弃和平;牺牲未到最后关头,亦不轻言牺牲。""和平绝望"之时,只有"听命党国,下最后之决心"。1936年7月国民党五届二中全会决定成立国防会议,明确提出如果日本强迫国民党承认伪满洲国等条件,即是"不能容忍"的最后牺牲时刻。从"最后之决心"到"最后之牺牲",再到西安事变后接受和认同"停止内战,联共抗日"主张,一直到七七事变

---

① 《中国国民党历次代表大会及中央全会资料》,光明日报出版社1986年版,第511页。

后蒋介石发表的庐山讲话,国民党对日政策的最后落脚点是团结御侮、抵抗侵略。

这一政策延续了十九世纪中叶以来中国应对民族危机的救亡意识。"侵略—抵抗"机制是费正清、黄仁宇等历史学家"刺激—反应"理论的在政治上的惯常呈现。这一机制带有较明显的被动特征。换句话说,自主意识即便在表现较为积极主动的抗战初期也是缺乏的。

1937年8月25日,中共中央在洛川政治局会议上提出了《抗日救国十大纲领》。虽然只是"纲领",但国民党当局很快发现,它比蒋介石7月17日的庐山讲话更具体更务实,因此在社会各界产生了广泛影响。而此时的蒋介石是国家领袖,军事上直接领导共产党军队,意识形态上当然也不愿意落后于中共。

因此,翌年3月29日在汉口召开的国民党临时全国临时代表大会,成为国民党更新其战时纲领的重要机会。4月1日,国民党临时大会制定并通过了《抗战建国纲领》,4月3日公布。纲领除前言以外,分为总则、外交、军事、政治、经济、民众运动、教育七项,共32条。特别是规定了加紧军队的政治训练,组织国民参政机关,加强完成地方自治条件,推行战时税收,发展农村经济,对人民言论、出版、集会、结社应当予以合法保障等口号。

纲领的主要内容为:总则上,确定三民主义为一般抗战行动及建国的最高准绳,全国抗战力量,应在国民党及总裁蒋介石领导下,集中全力,奋力迈进。外交上,本着独立自主的精神,联合一切反对日本帝国主义侵略的势力,制止日本侵略,树立并保障东亚的永久和平;否认及取消日本在中国领土内以武力造成的一切伪政治组织及其对内对外行动。军事上,加紧军队的政治训练,使官兵一致为国效命;训练全国壮丁,充实民众武力,指导及援助各地武装人民。政治上,组织国民参政机关,团结全国力量,集中全国意志以利国策决定与推行;以县为单位,加速完成地方自治条件;提高各级行政机构的政治效率;整肃纲纪,使官吏忠于职守;严惩贪官污吏,并没收其财产。经济上,以军事为中心,实行计划经济,奖励海内外人民投资,扩大战时生产;

全力发展农村经济,调节粮食;开发矿业,重工业、轻工业、手工业三方面发展;推行战时税制,彻底改革财务行政。在民众运动上,组织农、工、商、学各职业团体,发动民众各尽其力。在教育上,推行战时教程,以适应战时需要。

《抗战建国纲领》被普遍视为国民党"统一"以来所制定的纲领、方针、政策中最具有积极意义的一个纲领。尤其值得关注的是纲领的出发点,也是目的,为"抗战必胜,建国必成"。此次会议之后,"抗战建国"成为抗战时期最高层次的口号。

这一口号包含"抗战"与"建国"两部分内容。它们既是并列关系,同时也是因果关系。"抗战"是"建国"的契机,同时"建国"也包含在"抗战"的过程之中。民族战争提供了民族独立、新生的历史时机,战争中政府军事政治力量的增强、各方力量的团结、国民个体素质的提高,本身即是在奠定国家重建的基础。

将国民党这个纲领,与中共的《抗日救国十大纲领》相比较,可以发现许多相似或相近之处,甚至用词和表述非常近似的地方也不少。这说明抗战初期中共政治主张对国民党,是有一定的影响和推动的。

事实上,除了《抗日救国十大纲领》,中共还曾在国民党大会前递呈《中共中央对国民党全国临时代表大会的提议》(以下简称《提议》)。主要内容包括:一是关于巩固和扩大各党派的团结问题,反对只允许国民党一党合法存在,提议由各党派团体拟定一个统一战线纲领,作为共同遵守的方针;二是关于健全民意机关问题,认为为了增强政府与人民间的互信互助,增强抗战效能,成立民意机关,已经成为刻不容缓的当务之急;三是关于动员和组织民众参战问题,认为为了抗战的胜利,不仅需要政府和军队的努力,而且更需要广大民众的积极参加,实行全面抗战,保证抗战的彻底胜利等。最后,中共希望把上述各项提议"列入贵党临时全国代表大会提案,作为研究和讨论参考"。

对于中共中央这一提议,国民党却没有公之于众。后来还是《新华日报》在国民党大会开幕的前一天(3月28日),发表了题为"我们全国同胞的热烈希望"的社论,并公布了《提议》的主要内容。《提议》对推动《抗战建国纲领》的形成具有较为明显的作用。尤其是其中关于统一战线和动员组织群众参战的内容,被《抗战建国纲领》和大会宣言直接或间接地采纳并详细化。

但国共两个纲领的最大不同乃在于"建国"与"救国"的一字之差。

中共《抗日救国十大纲领》包括:(1)打倒日本帝国主义;(2)全国军事总动员;(3)全国人民总动员;(4)改革政治机构;(5)实行抗日的外交政策;(6)实行为战时服务的财政经济政策;(7)改良人民生活;(8)实行抗日的教育政策;(9)肃清汉奸卖国贼亲日派,巩固后方;(10)实现抗日的民族团结。

其中包含"抗战救国"字眼的共四处:第三条的"全国人民除汉奸外,皆有抗日救国的言论、出版、集会、结社,及武装抗敌之自由";第四条的"召集真正人民代表的国民大会,通过真正的民主宪法,决定抗日救国方针,选举国防政府。……国防政府执行抗日救国的革命政策";第八条的"改变教育的旧制度旧课程,实行以抗日救国为目标的新制度新课程"。

事实上,直至 1937 年底,共产党意识形态部门还习惯这么表述:国共双方"抗日救国的基本方针是完全一致的"。①

而国民党的临时大会还通过了《中国国民党全国临时代表大会宣言》(以下简称《宣言》)。《宣言》也明确提出了"抗战建国""同时并行"的总方针,指出:"抗战与建国同时并行",又说"此时抗战,固在救亡,尤在使建国大业不致中断",因此,"深植建国之基础,然后抗战胜利之日,即建国大业告成之日","抗战之目的,在于抵御日本帝国主义之侵略,以救国家民族于垂亡,同时于抗战之中,加紧工作,以完成建国之任务"。大会通过的《政治报告之决议案》还指出:"抗战与建国同时并进,国家政治宜于艰苦抗战之中,即奠定国家复

---

① 洛甫:《巩固国共合作,争取抗战胜利》,《解放》周刊 1937 年 11 月 13 日。

兴之基础，以完成三民主义的国家之建设。"①

因此，当国民党临时代表大会明确提出要"以三民主义暨总理遗教，为一般抗战行动及建国之最高准绳"的时候，其境界明显高了一个层次，抗战的意义也得到了积极的扩展。

1938年4月6日，国民党在汉口举行五届四中全会，通过《三民主义青年团组织要旨》，并根据《抗战建国纲领》，通过《国民参政会组织条例》。最后于7月6日在汉口召开第一届第一次国民参政会，在这个颇有"民主气氛"的会议上，中共参政员提出《拥护政府实行抗战建国纲领案》并得以通过。同时，三青团临时团部干事会也在武昌成立。依据《抗战建国纲领》规定的"严惩贪官污吏""对于汉奸严行惩办"等条款，蒋介石还电令"严禁公务人员兼职兼薪"，国民政府颁布《修正惩治汉奸条例》等，在某种形式和程度上开始实行《抗战建国纲领》。

《抗战建国纲领》的提出和某些内容的实行，为国民党赢得了较大的拥护和认可。

对于共产党而言，国民党《抗战建国纲领》"虽是有些问题尚待充实与发展""虽然在某些问题上如民权与民生问题上"，同《抗日救国十大纲领》的基本原则"存在着差别"②，但在坚持抗日这一方向上，"我党十大纲领同国民党纲领应说是基本一致的"，所以"我们坚决赞助其实现"，至于其"缺点与不足处，我们在赞助的基本方针下，给以充实与发展；其中错误处，亦应在此方针下给以侧面的解释与适当的批评"。③ 中共中央对长江局明确指示："今天的中心策略，不是要国民党定出一个更完善的纲领，而是站在主动的积极地位，帮助国民党实施这个纲领，在实施中发展与提高它。"④

---

① 《中国国民党历次代表大会及中央全会资料》，光明日报出版社1986年版，第496页。
② 洛甫：《国民党临时代表大会的成功》，《解放》周刊1938年5月6日第37期。
③ 1938年4月27日《中共中央关于国民党临全大会后的策略问题致长江局电》，中共中央书记处编《六大以来——党内秘密文件》（上），人民出版社1981年版，第943页。
④ 同上。

正如毛泽东在中共中央六届六中全会上所说，当时的国民党"进步是显著的，表现在它召集了临时代表大会，发布了《抗战建国纲领》，召集了国民参政会，开始组织了三民主义青年团，承认了各党各派合法存在与共同抗日建国，实行了某种程度的民主权利、军事上与政治机构上的某些改革，外交政策的适合抗日要求，等等"。并认为国民党如果继续照此发展、进步，那么"其前途是光明的"。① 毛泽东在《抗战建国纲领》提出后不久，发表了著名的《论持久战》一文。其中十分明确地谈到，全国一致团结达到"抗日救国"的最终目的，需要"有一个政治纲领。现在已经有了《抗日救国十大纲领》，又有了一个《抗战建国纲领》，应把他们普及于军队和人民，并动员所有的军队和人民实行起来"。

可见，作为共产党的领导人，在认可《抗战建国纲领》以及国共合作中国民党居于"领导与基干的地位"的同时，仍然坚持共产党单独提出的纲领。不过，毛泽东在论述抗日民族统一战线策略时，再次重申："在敌后，只有根据国民党已经许可的东西（例如《抗战建国纲领》），独立自主地去做。"这一方针，既体现了民族危亡之际共产党的深明大义，同时也是在坚持与国民党打交道时策略的灵活性。不过，毛泽东之所以认可《抗战建国纲领》，除了基于国共合作的政治策略，不可否认的另一重要原因乃在于这一纲领较之于《抗日救国十大纲领》，是有较大的进步的。

而国民党此后的举措是否完全按照"纲领"执行，当然是值得怀疑的。蒋介石提出的"三民主义是国家的灵魂""革命建国的根本"，宣传的"三民主义国家"，本质上是"以党治国""以党建国"，"其意义即是以国民党来管理一切"。② 1939年11月，国民党五届六中全会通过《定期召集国民大会并限期办竣选举案》，决定要召集国民大会，通过"宪法"。实行宪政，但"宪政不是党治的结束，相反，正

---

① 彭明主编：《中国现代史资料选编》第5册，中国人民大学出版社1989年版，第240页。
② 蒋介石：《三民主义之体系及其实行程序》，1939年5月3日，张其昀主编《蒋总统集》第二册，（台北）中华大典编印会1968年版，第1141、1255页。

是党治的开始",而且"宪政时期的党治,自然是以国民党治国"①。1940年9月又宣布:因交通不便,召开国民大会有困难,国民大会召集日期另行决定。这样,宪政闹剧草草收场。

但必须指出,"抗战建国"的提出,对国人意识的更新、精神的振奋,具有极大的意义。

邹韬奋在他编辑的《抗战》三日刊上接连发表社论,肯定国民党《抗战建国纲领》"对于舆论的建议有着虚心的采纳",其最重要的精神是集中力量一致对外。它"可以证明自抗战以来的中国政局已有了很大的进步……更可显示我们抗战前途的光明",反映了"《抗战建国纲领》的内容在民间已经引起了很好的印象",表示"我们所恳切希望的是要用最大的努力使它完全实现"。②

1938年4月,国家社会党和中国青年党先后发出给国民党的正式函件,申明它们的政治主张,表示拥护国民政府,愿本着精诚团结、共赴国难之旨,与国民党遇事商承,得到国民政府的积极回应。这是一件具有重大现实意义的事情。抗战九个月以来,虽然全国各抗日党派的团结在精神上已趋于一致,但正式宣布合作的只限于国共两党。国社党、青年党致国民党正式函件发出后,全国各抗日党派合作的范围得以扩大。

"抗战建国"进入媒体和大众,成为贯穿抗战时期并延续到战后的影响最为广泛的关键词,代表了当时的时代风尚和社会意识。这一点是比国民党当局对纲领的执行诚意和程度更有意义的。

第二节 世界"四强"问题

中国成为世界"四强"的标志性事件,主要有:1942年1月1日在美国华盛顿与美国、英国、苏联携手领衔签订《联合国家宣言》;1943

---

① 王维礼主编:《中国现代史人事纪事本末》(下),黑龙江人民出版社1987年版,第1076页。

② 韬奋:《国民党代表大会的收获》(社论),《抗战》三日刊第60号。

年 10 月 30 日在《莫斯科宣言》签字；1943 年 11 月蒋介石与罗斯福、丘吉尔共同发表《开罗宣言》；1944 年 8—9 月，美、英、苏、中四国发起召开美国敦巴顿橡树园会议。从此，"四强"称呼开始流行。

　　1942 年 1 月 5 日，蒋介石发表讲话，介绍了华盛顿宣言的签订过程，并公开宣布了中国"被成为"世界"四强"的消息。他说："……四国代表（指美、英、苏、中四国——笔者按）即于元旦日晚上在美国总统府举行签字。四国签字之后，其他二十二国亦于次日签字。据宋部长报告当时四国签字的情形，罗斯福总统于签字之后，即对宋部长说：'我们大家欢迎中国为四强之一，希望贵部长转告贵国政府！'"① 在翌年的《中国之命运》中，蒋介石将中国被视作"四强之一"当作国民政府及国民党的重大历史功绩。他站在世界反侵略的角度肯定说："自从太平洋战争爆发以后，而我国抗战与世界上反侵略战争乃汇合为同一洪流。世界的正义公道与人类的自由解放所激发的革命精神，实日益发扬于这个洪流之中。民国三十一年一月一日世界上爱好和平的各国在华盛顿签订的反侵略共同宣言，实为人类反抗强权的革命精神之结晶。我国民政府乃本于革命既定的国策，亦在这一天与反侵略各国共同签字，而我国于此乃列为四强之一。"②

　　华盛顿宣言签订时，胡适时任中国驻美大使，第一时间得知此事后，也在日记中兴奋地写道："今夜外长电话来说，那个廿六国共同宣言，今夜先由美、英、苏、中四国签字。……总统说，可告知蒋先生，我们欢迎中国为'四强'之一（Four Powers）。"③

　　华盛顿宣言可视作中国国际地位迅速提升的标志性事件。此后的《莫斯科宣言》《开罗宣言》，中国的地位和影响都是在此基础上进一步巩固的。

　　胡风发表了热情洋溢的评论："过去的一年真是了不起：不平等

---

① 秦孝仪编：《先总统蒋公思想言论总集》第 19 卷，中国国民党中央委员会党史委员会 1984 年版，第 9 页。
② 秦孝仪编：《先总统蒋公思想言论总集》第 4 卷，中国国民党中央委员会党史委员会 1984 年版，第 69 页。
③ 《胡适全集》第 33 卷，安徽教育出版社 2003 年版，第 449 页。

条约废除,平等新约订立了,而且做定了四强之一;只消把逼住我们的日本人底武器打毁,把他们赶出国境,我们就可以伸直腰杆堂堂地做人,做对谁也不必低头的大国之民了。"①

蒋介石以中国被视作世界"四强"为契机,反复告诫和激励全党同人要珍惜和不愧于"今天这个光荣的历史与国际地位",努力奋斗,争取抗战的最后胜利。他指出:"要知道:现在中国因五年余的艰苦抗战,已被认为世界四强之一,而且我们是一个人口最多,土地最广,物产最富的国家,更是抗敌作战时期最长的一个国家,我们以五年多的时间,牺牲了无数的将士和民众,才创造出今天这个光荣的历史与国际地位,这就是我们党、政、军各界负责同志,领导全国军民,本着总理大无畏的革命精神与三民主义建国纲领,不屈不挠,自主自强,与敌寇作殊死战所得的结果。"②

蒋介石在国民参政会上讲话,希望中国应该具有国际责任。他说:"我们今天已获得我们盟邦平等相待,在世界上得到平等的地位,我们就应该负起我们时代的责任。我们不仅要对本国负责任,也应对世界负责任。我们要不辞任何困难牺牲,努力尽到联合作战中我们应有的作战任务。而对于战后世界秩序的再造,我们应站在求进步争自由的正义立场之上,与联盟各国共同负起解放全世界人类的大责任。"③

"文协"常务理事老舍发表鼓词《贺新约》,盛赞中国国际地位之提升:

中华民族原本是抗战前驱,得道者多助,证实了委员长的苦心孤诣,盟国的中坚是A、B、C、D。世界和平必须靠中华胜利,四大领袖中我们的领袖先下了一着棋。这才是杀开血路寻正义,

---

① 胡风:《论"大国之风"种种——并祝四强之一的我们大国民"步步高升"》,《胡风选集》第2卷,四川人民出版社1996年版,第293页。
② 秦孝仪编:《先总统蒋公思想言论总集》第19卷,中国国民党中央委员会党史委员会1984年版,第173页。
③ 同上书,第354页。

自力图存换来了同气相依。常言道上阵父子兵,打虎盟兄弟,我中华转弱为强非子虚。为和平文明肝脑涂地,谁敢道文明不是抗战前驱。头可断,身可杀,此心不易,这才取得了国际的尊敬与友谊,和列强的地位齐。①

1944年,特别是豫湘桂战役溃败之后,世界舆论哗然,国民政府及蒋介石个人的国际形象严重受损。抗战胜利以后,1945—1946年,中国国民政府连续被排斥出莫斯科会议、巴黎外长会议与巴黎会议,逐渐淡出"四强",被法国取代。中国"四强"地位丧失,国际地位急剧下降。对此,蒋介石特别悲观地说道:"中国国际地位之降低与所受的侮辱综观上面所说的几个国际会议,我们中国常被人家所歧视而被摈于会议之外,而其他友邦也因为要迁就一方而不能尊重我国的地位,所以当抗战后期所谓'四强之一'的地位,是几乎无形地取消了。"②

1946年蒋介石在庐山的一次会议上,把当年"四强"地位确立的兴奋与当下困局重重的悲观,非常直观地展示出来。他说:"在上次代表大会的时候,我们抗战正极剧烈,而前途日见光明,那年一月间平等条约的订立,使中国开启了独立自由的新机运。而我们那时和盟邦并肩作战,分担远东战场的主要任务,国际上对我国刮目相看,认为四强之一,当时的情形,实在令人兴奋。在这一次大会开会时,我们的敌人是已经投降了,积年的国耻是已经消除了。然而胜利已达一年……政治的纠纷,社会的紊乱,农工生产的凋敝,劫后人民的痛苦,道德精神的堕落,民族自尊心的消失,以及国际地位的降低,较之抗战时期均不可同日而语。"③

---

① 老舍:《贺新约》,《时代精神》1943年第7卷第5—6期。时人多用A、B、C、D来指代美国、英国、中国、苏联四个国家,大致是从美国(America)、英国(Britain)、中国(China)、苏联(the Russian Soviet Federated Socialist Republic)的英文简称中取一个字母,前三者皆比较贴切,后一个取自中间词(Federated),稍微有点牵强,但为了凑成前四,倒也可以理解。
② 秦孝仪编:《先总统蒋公思想言论总集》第21卷,中国国民党中央委员会党史委员会1984年版,第407—408页。
③ 同上书,第405页。

现有研究表明，中国之被推上"四强"之一的位置，主要是罗斯福的意旨，而英国乃至苏联一直都是质疑或者反对的。清醒者如张君劢即指出："吾国之所以得此地位，由于吾国当局坚持抗战不屈于敌人之故，谓为外交上之同声相应，同气相求可也，谓为内政上之实至名归不可也。"中国成为"四强"，不是自己的实力，完全是被动的。张君劢并指出："因战时各国求友之故，同盟者以强国之名加诸我身，则因吾内力未充之故，而议者振振有辞。不独外人如此，即吾国内之识者何尝不以负虚名而受实祸为深惧乎？"他援引西方学者的观点来证明自己的担忧："然中国不足为强国，即在数十年之内，因战后之解放，中国获得内部团结，与经济开发，犹不足为强国也。以现时列中国于强国之中，遂视中国为强国类之一国，而他国所以倚重之者，超过于其实力之所具，则将有危险随之而来矣。"①

历史学者认为："中国成为世界'四强'，给中国社会和广大民众以极大振奋，提升了中华民族的自信力；中国当时并不具备强国实力，成为世界'四强'仅仅具有象征意义与战时战略，梦想与现实存在巨大反差，最终压垮了国民政府，加速了其失败。"②

史实可以论证此言。1942 年中国被称为世界"四强"，但同年河南灾荒却造成 300 万人饿死，无形是一大讽刺。1944 年的豫湘桂战役中，国民党军队之一溃千里，更是让国内外大失所望。

第三节 "非杨即墨"的选择

抗战胜利、重庆谈判及双十协定、政协会议等事件，相继发生。但其意义很快就随着内战爆发而被逐渐稀释。世界范围内逐渐形成的以美、苏两大国为首的资本主义与社会主义两大阵营的对峙，对中国

---

① 张君劢：《确立中华民国对于四强系统之关系及其地位》，《民宪》1944 年第 1 卷第 1 期。
② 马克锋：《抗战时期中国的"四强"地位及其影响》，《河北学刊》2014 年第 1 期。

命运的影响突然降临了。

1946年6月,张东荪提出一个在当时自由主义知识分子中具有相当代表性的方案:"在所谓的资本主义与共产主义之间我们想求得一个折中方案""这个中间性的政制在实际上就是调和他们两者"。具体而言,就是"在政治方面比较上多采取英美式的自由主义与民主主义;同时在经济方面比较上多采取苏联式的计划经济与社会主义。从消极方面来说,即采取民主主义而不要资本主义,同时采取社会主义而不要无产专政的革命"。① 兼采两种制度之长,形成适度折中,是战后自由主义知识分子中较为流行的政治理想。

然而,另一部分人则对此表示悲观。同年9月,《观察》周刊创刊。首期即刊出了《大公报》总编辑王芸生撰写的《中国时局前途的三个去向》。王芸生提出了他所预见的中国时局前途的三个去向:

> (一) 南北朝。这是中共所要做到的。在去年秋胜利到来之时,毛泽东先生应邀到重庆,国共谈判了四十多天,未曾谈得拢。其中距离最远的有两个问题:一个是重划军区问题,另一个是关于解放区地方政府问题。……半个中国,烽火连天,无论高潮低潮,紧打慢打,一个南北朝的运动,是在有力地进行。……
>
> (二) 十月革命。中共现在还没有这么大的野心,因为他们的主观力量还没有这么大;但是客观的条件却在骎骎进展着。一,政治搁浅到解体。……二,经济恐慌到崩溃。……三,最后是军事。……抗战既经胜利,中国人打中国人,实在不能持久维持士气,尤其士兵生活之苦,拖久了,难免要生变化。士兵一声撂枪,中国的十月革命马上出现,就是国家大乱。所以无论为政府计,或为国家计,都不能再打,都不能再拖了。……
>
> (三) 政治协议之路。……由政治协议的路线过渡到民主宪

---

① 张东荪:《一个中间性的政治路线》,《再生》周刊1946年第118期。

政的大路，这是中国时局前途最好的一个去向。①

虽然王芸生也认同"政治协商"是最佳去向，但他将之置于最后，可见其对形势之不看好。他还提出了解决时局紧张的几个症结，其中第三点即是："美苏对立的形势，对中国现局最为不利，最好是解消这形势。我们所能为力的，是在外交政策上力维均衡，而莫一面倒。"②

《观察》出到第一卷第 21 期（1947 年 1 月 18 日）的三天之后，正值除夕。储安平给胡适写信明志："我们创办《观察》的目的，希望在国内能有一种真正无所偏倚的言论，能替国家培养一点自由思想的种子，并使杨墨以外的超然分子有一个共同说话的地方。……这确是一个真正超然的刊物。居中而稍偏左者，我们吸收，居中而稍偏右者，我们也吸收，而这个刊物的本身，确是真正居中的。"③储安平的话典型地显示了特殊历史时期（1946—1948）知识分子对国家命运的忧虑，以及他们在杨墨之争中的道路抉择之难。

1946 年 11 月，沈从文在《大公报》发表长文《从现实学习》。其写作缘起则是对别人议论的回应："近年来有人说我不懂现实，追求'抽象'，勇气虽若热烈，实无边际。在杨墨并进时代，不免近于无所归依，因之'落伍'。"④该文详细梳理自己"个人游离于杨墨之外种种"的表现及其原因。

1948 年 1 月 8 日的《大公报》发表社评，自嘲为："白不够白，红不够红"的"灰色人物"。

2 月 7 日，《大公报》再发社评说："在当今两大集团争做工程师的斗争中，自由主义者甘愿做填土打地基的工作，这工作不甚激昂爽快，而是默默无闻。"

---

① 王芸生：《中国时局前途的三个去向》，《观察》1946 年 9 月 1 日创刊号。
② 同上。
③ 张新颖编：《储安平文集》（下），东方出版中心 1998 年版，第 324 页。
④ 沈从文：《从现实学习》，《沈从文全集》第 13 卷，北岳文艺出版社 2002 年版，第 373 页。

陈友松（1899—1992）是中国著名的教育理论家和教育史家。他也是国内最早研究和介绍苏联教育的学者。早在1939年，他就发表过《苏联的教育研究》（《教与学》第4卷第6—7合期）；1944年，又在商务印书馆出版专著《苏联的教育》。1948年，鉴于以美、苏为代表的两极世界已经形成，他撰写了《美苏两强的教育比较观》，旨在以世界眼光，把握未来中国教育的发展方向。文章开宗明义地说："两个世界或一个世界的将来如何，不仅决定于美苏两国的军事、经济与政治的动向如何。更深一层看去，实决定于这两强的教育与文化的动向如何。我国夹于两大国之间，联齐联楚，或中立不倚，都值得我们注视两国的教育动向。"他以"科学的世界的人本主义"为理论基点，在比较了美苏教育各自特点之后，认为中国虽为弱国，夹缝于两强之间，却不能甘当仆从、"不入于杨便入于墨"，而应"言拒杨墨""超乎其上"，以世界主义的胸襟达至民族主义的目标、以科学为手段去实现人本主义的理想。①

杨墨之争，不仅是美、苏两种道路，即资本主义与社会主义道路之争，还是怎么样的杨、怎样的墨之争，也即怎样的资本主义和怎样的社会主义之争。从张东荪到储安平、陈友松，说明此时中国的知识分子的社会政治理想和建国构想，绝不仅仅是简单地以美国或以苏联为模板，而且包含相当的中国特色的考量。他们对新中国未来的方案设计，既虑及当时中国的具体国情，而且也主动与中国传统文化中的政治理念相勾连。它既超越了姓社姓资的问题，也超越了现代—传统的二元对立思维。

不过政治人物的想法没这么复杂纠结。以下对话发生在1949年4月1日：

（张治中）"今后怎么办？我倒有一个意见，不知你可愿意听？……我坚决反对一面倒亲美，主张美苏并重，就是亲美也亲

---

① 陈友松：《美苏两强的教育比较观》，《正论》1948年第5期。

苏,不反苏也不反美,平时美苏并重,战时善意中立。……不知你以为如何?"

毛泽东:"二次世界大战后,国际上分成以苏美为首的两大集团,互相对立,剧烈斗争。以苏联为首的是社会主义集团,以美国为首的是资本主义集团,前者是革命的、民主的、要解放全人类的,后者是垄断的、侵略的、压迫剥削穷人的,我们只能倒向以苏联为首的集团,而不能倒向以美国为首的集团。……必须从根本上看到,两大集团的冲突,是根本的冲突,两大集团的斗争,是你死我活的斗争;一边是社会主义,另一边是帝国主义,当今之世,非杨即墨,不是倒向苏联一边,便是倒向美国一边,绝无例外,骑墙是不行的,第三条道路是没有的,我们反对倒向帝国主义一边的国民党反动派,也反对第三条道路的幻想。我准备写一篇专文,与你以及和你具有类似观点的人进行辩论,我们准备为此辩论一百年!"①

1947年8月,中原野战军(刘邓大军)继强渡黄河后,又挺进大别山,中共军队转入战略反攻。东北除了几个大城市外,也已经全部为中共控制。

作为自由主义知识分子最重要据点之一的《大公报》在1948年初的无奈自嘲,显示出这一群体"言拒杨墨""超乎其上"梦想的基本破灭。这年5月,张东荪坦言,政治上的自由主义在政协之后已经没有实现的可能了:"……今天在事实上已早没有政治性的自由主义存在的余地。原来纯政治性的自由主义如得成功,亦只在政协那一个机会。此机会一错过了,即好梦再难圆了。"②

---

① 余湛邦:《毛泽东与张治中的一次重要谈话》,《中共党史研究资料》第48期。这一对话的内容与毛泽东《论人民民主专政》基本一样:"一边倒,是孙中山的四十年经验和共产党的二十八年经验教给我们的,深知欲达到胜利和巩固胜利,必须一边倒。积四十年和二十八年的经验,中国人不是倒向帝国主义一边,就是倒向社会主义一边,绝无例外。骑墙是不行的,第三条道路是没有的。我们反对倒向帝国主义一边的蒋介石反动派,我们也反对第三条道路的幻想。"(《论人民民主专政》,《毛泽东选集》第4卷,人民出版社1991年版,第1472—1473页)主要的区别在于张的记录多了"非杨即墨"一词。

② 张东荪:《知识分子与文化的自由》,《观察》1948年第5卷第11期。

第二章　文化本位主义与新中国想象

第一节　"绝续之交"的贞下起元：以《贞元六书》和《国史大纲》为代表的新型民族文化史观

一　冯友兰的"接着讲"：中国文化的"可变"与"不可变"

由于冯友兰在相当一段时期内与国民党政府的密切关系，他在四十年代的言行往往被视作谏臣或帝师所为。这种说法就很具代表性："冯友兰要当蒋介石的帝王师……冯友兰的《贞元六书》，就是他的那个主要思想，是想给蒋介石当帝王师准备的。"①

这当然是对历史事实的过于简化。《贞元六书》，作为中年冯友兰的代表著作，撰于1938年至1946年。分别是：《新理学》（1939年5月出版，以下皆为出版时间）、《新事论》（1940年5月）、《新世训》（1940年7月）、《新原人》（1943年2月）、《新原道》（1945年4月）、《新知言》（1946年12月）。号曰"贞元之际所著书"，简称"贞元六书"。冯友兰在几本书的序言中清楚地表达了他的用意："贞

---

① 季羡林：《大国学：季羡林口述史》，蔡德贵整理，陕西师范大学出版社2010年版，第166页。

第二章 文化本位主义与新中国想象

元者，纪时也。当我国家民族复兴之际，所谓贞下起元之时也。"（《新世训·自序》）又说："况我国家民族，值贞元之会，当绝续之交，通天人之际，达古今之变，明内圣外王之道者，岂可不尽所欲言，以为我国家致太平，我亿兆安心立命之用乎？"（《新原人·自序》）

"贞"下起"元"，即旧时代的结束与新时代的开始。毋庸置疑，此一贞元之际指的就是抗战。冯友兰试图为"抗战建国"建立一个思想及理论的基础，此一用意是很明显的。他自己在论及写作缘起和动力时也坦承："民族的兴亡与历史的变化，倒是给我很多启示和激发。没有这些启示和激发，书是写不出来的。即使写出来，也不是这个样子。"[①]

六部书实际是一部书，是一部书的六个章节。主要是"对于中华民族传统精神生活的反思"。[②] 哲学反思的范围主要包括两个方面：一是"两个世界"；二是"四个境界"。所谓两个世界，即真际世界和实际世界。真际世界又称"理世界"。据此基本观点，冯友兰建立所谓"新理学"思想体系。在《新原道》的最后一章"新统"中，冯先生进一步深入提出了"理、气、道体及大全"作为新理学体系中的四个基础观点。

《新原人》的中心观点是四个境界的学说。所谓四个境界即是自然境界、功利境界、道德境界、天地境界。人的境界的不同，系于"人对于宇宙人生底觉解"，即"构成人所有底某种境界"。第一部分是对自然（相当于中国传统哲学中的"天"）；第二部分是对社会，第三部分是对个人（这两部分相当于传统哲学中的"人"）；第四部分是自然和人的关系（相当于中国哲学中的"天人之际"）。四个境界的学说中，具有特殊意义的，是关于"天地境界"的说法。《新原人》的"天地"章认为，人"可从大全、理及道体的观点以看事物""人能从此种新的观点以看事物，则一切事物对于他皆有一种新底意义。此种新意义，使人有一种新境界，此种新境界，即我们所谓天地境界"。

---

① 冯友兰：《三松堂自序》，《三松堂全集》第一卷，河南人民出版社2001年版，第209页。
② 同上。

围绕《贞元六书》而创建的"新理学"体系，可以说是在比较完整的意义上的综合中西的哲学，在中国现代哲学史上具有一定的地位。另外，《贞元六书》不仅仅是纯粹理论思辨的著作。它充满了抗战胜利的信心，强调了民族的自尊心，洋溢着对于民族复兴的热望，所谓"以志艰危，且鸣盛世"（《新原人·自序》），表现了爱国主义的深情。

必须指出的是，《贞元六书》之所以产生广泛的影响①，主要原因恰恰在于后者。换句话说，其在"器"的层面的影响大于在"道"的层面的影响。

1. "变为城里人"：回归器物层面的现代化方案

李长之在《贞元六书》刚出前三本（《新理学》《新事论》《新世训》）时即指出："冯芝生先生的《贞元三书》，到现在已经街谈巷议、家喻户晓了。不过普通人最喜欢的，多半是《新事论》，因为其中的看法，有许多是和现在流行的唯物史观相合的。其次是《新世训》，因为其中主要的特色，也合乎一般人所谓的'理智'。《新理学》则因较专门，热心读下去的人，便不如前二者之多了。"②

《新事论》是陆续发表在《新动向》上的十二篇文章的结集。冯友兰解释说，所谓"事"，就是"理在事中"那个"事"。"事论"是对于"理学"而言。《新事论》是《新理学》实际应用的一个例证。③

作为"六书"中最为流行的《新事论》，其受到唯物史观的影响是显而易见的。不仅李长之如是说，冯友兰自己也承认：

> （马克思主义）把社会分为许多类型，着重的是看各种类型

---

① 贺麟先生回忆说："冯先生《新理学》一书出版后，全国各地报刊杂志，以及私人谈话、发表的评论，异常之多，引起国内思想界许多批评、讨论、辩证、思考，使他成为抗战期中，中国影响最大声名最大的哲学家"。见贺麟《当代中国哲学》，胜利出版公司1947年版，第35页。

② 李长之：《附录一：评〈新理学〉》，《迎中国的文艺复兴》，商务印书馆1944年版，第23页。

③ 冯友兰：《三松堂自序》，《三松堂全集》第一卷，河南人民出版社2001年版，第215页。

的内容或特点。（而非纵向看历史，看一个国家或民族的生老病死）……这个理解帮助我认识到，所谓古今之分，其实就是社会各种类型的不同。后来我又认识到，更广泛一点说，这个问题就是共相和殊相的关系的问题。某一种社会类型是共相，某一个国家或民族是殊相。某一个国家或民族在某一时期是某一类型的社会，而在另外一个时期可以转化或发展成为另一种类型的社会。这就是共相寓于殊相之中。①

在《新事论》的"辨城乡"一节中，冯友兰创造了两个重要名词：认为当时西方的社会是"以社会为本位的社会"，当时的中国是"以家为本位的社会"。西方原来也是"以家为本位的社会"，后来因为有了产业革命，先进入了"以社会为本位的社会"。产业革命就是工业化。他对马克思在《共产党宣言》中说过的"产业革命的结果是乡下靠城里，东方靠西方"这句话极为激赏。他在此基础上确认，所谓东方和西方的差别，实际上就是乡下与城里的差别。②

冯友兰肯定现代化之必须的同时，站在历史的坐标，严厉批判了两种倾向：一种可称为精神胜利法；另一种可称为体用倒置。

对于前者，冯友兰说："如专倡所谓'东方底精神文明'，以抵制西方势力的侵入，那是绝对不能成功底。如印度的甘地打算以印度的'精神'抵制英国。他叫印度人都不用英国布，都用旧式机子，自己织布。这好像一个乡下人，吃了城里人的亏，生了气，立下了一个决心，发了宏誓大愿，要与城里人断绝来往。但经济底铁律，要叫他的这种宏誓大愿，只能于五分钟内有效。"为此，冯友兰也并不看好抵制日货运动这类行为。他认为这类性质的行为"其成效，若不是没有，亦是微乎其微。……这种情形，不是由于人的热心的力量小，而是由于经济的力量大"。他明确指出中国的出路只有一条："乡下人如

---

① 冯友兰：《三松堂自序》，《三松堂全集》第一卷，河南人民出版社2001年版，第219页。
② 冯友兰：《新事论：中国到自由之路》，生活·读书·新知三联书店2007年版，第31—33页。

果想不吃亏，惟一底办法，即是把自己亦变为城里人。"① 这在当时是难得的清醒的真知灼见。

对于后者，冯友兰指的是他所说的"民初人"："清末人以为，我们只要有机器、实业等，其余可以'依然故我'。这种见解，固然是不对底。而民初人不知只要有了机器、实业等，其余方面自然会跟着来，跟着变。这亦是他们底无知。如果清末人的见解，是'体用两橛'；民初人的见解，可以说是'体用倒置'。"②

值得注意的是，在"清末人"与"民初人"之间，冯友兰对后者的批判更严厉。

在"明层次"中，他指出"民初人"对"和平""精神文明"的偏至导致的问题："民初人对于西洋，所知较多。他们知道西洋人并不是野蛮人。他们说：西洋人并不是专讲强权，不讲公理者。他们说：西洋人是讲平等、自由、博爱者。他们说：清末人只知西洋的物质文明，而不知其精神文明。……以为以后的世界上底秩序之维持，要靠法而不靠力。……以为清末之富国强兵论是浅陋，是不彻底。他们不讲富强之策，只讲西洋底'精神文明'，讲纯粹科学、哲学、文学。清末人尚知注重国防，民初人则以为我们的国的完整，有什么条约可以维持。"因此，他批评时人直至九一八事变前夕，仍抱幻想，请列强主持公道、主持正义，"清末人很有斗争精神，但民初人大半为一班和平论者所麻醉，清末人的斗争精神，差不多完全失去了"。③

冯友兰看到"在现在底世界中，人是文明底，而国是野蛮底。野蛮底国却是文明底人所组织者"这一貌似矛盾实则合理的历史现象，因而肯定清末人在物质和制度建设方面努力的意义，并进而否定讲"和平""精神文明"的民初人的幻想。他的总结史鉴意味甚浓："照清末人的错误错下去，中国还不至于吃亏，因为不管别国是否专靠力，

---

① 冯友兰：《新事论：中国到自由之路》，生活·读书·新知三联书店 2007 年版，第 35 页。
② 同上书，第 37 页。
③ 同上书，第 20—21 页。

我们先把自己的力充实起来,所谓先立于不败之地。而照民初人的错误错下去,中国要吃大亏,现在正在吃着这个大亏。"①

冯友兰对"清末"与"民初"的中国发展观的评判种种,可视为对进化论的否定之否定,从而再次肯定"竞争"的普遍存在和必需。

冯友兰关于共产主义的论述极为巧妙:"共产主义或社会主义,或上所说底民治主义,在一个社会内真正实行,都是一个社会已行生产社会化底经济制度以后底事。如一个社会尚未行生产社会化底经济制度,则在这个社会里谈这些主义,都真正是不合国情,都是空谈无补。……中国现在最大底需要,还不是在政治上行什么主义,而是在经济上赶紧使生产社会化。这是一个基本。至于政治上应该实行底主义是跟着经济方面底变动而来底。"②既以实干精神和态度委婉批评了对包含共产主义在内的各种主义的空谈,又不放弃物质基础论或经济决定论。这样,就不难解释为何《贞元六书》虽然显著地受到唯物史观的影响③,却不妨碍冯友兰以此得到国民党当局的赏识和器重了。④

2."基本道德"之不可变

《新事论》的结语云:"真正底中国人已造成过去底伟大底中国。这些中国人将要造成一个新中国,在任何方面,比世界上任何一国都有过之而无不及。这是我们所深信,而没有丝毫怀疑底。"这是充分的民族自信。

这一自信涵盖两方面的内容:一是现代化的内容;二是不必现代化的内容。对于冯友兰而言,所谓的"继往开来"也是如此:"自清

---

① 冯友兰:《新事论:中国到自由之路》,生活·读书·新知三联书店2007年版,第25页。
② 同上书,第139页。
③ 关于《贞元六书》与唯物史观关系的详细论述,可参看沈素珍、钱耕森《新理学的人生哲学体系与唯物史观对冯友兰〈贞元六书〉的影响——解读冯友兰先生的"贞元六书"》(《现代哲学》2009年第5期),以及《旧邦新命——冯友兰研究》(第二辑)中"唯物史观对冯友兰的影响"(大象出版社1999年版)。
④ 1940年5月,《新理学》获国民党"教育部抗战以来优秀学术著作一等奖";1943年国民党教育部把《新世训》确定为大中学伦理学教本;1945年5月冯友兰出席国民党六大,并被选入主席团。冯友兰自己社会活动很多,也很活跃,从昆明到重庆多处演讲,并且从《哲学评论》到《思想与时代》,从《大公报》到《中央日报》,从《东方杂志》到《中学生》陆续刊载了100多篇文章,影响很大。

末至今,中国所缺底,是某种文化底知识、技术、工业;所有底,是组织社会的道德。若把中国近五十年底活动,作一整个看,则在道德方面是继往;在知识、技术、工业方面是开来。"①

因此,抗战建国、文化复兴,涵盖"可变"与"不可变"两方面内容。对于前者,应该强调其必要,对于后者,也应该指出其意义。冯友兰说:"我们是提倡所谓现代化底。但在基本道德这一方面是无所谓现代化底,或不现代化底。有些人常把某种社会制度,与基本道德混为一谈,这是很不对底。某种社会制度是可变底,而基本道德则是不可变底。可变者有现代化或不现代化的问题,不可变者则无此问题。"②

在"评艺文"时,他也特别区分了可变与不可变的畛域:"一民族所有底事物,与别民族所有底同类事物,如有程度上底不同,则其程度低者应改进为程度高者,不如是不足以保一民族的生存。但这些事物,如只有花样上底不同,则各民族可以各守其旧,不如是不足以保一民族的特色。此点人常弄不清楚。在清末民初,所谓新旧之争中,大部分人都弄不清楚这一点。"③

因此,"牛车与火车,弓箭与枪炮的不同,是交通工具及战争工具的程度上底不同,而中式房子与西式房子,中式衣服与西式衣服的不同,是房子与衣服的花样上底不同。穿中式衣服坐汽车,中式房子里藏枪炮,并没有什么矛盾",冯友兰暗示了自己对后一种生活的肯定和追求。

而基本道德文化的不变,并不意味着非理性的守旧。后来的《三松堂自序》中的"明志"章中,他说得很透彻:"中华民族的古老文化虽然已经过去了,但它也是中国新文化的一个来源,它不仅是过去的终点,也是将来的起点。……新旧相续,源远流长,使古老的中华民族文化放出新的光彩。"以河流譬喻文化的不可武断分割,非常恰切。

---

① 冯友兰:《新事论:中国到自由之路》,生活·读书·新知三联书店2007年版,第173页。
② 同上书,第172页。
③ 同上书,第104页。

冯友兰就是这样，号召中国人在"到自由之路"时，坐火车造枪炮，不忘中式衣服和房子。与其说这是对清末人器物与精神之别的呼应，不如说是中国知识分子近代以来现代化方案的最新版本。正因为如此，因为对国家强大的呼吁号召和对文化精神的不离不弃，冯友兰新理学体系思想在某些面向暗合了蒋介石的家国理念。冯友兰被视作蒋的"帝王师"，自然不是冯本人的主动追求①。不过事出有因，而知识分子的家国想象与政治家的治国方案的龃龉或耦合值得玩味。

《贞元六书》既是冯友兰由哲学研究转向哲学创作的学术业绩，也是他区别"照着讲"与"接着讲"（此一说法始见于《新理学》）的主要标志，也是四十年代中国文化界抗战建国和文艺复兴的重要成果。以此书为中心的四十年代的冯友兰，深化已有思想而吸收新近理论，明察现实不忘历史，照顾到了民族文化、国家本位、近代思想和唯物史观诸方面。因此，其继往开来的精神极大程度上满足了当时国人抗战建国和民族复兴的心理需求。

二 钱穆对历史的文化化

所有历史学者或文化学者都敏锐地意识到，抗战建国开辟了中国历史的新纪元，而文化在其中的意义又最为显著。

郭沫若在全面抗战爆发后一个月即1937年8月25日所写的《理性与兽性之战》一文中，称抗日战争是"理性与兽性之战""进化与退化之战""文化与非文化之战""我们不仅要争取我们民族的自由、祖国的独立，我们还要争取我们民族文化的伟大复兴"。② 1938年胡秋原发表《中国文化复兴论》，认为抗日战争"是我们为复兴民族而奋斗之日，也是为复兴民族文化而奋斗之时"。他相信"我们的文化将

---

① 多年后的西南联大学生曾这样回忆："当年冯友兰把他的著作《贞元六书》题献给蒋介石，学校里就有讽刺这一事件的漫画，画中把《贞元六书》搭成了一个台阶，作品名称就叫'登龙有术'。冯友兰仔细看了一下，笑了一下就走开了。还有很多事情都能说明当时学校管理、交流是那么轻松、自由。"见《张蔓菱深圳寻觅"西南联大魂"》，《深圳商报》2007年12月2日。

② 郭沫若：《理性与兽性之战》，《文化战线》（上海）1937年9月1日创刊号。

随我民族复兴的战争和建设而复兴"。① 自 1921 年梁漱溟在《东西文化及其哲学》中提出"孔学复兴"以来就一直以复兴中国文化为己任的现代新儒家认为,"中国当前的时代,是一个民族复兴的时代。民族复兴不仅是争抗战的胜利,不仅是争中华民族在国际政治的自由、独立和平等,民族复兴本质上应该是民族文化的复兴"。②

史学家钱穆也不例外。常年讲授中国通史的他,抗战期间重新编写《中国通史》讲义,在云南岩泉寺历时 13 个月,于 1939 年 6 月完成《国史大纲》。此书对中国历史中的"文化"的地位和意义给予了空前的重视。又因为对国史的蘸满深情的叙述,其成为四十年代影响最为广泛的史学著作。

1. 文化复兴与文化本位

《国史大纲》的著名的"引论"开门见山地肯定中国历史的三大特点:"悠久""无间断""详密"。③

钱穆认为,清末以来的一些"革新派"的史学家和思想家,从上层"政治制度"、中层"学术思想"和下层"社会经济"等方面全盘抹杀中国历史。他们把自秦以来的两千年的政治制度说成"专制政体",两千年的学术思想说成"思想停滞",两千年的社会经济说成"封建社会"。钱穆析其原因,认为他们"莫不讴歌欧美,力求步趋,其心神之所向往在是,其耳目之所闻睹亦在是。迷于彼而忘其我,拘于貌而忽其情。反观祖国,凡彼之所盛自张扬而夸道者,我乃一无有。于是中国自秦以来二千年,乃若一冬蛰之虫,生气未绝,活动全失"。他否定这种以西方的历史为标准来硬套和评价中国历史的思维。他认为,由于自然环境和社会背景的不同,不同民族和国家的文化发展是不一样的,研究或评价某一民族或国家历史,"必确切晓了其国家民族文化发展个性之所在,而后能把握其特殊之'环境'与'事

---

① 胡秋原:《中国文化复兴论》,《中国现代思想史资料简编·第 4 卷》,浙江人民出版社 1983 年版,第 148—158 页。
② 贺麟:《儒家思想的新开展》,《思想与时代》1941 年第 1 期。
③ 钱穆:《国史大纲·引论》,商务印书馆 1996 年版,第 1 页。

业'，而写出其特殊之'精神'与'面相'"。以西方的历史为标准来硬套和评价中国历史，就如同"为网球家作年谱，而抄袭某音乐家已成年谱之材料与局套"一样，"不知其人之活动与事业乃在网球不在音乐"。①

强调历史文化研究的特殊性之必要之后，钱穆为中国文化发展状态作一根本性辩护。在《五十年来中国之时代病》一文中，他说："传统五千年，是中国人的生命，一切都象征着中国生命之健全与旺盛。最近五十年，则只是生命过程中之节病状。尽管全尽旺盛的生命有时也该有病，病的对治正是生命的挣扎。没有为著五十年的病瘤，便要根本埋冤到他五千年的生命本身之理。埋冤生命本身，只有自杀，自杀决非病的医治，为接近五十年来现状，而一口骂倒传统五千年，只是急躁，只是浅见。"②他提出要认识"中国文化之优异之价值"，就必须对中国历史文化怀有"温情与敬意"，并用全部历史说明，"我民族命运之悠久，我国家规模之伟大，可谓绝出寡俦，独步于古今矣"。抗战建国之际，民族国家之前途也不需外求，"仍将于我先民文化所贻自身内部获得其生机"。

完成《国史大纲》后，钱穆又着手撰写《中国文化史导论》一书，并陆续在《思想与时代》杂志上刊出。在他看来，由于中国文化起源的特殊性（黄河是重要因素），世界范围内只有西方的欧洲文化和东方的中国文化算得上源远流长，直到现在成为人类文化的两大主干。

此书中，钱穆提出了自己独特的中国文化演进过程的四期说：第一时期是先秦时期。这一时期中国人把本民族的人生理想和信念确定了下来，这是中国文化演进的大方针，也是中国文化的终极目标所在，其具体表现为国家凝成和民族融和、古代观念和古代生活、古代文学和古代文字的形成。第二时期是汉唐时期。这一时期的中国人把政治、

---

① 钱穆：《国史大纲·引论》，商务印书馆1996年版，第10—11页。
② 钱穆：《五十年来中国之时代病》，《思想与时代》1942年第21期。

社会一切规模与制度大体上规划出了一个轮廓,这是人生的共通境界,必先把这一共通境界安顿妥当,然后才能够有各人的自我发展。第三时期是宋、元、明、清时期。这一时期的特点是文学与艺术的发展,人生的共通境界安定下来,并开始了个性的自由伸展。第四时期是"当前面临着的最近将来的时期"。这一时期的最主要任务是如何实现中华文化的复兴。他又将四个时期分别称为:"宗教与哲学时期",特点是确立人生之理想与信仰;"政治与经济时期",政治采用民主精神的文治政府,经济主张财富平衡的自由社会;"文学与艺术时期",文学艺术偏于现实人生,而又能代表一部分共同的宗教性能;"科学与工业时期",即采用西方的科学与工业以实现中华文化的复兴。① 四分法将中国文化贯穿起来,又努力保持与"当前"的密切联系。

之所以说钱穆是文化本位主义者,因为他虽然也考虑到国家在政治经济军事方面的富强问题,但根本着眼点却是文化。在《中国文化传统之演进》一文中他写道:"凡是一个国家,一个民族,都有他的生命,这生命就是他的文化,这文化就是他的生命;如果有国家民族而没有文化,那就等于没有生命;如果他的生命没有意义,或者是没有价值,那也就是说他的文化低下;生命的意义高,价值大,他的文化也就崇高了。"② 他认为与西方文化比较,西方文化最超出中国,而为中国固有文化最感欠缺的,是他们的自然科学。所以,"此下的中国,必需急激的西方化。换言之,即是急激的自然科学化。而科学化的中国,依然还要在中国传统文化的大使命里尽其责任"。③

钱穆认为,科学和宗教在西方是互相敌对的,但在中国固有文化的结构下二者都可以"容受"。他借用《中庸》的说法:"尽己之性,而后可以尽人之性,尽人之性而后可以尽物之性;尽物之性而后可以

---

① 钱穆:《中国文化史导论》,商务印书馆1994年版,第228—229页。
② 钱穆:《中国文化传统之演进》。本为1941年冬于重庆中央训练团的讲演,后收入《中国文化史导论》。大陆首见于《中国现代思想史资料简编·第4卷》,浙江人民出版社1983年版,第374页。
③ 钱穆:《中国文化史导论》,商务印书馆1994年版,第212页。

赞天地之化育。"承认有"天地之化育"是"宗教精神",要求"尽物之性"是"科学精神",而归本于"尽己之性"与"尽人之性",则是"儒家精神"。也就是说,钱穆对文化复兴之道路的探索,主张以"儒家思想为中心"来接纳或吸取西方的科学:"宗教与科学在中国传统文化的意义下,都可有他们的地位,只不是互相敌对,也不是各霸一方,他们将融和一气而以儒家思想为中心。"①

"引论"末端提及:"继自今,国运方新,国史必有重光之一日,以为我民族国家复兴与前途之所托。"面对西方文化的挑战,中国文化也要进行更新和调整,但是调整和更新的动力必须来自中国文化系统的内部。也就是说,此文化系统的更新是因吸收外来新因子而变化,却不会被其所取代。他称这种为"更生之变":"所谓更生之变者非徒于外面为涂饰模拟,矫揉造作之谓,乃国家民族内部自身一种新生命力之发展与成长。"

余英时论及其师时所云"钱先生所追求的从来不是中国旧魂原封不动地还阳,而是旧魂引生新魂",② 从目的论的角度看是有道理的。

2."文化国民"之铸造

《国史大纲》出版后风靡全国,并被当时的国民政府教育部规定为全国大学用书。

此书的"引论"部分曾发表在昆明版的《中央日报》上,该文也是他流转西南以来的得意之作。其中的斩截言论,诸如"治国史之第一任务,在能于国家民族之内部自身,求得其独特精神之所在""欲其国民对国家有深厚之爱情,必先使其国民对国家以往历史有深厚之认识。欲其国民对国家当前有真实之改进,必先使其国民对国家有真实之了解。我人今日所需之历史知识,其要在此",也引发过诸如"战国策派"和诸多普通读者的共鸣。虽然胡适、傅斯年、毛子水等

---

① 钱穆:《中国文化史导论》,商务印书馆1994年版,第222—223页。
② 余英时:《一生为故国招魂——敬悼钱宾四师》,《钱穆与现代中国学术》,广西师范大学出版社2007年版,第25页。

对钱穆的一些立场和观点表示不屑，甚至"愤慨不已"①，但其影响力和鼓动性却是真实存在的。

此文一个重要意识表现为其数次提到"国民"这一概念。在钱穆看来，国史写作第一任务，是唤醒一国家民族精神，让国民明白其民族文化根源所在。民族和国家形成皆是文化演进的产物，而国民的文化意识、素养和信仰又是其中的关键。这一点对现实尤其重要。钱穆辩证地解释道："（中国）以数千年民族、国家悠久伟大之凭藉，至于今而始言建国焉，又必以抗战而始可言建国焉，此何故？曰：惟我今日国人之不肖，文化之堕落故。以我国人今日之不肖，文化之堕落，而犹可以言抗战，犹可以言建国，则以我先民文化传统犹未全息绝故。"②亦即，决定贫弱的中国能够坚持抗战，并且能够憧憬建国的，不是军事经济外交等物质因素，而是文化传统。这是中国的特点和优势。但如果国民不肖、文化堕落，所谓优势荡然无存，一切都无力回天。钱穆将文化提升至抗战建国的关键的地位。

为此，钱穆在《国史大纲》的第一页，板书般地列了一个"凡读本书请先具下列诸信念"，规定了国民应有的"对待历史的四条信念"。

一　当信任何一国之国民，尤其是自称知识在水平线以上之国民，对其本国已往历史，应该略有所知。否则最多只算一有知识的人，不能算一有知识的国民。

二　所谓对其本国已往历史略有所知者，尤必附随一种对其本国已往历史之温情与敬意。否则只算知道了一些外国史，不得云对本国史有知识。

三　所谓对其本国已往历史有一种温情与敬意者，至少不会对其本国历史抱一种偏激的虚无主义，即视本国已往历史为无一点有价值，亦无一处足以使彼满意。亦至少不会感到现在我们是

---

① 钱穆：《八十忆双亲·师友杂忆》，岳麓书社1986年版，第198页。
② 钱穆：《国史大纲·引论》，商务印书馆1996年版，第32页。

站在已往历史最高之顶点，此乃一种浅薄狂妄的进化观。而将我们当身种种罪恶与弱点，一切诿卸于古人。此乃一种似是而非之文化自谴。

四 当信每一国家必待其国民具备上列诸条件者比数渐多，其国家乃再有向前发展之希望。否则其所改进，等于一个被征服国或次殖民地之改进，对其自身国家不发生关系。换言之，此种改进，无异是一种变相的文化征服，乃其文化自身之萎缩与消灭，并非其文化自身之转变与发皇。

这四条既是合格读者的条件，也是合格国民的标准。钱穆将知识人与文化国民进行区分，就是将历史不仅仅看作简单的知识，而且将之作为一种文化，和一种民族生存于斯、立足于斯的感受体验。对于去历史、去文化的知识分子，那只能算是知识人，而非文化国民。只有当一个国家的文化国民逐渐增多的时候，这个国家才有发展的希望。

文化民族主义思想成为钱穆史学思想的核心所在。他第一次明确地把文化、民族与历史三者联系起来考量，认为历史就是民族文化精神的展开和演进，研究历史不仅仅在于弄清历史事实的真相，更重要的在于弄清历史事实背后所蕴藏的民族精神和文化精神。换言之，历史学家的责任不仅仅在于复原历史的结构，追求史事的真实，更重要的在于追寻民族文化传承的血脉，肩负起为中国文化续命的职责。至此，钱穆以其鲜明的民族文化史观在当时的史学界独树一帜，成为与新考据派和马克思主义唯物史派鼎足而三的文化民族主义史学一派的代表人物。

3. 从考据疑古到民族史观

钱穆早年以考据扬名史坛，他的《刘向歆父子年谱》《先秦诸子系年》堪称考据名作。二十世纪三十年代初，他进入北平（今北京）学术界，得到当时新考据派名家胡适、顾颉刚、傅斯年的欣赏和认同。他也被视作考据派的传承学者。

钱穆的治史方向却在三十年代中期后发生重要转变。他开始对学术界的疑古之风和琐碎的考据学风展开批评。由认同到批评再到反对，原因在于他认为疑古派对古典的普遍怀疑，将拆尽现代中国建设所需要的民族资源。1935年所写的《崔东壁遗书序》说："数年以来，有闻于辨伪疑古之风而起者，或几于枝之猎而忘其本，细之搜而遗其巨，离本益远，歧出益迷。"而对古典研究的舍本逐末，最终将导致对中国历史的全盘否定，进而导致对民族文化本身的否定。正是从民族文化认同的角度出发，钱穆对疑古史学的评价有了根本性的转变。①

抗战时期，钱穆无论是讲学还是著述，都以民族意识为中心论旨。当年在西南联大听过钱穆中国通史课的何兆武回忆说："……和其他大多数老师不同，钱先生讲课总是充满了感情，往往慷慨激越，听者为之动容。据说上个世纪末特赖齐克（Trcischke）在柏林大学讲授历史，经常吸引大量的听众，对德国民族主义热情的高涨，起了很大的鼓舞作用。我的想像里，或许钱先生讲课庶几近之。"②

尽管钱穆的史学观点和治学中心的变化属于史学问题，但庶几可从中看出现代中国思想文化自"五四"以来的某些变化特征。一方面，对西学的理解随着时代发展而变得更理性和深入；另一方面，对本国文化的认同感和归属感也随着国情的变化而逐渐提高和加深。

许倬云说钱穆抗战时间讲授国史，"其贯注的精神，也是民族史观。是以《国史大纲》对于中国文化的优美之处，发扬阐释，甚多卓见"，③ 也是卓见。如果说"五四"文化人热衷于对中国历史和文化的总结，那么四十年代的文化人更倾心于对中国历史和文化的再发现。而这种再发现，不止于对民族文化的怀旧，还着眼于对现代文化和新中国的建设。

这一点而言，《国史大纲》的最后一章"除旧与开新"，尤其是其

---

① 详细论述参见陈勇《疑古与考信——钱穆评古史辨派的古史理论》，《学术月刊》2000年第5期。
② 何兆武：《历史理性批判散论》"自序"，湖南教育出版社1994年版，第7页。
③ 许倬云：《台湾史学五十年序言——也是一番反省》，王晴佳《台湾史学五十年（1950—2000）：传承、方法、趋向》，（台北）麦田出版社2002年版，第vii页。

中的七八两节"三民主义与抗战建国""抗战胜利建国完成中华民族固有文化对世界新使命之开始"（尽管极为简略），与几乎同时完成的冯友兰的《新事论》形成了有趣的呼应。无论是钱穆的除旧开新还是冯友兰的继往开来，"教师"与"国师"从史学与哲学两个面向为中国文化的贞下起元注入了元气与信念。

第二节 "中国文艺复兴"理论与中国美学的建构
——以李长之、宗白华为中心

胡适曾将他1933年夏天在美国的英文演讲集名为《中国的文艺复兴》（芝加哥大学出版社出版）。此后，有关"五四"是"中国的文艺复兴"的说法不胫而走。胡适也被某些西方学者誉为"中国文艺复兴之父"。

然而，此一说法历来备受争议。大陆二十世纪五十年代对胡适的批判自不用说，港台和海外学者的学理化质疑更值得注意。代表学者如林毓生，在其著作《中国意识的危机——五四时期激烈的反传统主义》中认为，五四新文化运动中，胡适、陈独秀、鲁迅等文学革命的代表人物对中国传统采取的是"全盘否定的态度"，是一种"激进的反传统主义"。[①] 这种对中国文化的破坏与否定，与"复兴"何干？

林毓生的观点显然是基于他较为保守的政治与文化立场的。他所谓的"中国意识"近乎"传统中国意识"。这样，在他眼里，胡适等现代中国知识分子所涉及的现代、西化自然就会成为"激烈的反传统主义"了。这样说，并不是说林毓生的批评完全没有道理，而是说他未能指出胡适关于"五四"是"中国的文艺复兴"这一说法的本质问题。

首先，五四运动的诸多口号的确有显著的反传统色彩，但是也须

[①] 林毓生：《中国意识的危机——五四时期激烈的反传统主义》，穆善培译，贵州人民出版社1986年版，第2—5页。

区别口号与行动,即文化主张与文化实践的不同。即便号召青年们少读甚至不读中国古书的鲁迅,也揭示了新文化运动的策略性特征:"中国人的性情是总喜欢调和,折中的。譬如你说,这屋子太暗,须在这里开一个窗,大家一定不允许的。但如果你主张拆掉屋顶,他们就会来调和,愿意开窗了。没有更激烈的主张,他们总连平和的改革也不肯行。那时白话文之得以通行,就因为有废掉中国字而用罗马字母的议论的缘故。"① 所以胡适一代的论断和主张固然大大值得商榷,但是林毓生对五四的认识也有全盘和笼统判断而产生的不足。

其次,就五四运动的实绩而言,它虽然引入异域(主要是西方)文化,但也仅仅是奠定了中国现代文化的基础,还谈不上"复兴"。遭受"三千年未有之大变化"的中国人,至二三十年代止,面对西方文化,仍然未能摆脱费正清所谓的"刺激—反应"机制,仍然主要持亦步亦趋的姿态,文化建构的主体意识和能力仍然较低。文艺方面亦是如此。如某些论者所说,"五四新文化运动"称不上"中国新文化运动"的全部,它只是范围更大的"中国新文化运动"的开始,"或者说是第一期的革命,而紧接于后的中国新文化运动第二期的革命勃兴于三十年代,即使是在四十年代,也没有停止发展,只是在五十年代以后才迅速走向夭折并在中国大陆消失"。②

无独有偶,二十世纪四十年代也有一部以"中国的文艺复兴"为主题的著作,即李长之的《迎中国的文艺复兴》。下面试通过分析李长之、宗白华等的国家想象来认识中国文艺复兴运动在四十年代的表现,以及论证四十年代文艺复兴理论与行动的时代特征。

一　李长之的文艺复兴理论

以《鲁迅批判》闻名于二十世纪三十年代的李长之,进入四十年代后,连续出版了几部有较大影响的著作:《孔子与屈原》(1941)、

---

① 鲁迅:《无声的中国》,《鲁迅全集》第4卷,人民文学出版社2005年版,第14页。
② 陈太胜:《从李长之到梁宗岱——兼论中国新文化运动的第二期》,《文艺争鸣》2004年第1期。

《道教徒的诗人李白及其痛苦》（1941）、《德国的古典精神》（1943）、《迎中国的文艺复兴》（1944）、《司马迁及其时代精神》（1946）。这些著作有一个共同的方向旨归，即融会中国与西方（主要是德国）文化，形成新的中国文化的发展资源，为新中国的建构提供自己的方案。

1. 介绍德国古典主义并用之于中国文化建构

《德国的古典精神》收录李长之 1933—1942 年的六篇著译（另有一篇附录，是《五十年来德国之学术》的书评），1942 年 8 月 16 日编次，1943 年 9 月东方书社印行。六篇文章虽长短不一、译述参半，却也自有其内在联系：第一篇介绍德国古典主义的建立者温克耳曼，第二篇是康德的一篇文章，其中提出的人性的优美与尊严性是德国古典精神的基石。接下来两篇是论述古典精神的两大领袖歌德和席勒。第五篇是关于宏保耳特（现在通译洪堡）的介绍。最后一篇则介绍诗人薛德林（通译荷尔德林）。显然，此书的核心是古典主义。值得一提的是，这本书也是中国第一部评介德国古典人文主义的完整著作。

在此书的"序"中，李长之热情洋溢地声明他有三个向往的时代和三个不能妥协的思想：三个向往的时代是古希腊、周秦和古典的德国；三个不能妥协的思想是唯物主义、宿命主义和虚无主义。"唯物主义的毛病是不承认（至少是低估了）人的价值，宿命主义的毛病是放弃了自己的责任，虚无主义的毛病是关闭了理想的通路"，[1] 它们都是非人文的。相反，"三个向往的时代中的正统思想，可说都是理想主义"。确认人生是有意义的可以说是"理想主义的根据"。与 1949 年后通行的从认识论的角度谈"唯物""唯心"的不同，李长之提供了人们理解"唯物""唯心"的另一路径，即价值论的视角。以价值论、人生论来理解德国古典精神，是他此书的根本立场与情怀。所以他说，他所向往的三个时代有许多契合处，"最显著的是：都是企求完人，都提高了人的地位，同时那些思想家本人都是一些有生气的活人"。[2]

---

[1] 李长之：《德国的古典精神·序》，东方书社 1943 年版。

[2] 同上。

在他看来，理想主义的根据实在很简单：人和猪狗不同，人总想着明天。人生究竟是材料，人生的价值乃是在这些材料背后的意义。人文主义与理想主义的内涵是同一的。因为李长之坚信"最对的东西是没有分歧的"①，所以他认为无论是德国还是中国，无论是十八世纪、十九世纪还是二十世纪四十年代，人文精神与理想主义有它的超时空性，人性的理想没有东西之别。

不过，身处四十年代的中国，李长之引入德国古典精神，具有重要的意图，那就是为新中国的文化建设提供资源。

李长之先对中国文化有一番热忱的肯定。他认为，从历史上说，中国文化的真正特色，是人本的、入世的、合人性的伦理的、审美的，是肯定人的价值和扩大人的精神活动的。他称颂这一文化精髓并将之与德国古典主义相提并论："它是人情的，而不是冷酷的理智的；它是和谐的，而不是强烈的冲突的；它是使人们相安而达到幸福的，却不是使人陷于悲惨的结局而堕落、毁灭的，这个目标，是中国过去的圣人贤哲所追求的，同时也是德国的古典主义下的思想家所企求的。"德国古典的人本理想，包括普遍性、个性与全体性，李长之认为它们分别相当于中国儒家的"天命""仁""道"，甚至宏保耳特"所代表的精神，有大部分是中国已往的古文明所蕴藏的精神"。② 所以，远在天边的德国与中国的过去有深切的相通，更与现代中国目标一致。

由此可见，李长之对德国古典时代的介绍，不只是单纯的学术研究或者简单的个人兴趣，他还是在借德国看中国，借古典论现实。

虽然李长之的总体方法有依赖西方的一面，但我们更应该看到的是问题的另一面。在当时，因为战争和世界政治格局的关系，中国对德日文化的了解与战前相比有了明显的萎缩。当时中国学者更加熟悉并且抱有好感的是英美文化。而且来华从事文化工作的英美文化人也远远多于德日文化人。然而，问题在于，在阐释中国传统文化和建构

---

① 李长之：《德国的古典精神》，东方书社1943年版，第195页。
② 同上书，第176页。

中国现代文化的过程中,倘若需要借鉴外来文化作为参照或外援,那么仅仅有英美文化是远远不够的。何况,中国文化的很多方面,与德、法、日等国的相近程度是明显高于与英美的关系的,典型如中国传统哲学与欧洲大陆哲学之间的可比较性。包括李长之所热衷的德国古典主义,以及他日后研究的浪漫主义,他都认为对中国现代文化的建构有重要价值:"现在我还敢大胆地说,在不久的将来,也一定成为中国甚而世界,新的文化体系所企求的。"[1]

无独有偶,李长之的师友们,也有不少在当时关注德国文化之于中国文化的意义。例如,季羡林当时正在写《现代才被发现了的天才——德意志诗人薛德林》,冯至则于1941—1947年写了关于歌德的七篇文章(1948年以"歌德论述"为名出版),其中关于歌德晚年的一文,可以与李长之的有关评述相参证。其《十四行集》和一些同期散文,都有对以歌德、里尔克等为代表的德语文化的认同或赞扬。在此不一一详述。

2. 反思"五四"

在相继写作《孔子与屈原》(1941)、《道教徒的诗人李白及其痛苦》(1941)和《德国的古典精神》(1943)之后,李长之推出了其对中国文化建设的系统性理论著作——《迎中国的文艺复兴》(商务印书馆1944年印行)。

《迎中国的文艺复兴》收录了李长之1938—1942年五年间所写的论述中国文化建设的文章。写于1942年9月9日的"自序",将此书的写作初衷说得很清楚。首先是基于抗战形势变化所产生的认识的变化。他最初(1938年中在贵阳时)是"打算就'国防文学'一个题目写下去,成为一本小书",后来到重庆后,"当我慢慢看到,不,是意识到,中国的抗战已经胜利在望了,于是想到战后的一切建设。在那百废待举之际,文化的建设岂是可以忽略的?在我们这不能执干戈以卫社稷的人,似乎至少应该对文化建设的问题贡献一点意见。这样

---

[1] 李长之:《德国的古典精神》,东方书社1943年版,第176页。

一想，便一度想把书名改为《建设的中国文化论》。其次这些话能体现他对文化建设和国家复兴的积极乐观而有前瞻性的认识。尽管他对抗战形势的预想并不十分准确（此时抗战尚处于相持阶段），却看到了中国文化的未来前景，所以他后来放弃了《建设的中国文化论》这一书名，"觉得太泛，代表不了意思。我的中心意思，乃是觉得未来的中国文化是一个真正的文艺复兴"。① 可见，这是一部契合"抗战建国"理念的著作，但又有更长远的目光。

李长之的文化复兴理论是基于其对"五四"的反思和总结的：

> 未来的中国文化是一个真正的文艺复兴。"五四"并不够，它只是启蒙。那是太清浅，太低级的理智，太移植，太没有深度，太没有远景，而且和民族的根本精神太漠然了！我们所希望的不是如此，将来的事实也不会如此。在一个民族的政治上的压迫解除了以后，难道文化上还不能蓬勃、深入、自主、和从前的光荣相衔接吗？现在我们应该给它喝路，于是决定名我的书为《迎中国的文艺复兴》。②

他指出，"五四"的时代精神是"有破坏而无建设，有现实而无理想，有清浅的理智而无深厚的情感，唯物，功利，甚而势利"。③ 而总体上，"五四""不但对于中国自己的古典文化没有了解，对于西洋的古典文化也没有认识"，所以他认为外国学者把胡适誉为"中国文艺复兴之父"，"不能不说是有点张冠李戴了"。④

李长之深刻地指出，"五四"面对民族文化与西洋文化时之所以会有相关不足，是与民族自信的缺乏息息相关的："五四精神的缺点

---

① 李长之：《迎中国的文艺复兴·自序》，商务印书馆1944年版。
② 同上。
③ 李长之：《五四运动之文化的意义及其评价》，《迎中国的文艺复兴》，商务印书馆1944年版，第19页。
④ 同上书，第15页。

就是没有发挥深厚的情感，少光，少热，少深度和远景，浅！在精神上太贫瘠，还没有做到民族的自觉和自信。对于西洋文化还吸收得不够澈底，对于中国文化还把握得不够核心。有人说五四的时代精神是样样通的人太多，而窄而深的人太少。这一点，我不十分同意。通才是时时需要的，问题是在怕不真通。……"①

3. 强和美——李长之的文艺复兴方案

《迎中国的文艺复兴》一书的内容包括：对五四文化遗产的反思，对以儒家文化为代表的中国传统文化的追溯，对当下文化状况的揭橥，对战争与文化的关系的梳理，对未来文化建设蓝图的构想。较之蒋介石《中国的命运》，此书更侧重新文化的建设。虽然都强调传统文化，但李长之的论述并非从政治统治的角度，而是从文艺复兴的角度出发；并非复古与专制关系的强扭糅杂，而是出于总结新文化，反思"五四"，而提出更为理性和自信的文化观。另一重要区别是，《迎中国的文艺复兴》收录作者1938—1942年的文章，却对战争将带来的民族复兴充满自信。

李长之强调"文艺复兴"与"启蒙运动"的区别："从前的文化运动之所以没有发扬的气魄者，最大的原因却仍在民族太受压迫了，精神上不正常，见识遂清浅而鄙近。但我们现在业已走上民族的解放之途了，随着应该是文化的解放。从偏枯的理智变而为情感理智同样发展，从清浅鄙近变而为深厚远大，从移值的变而为本土的，从截取的变而为根本的，从单单是自然科学的进步变而为各方面的进步，尤其是思想和精神上的，这应该是新的文化运动的姿态。这不是启蒙运动了。这是真正的中国的文艺复兴！"②

民族解放带来的自信，方有李长之的文艺复兴观。他把这种文化运动概括为"近于中体西用，而又超过中体西用的一种运动""其超过之点即在我们是真发现中国文化之体了，在作澈底全盘地吸收西洋

---

① 李长之：《五四运动之文化的意义及其评价》，《迎中国的文艺复兴》，商务印书馆1944年版，第22页。

② 同上。

文化之中，终不忘掉自己！"① 这一点与冯友兰对近代以来中国思想的批判何其相似乃尔！为发现中国文化的"体"，李长之提倡以"真善美的人生观"为基础的中国"古典精神"，同时又以"浪漫精神"突入中国古典文化，研究孔子、屈原、司马迁和李白等古代经典大家，由作品出发研究作家的精神人格，企图重塑中国文化精神。

由这本著作往前看，便可看出李长之的写作是一以贯之的：写孔子、屈原、李白，就是塑造中国传统文化的精神典范，确切地说是具有"浪漫精神"的中国文化的代表。而《德国的古典精神》则是介绍国外的同类或近似精神类型的代表。这一精神是可以跨域古今和中西，直接抵达四十年代的中国或中国的四十年代的。

在《孔子与屈原》（1941）中，他认为孔子与屈原一如西方的歌德与席勒、托尔斯泰与陀思妥耶夫斯基，是"代表人类精神上两种分野的极峰"的"两个伟大而深厚的天才"。孔子是"美"的、"社会"的、"外倾"的、"理智"的，因而是"古典精神"的代表；屈原是"表现"的、"个人"的、"内倾"的、"情感"的，因而是"浪漫精神"的代表。但两人都"热心救世"，孔子"为理想而奋斗"，屈原"为实现理想而奋斗"。

此外，《道教徒的诗人李白及其痛苦》（1941）和《司马迁及其时代精神》（1946），像《孔子与屈原》一样，都是从"浪漫精神"的角度，经由中国古典文学经典重塑中国文化精神。

综上所述，李长之的文艺复兴方案有两大文化资源：一是孔子、屈原（民族本位的）；二是德国古典哲学（外来文化的）。

从以上资源和方案可以看出，李长之并不认同和主张平和静美的文化观，而更倾向于"强"和"美"兼备的文化。此一"强"，不是霸道蛮横的武力崇拜，而是指生命的永不停息的发展和为理想的奋斗精神，它基于一种内在的博大和坚韧。

---

① 李长之：《中国文化运动的现阶段》，《迎中国的文艺复兴》，商务印书馆1944年版，第58页。

李长之强调中国文艺复兴要以中国为本位，但也解释道："中国本位并不是要以中国代替了一切。"①

　　值得注意的是，李长之毫不讳言自己的观点受到冯友兰的思想，尤其是冯的《贞元六书》的影响。他说："……普通人最喜欢的，多半是《新事论》……我的爱好却相反。我最爱《新理学》。其中的精彩处和贡献处，真是美不胜收。我觉得格格不入的地方当然有，然而少。"②《迎中国的文艺复兴》所涉范围与冯友兰《贞元六书》也颇为相似，只不过缺乏《新理学》的哲学基础。李长之也在多个地方直接回应了冯友兰的新理学理论，其中三篇还是直接点评冯友兰三部著作的。可见他受冯的影响之大。

　　李长之极为赞赏冯友兰《新理学》绪论中的话"我们是接着宋明以来的理学讲的，而不是照着宋明以来的理学讲的"，认为"接着而不是照着，这话极有意义。接着者，就是的确产生自中国本土营养的根深蒂固的产物了，然而不是照着者，就并不是一时的开倒车和复古。只有接着中国的文化讲，才是真正民族文化的自然发展。只有这样，才能跳出移值的截取的圈子"。③ 因此，李长之的"迎中国的文艺复兴"理论和方案，可以视作冯友兰新理学哲学体系在文艺方面的投射和具体运用。

二　宗白华抗战时期的美学思想——以"意境说"为中心的中国传统的现代化问题

　　宗白华与朱光潜，一般被视作继清末民初王国维、蔡元培、梁启超之后的第二代中国现代美学家的代表。④ 和同时期美学理论家一样，

---

①　李长之:《中国文化运动的现阶段》,《迎中国的文艺复兴》,商务印书馆1944年版,第57页。

②　李长之:《附录一:评〈新理学〉》,《迎中国的文艺复兴》,商务印书馆1944年版,第23页。

③　李长之:《五四运动之文化的意义及其评价》,《迎中国的文艺复兴》,商务印书馆1944年版,第21—22页。

④　参见叶朗主编《美学的双峰:朱光潜、宗白华与中国现代美学》,安徽教育出版社1999年版,第111页。

宗白华继承了前辈美学家的中国美学的现代转化和建构工程。这一过程隶属于更大范围的中国文化转型，它既包括清理中国古典美学传统，也包括建构中国现代美学传统。

作为宗白华的学生，李泽厚有过关于朱光潜、宗白华的著名的比较。这一比较其实是较为笼统粗放的，如他认为朱光潜是近代的、西方的、科学的，宗白华是古典的、中国的、艺术的。但李泽厚认为宗白华美学的重要特征之一是"带着情感感受的直接把握"①，却恰切地概括了宗白华的思维与思想。

台湾诗人杨牧在《美学散步》的台版序言中，却着重提醒读者宗白华与欧洲文艺思想的关系。杨牧认为，宗白华尤其深受德国古典美学的影响。之所以他能够从"晋人的美"、唐代边塞诗等中国古典中提炼出民族精神，在前人基础上别有新见，其信心来自他对德国文学传统的把握。② 后来刘纲纪、王一川等在此基础上又将宗白华所受的德国文化精神的影响具体化。③ 刘纲纪认为德国美学对中国美学从"古代形态"到"近代形态"的转变产生了决定性的影响。其中歌德的自强不息、崇尚真实、热爱自然等品质和精神，对宗白华产生了深远影响。而王一川将宗白华美学归类为"现代感兴论美学"，是"中国古典感兴论美学（体验美学）与十九、二十世纪德国体验美学"在现代中国融合的结果。

以上重要研究和论述在宗白华美学资源方面已经作了全面而深入的梳理，但又基本上忽略了宗白华美学的另一重要特征，即他的美学思想是从对时代、现实的生存体验出发的。

刘小枫从全新的现代性的视角理解宗白华美学，逐渐接近这一问题的核心。他说，宗白华从"少年中国"时代开始就极为关注中国的社会现实，坚持将个人的思想与国家的命运联系在一起。他认为宗白

---

① 李泽厚：《美学散步·序》，宗白华《美学散步》，上海人民出版社 1981 年版，第 3 页。
② 杨牧：《美学的散步·序》，宗白华著，秦贤次编《美学的散步》，（台北）洪范书店 1981 年版，第 6—7 页。
③ 参见王一川《走向修辞论美学》，《天津社会科学》1994 年第 3 期。

华美学"明显带有对现代性问题做出哲学反应的意味"。[①] 在《现代性社会理论绪论》一书中,他继续上述思考,并总结道:宗白华从西欧现代审美主义那里借取的思想,"被用来加强汉语思想的民族性价值理念的优位性和独特性,从而进入民族文化的立场"。[②]

这又生发出两个问题。

其一,中西思想资源在宗白华美学中的地位。刘小枫用"借取""加强"较能合乎事实。西方资源在宗白华美学中,主要有两个意义:一是参照作用;二是方法作用。西方(尤其是德国)文化传统首先给了宗白华以建构中国现代文化的信心。其次在具体建构过程中,宗白华也多有借鉴和使用西方的一些观点、视角和范式。但根本上,宗白华处理的是中国文化问题,纵的提炼还是明显要多于横的学习。

其二,和之前的研究者一样,刘小枫对于抗战的历史语境之于宗白华美学的影响,多有忽略,或者起码是重视不够。

事实则是,四十年代是宗白华著述最多、成果最丰、思想最成熟的阶段。如果看不到这一点,尤其忽略抗战这一因素的话,对宗白华美学的理解和阐释,就很难到位。某些学者已经反思这一问题:"脱离历史语境而泛泛而谈'现代性''中国美学',容易堕入空洞的民族主义。"[③]

以下试从历史语境的角度分析宗白华抗战时期的美学思想。

1. "意境说"的问题

宗白华于抗战时期完成了他最重要的系列美学著作,构建了其美学理论的核心。其中以1943出版的《中国艺术意境之诞生》最有代表性。在这本著作中,宗白华提出,中国传统文化中最有价值的是"中国艺术"方面,而中国艺术方面最基本的、最核心的东西,就是

[①] 刘小枫:《湖畔漫步者的身影:忆念宗白华教授》,《这一代人的怕和爱》,生活·读书·新知三联书店1996年版,第65—78页。

[②] 刘小枫:《现代性社会理论绪论》,上海三联书店1998年版,第317页。

[③] 汤拥华:《宗白华与"中国美学"的困境:一个反思性的考察》,北京大学出版社2010年版,第238—261页。

"意境的特构"。宗白华将意境视作中国特有、中国对世界文化的贡献。以上基本上是文学史的常识。

近年来，有学者开始从全新的角度理解宗白华的美学创见。譬如罗钢先生认为，从思想实质上说，"意境说"的现代建构，"是中国学者为了重建民族文化的主体性而进行的'传统的现代化'工程的一个组成部分"。然而，他马上指出："在实践中，这种'传统的现代化'转化成了'自我的他者化'，从而进一步深化了近代中国所遭遇的思想危机……"①

罗钢的分析无疑具有敏锐的历史意识和一定的洞见，他将宗白华置之于现代中国学者进行"传统的现代化"工程这一谱系中，也具有相当的合理性。不过问题也就在于此。同样是致力于"传统的现代化"，不同学人有不同的立场、目的、学术传承和实践方式，轻易全部归之为"自我的他者化"恐怕不是很妥当。

罗钢所分析的前辈学者王国维，受叔本华、席勒等影响，以西方科学主义和悲剧观念解释中国文化和文学。王国维的研究范式具有浓厚的借鉴西方学术话语、从新阐释和总结中国传统文化的色彩。正因为在西方理论和思维的刺激下，王国维对中国文论进行了有创见的总结和批判，并完成了自己的理论建构。这基本符合所谓的"自我的他者化"特征。

然而，同样深受德国文化影响的宗白华（主要是康德、歌德影响），虽然思维中也时时有西方思想的影子，但其根本思维还是中国古代哲学，尤其是天人合一以及对中国文化的自信。在"传统的现代化"工程中，他与王国维具有微妙的然而却是重要的差异。

宗白华与王国维差异产生的原因包括以下几方面。

---

① 罗钢：《意境说是德国古典美学的中国变体》，《南京大学学报》（哲学·人文科学·社会科学）2011年第5期。此外，罗钢的相关研究还包括《本与末——王国维"境界说"与中国古代诗学传统关系的再思考》（《文史哲》2009年第1期）、《学说的神话——评中国古代意境说》（《文史哲》2012年第1期）、《"把中国的还给中国"——"隔与不隔"与"赋、比、兴"的一种对位阅读》（《文艺理论研究》2013年第2期）、《"被发明的传统"——〈人间词话〉是如何成为国学经典的》[《南京大学学报》（哲学·人文科学·社会科学）2014年第3期]。

其一，具体学术语境的不同。《中国艺术意境之诞生》深受四十年代中国哲学思想，尤其是冯友兰《贞元六书》的影响。《贞元六书》的《新原人》出版于1942年。冯友兰在其中提出人生的四境界说：自然境界、功利境界、道德境界、天地境界。《中国艺术意境之诞生》则出版于第二年。"意境说"的一些思考很明显受到冯友兰的启发。相对于冯友兰，宗白华提出了自己的人生的六境界说。换言之，它在相当程度上是对冯友兰的一种回应。王国维《人间词话》的诞生则无此语境。

其二，二人所处的现代中国历史文化位置不同。王国维身处中国传统社会向现代社会转变的大时代，亲历三千年未有之大变化，传统文化随着皇权政治的崩溃而出现危机。王国维一辈中不故步自封者，主动了解学习西方文化，并借西方文化打量和审视中国文化，解释其意义，分析其特性，维护其存在合理性。这些都是理所当然的事。而宗白华所处四十年代，中国现代学者在解决传统问题上，已经经历了两三代，中体西用、国粹派、全盘西化、古史辨、新儒家、战国策，各种思想和文化派别风起云涌各领风骚，各有针对传统文化的不同态度和药方。诸如梁启超、胡适、周氏兄弟、顾颉刚、熊十力、梁漱溟、冯友兰等都在这方面做出各自贡献。因此，"传统的现代化"工程已经奠定了相当的基础。在前人的基础上，宗白华思考和解决这一问题时也能有更清晰和理性的判断。

其三，最重要的原因——却不是学术性质的——还是抗战的出现。抗战激发了中国现代学者前所未有的面对西方文化的自信、积极和主动。这与他们对政府的支持和信任、对抗战的乐观和民族复兴的信心是一致的。在意识形态方面，他们也与政府能够达成表面的共识——抗战建国，复兴中国文化。二者是一而二二而一的。而晚清民初则不具备这一历史条件，那一时刻的学术与文化生产，源于危机与救亡。

因此，中国现代历代学者所致力于的"中国民族文化主体性"的建构，到了四十年代，发生了显著变化。这一时期有更多的建构而有更少的总结。如同李春青所指出，宗白华与王国维的最大不同在于前者具有建构现代中国文化的意识，而非总结古代传统文化。[①] 与此一致的，"自我"意识的加强，"他者化"思维的减弱——面对西方文化，有更多的坦然和平等心态，以及更强的介入意识。

2. 为战后世界文化提供中国贡献

宗白华的美学思想的一个特别而重要的意图，是为世界文化的多样化提供可能性。他的眼光和视野已经看到战后的世界。这是非常具有前瞻性的。宗白华"世界美学"的理想，人生六境界的说法，都是参与战后世界新文化建设的主动性的体现。

在宗白华四十年代的美学思想中，有三个最重要的具体面向：技术、民族、教育。宗白华在这三个方面，或是开辟了新的领域，或是深入已有问题。任何一方面都注入了带有鲜明的时代气息的现代问题。它们全部来源于体验，而非纯粹的、静态的理论。

宗白华这种体验美学与第一代中国现代美学家不同之处源于战时的生存感觉。如果说第一代美学家是以美处理民族文化危机，那么宗白华则是以美处理民族新生和国家重建。同样是有烛照黑暗的意义，宗白华的美学有更强的现实性、具体性，对于中国的古代更从容，对于中国的将来更乐观。

同样是以"现代"策略应对中国民族文化的建构，同样是从悠久灿烂的古代文化传统中寻找途径，同样是用重新阐释这一方法，宗白华具有更为自觉的文艺复兴的意识，更为宽阔的世界现代文化的视野。在现代文化中，中国文化应该也可以占有一席之地，这是抗战中的现代中国学者才可能拥有的抱负和理想。

朱利安（于连）在其名著《迂回与进入》中，论及文化或文明类别之间的关系时，明确反对基于"认同"预设的"差异"。宗白华抗战时期美学思想的建构，可谓正好契合了朱利安的话。他的美学思想的提出，并非迎合西方，并非为了寻求西方的认同。宗白华主要著作

[①] 李春青：《略论"意境说"的理论定位问题——兼谈中国文论话语建构的可能》，《文学评论》2013年第5期。

的叙述语言、思维方式、资源方法诸方面，都呈现了鲜明的中国性。若将他与同时期另一重要美学家朱光潜相比较，那么这一中国性更加突出和显著。

因此，历史性是理解宗白华美学必要的视角。在此基础上，宗白华美学的谱系问题方能呈现。他的美学史地位或许难比王国维。但如果从"现代性的地理属性"的角度看，宗白华美学对于中国现代文化的建构具有分量更重的启示意义。

罗钢曾尖锐地指出，王国维的《人间词话》，"对于支持我们的民族尊严和文化自信具有如此重要的意义，以至于，倘若没有这样一部著作，我们也有必要把它创造出来。事实上，'境界说'正是这种霍布斯鲍姆所说的被发明的传统"。[1]

然而笔者以为，文化的碰撞、交融对两种文化的任何一方而言，都是存在紧张，也存在机遇的。如果说近代中国知识分子的内心深处，的确长期存在焦虑、矛盾和紧张，那主要是因为这一碰撞裹挟的是西方在政治经济军事方面的强势。然而，并非所有中国现代文化的建构，或者对传统文化的阐释，都是基于这一紧张心理的。无论是宗白华一代的历史意识，还是很多新儒家的思想见解，呈现的文化心理是立足自身，将自己置于中国文化传统之中。他们并非时时刻刻都试图与西方文化竞争比较，也并非在这种竞争比较中才获取存在感。诸多中国现代文化现象，也难以纳入"刺激—反应"模式的解释范畴。

这样并不是说宗白华一辈已经在中国现代美学建构中实现了一种完全独立自主。实际上，包括美学在内的中国文艺复兴，始终有一种很强的民族文化认同色彩，它本质上是在西方文化冲撞这一大背景下产生的特有的"文化怀乡"现象。

即使天地玄黄，世界政治经济秩序在迅速改变，这种文艺复兴仍

---

[1] 罗钢：《"被发明的传统"——〈人间词话〉是如何成为国学经典的》，《南京大学学报》（哲学·人文科学·社会科学）2014年第3期。

然是一种建立在全球文化语境基础上的中国文化的复兴。因此，它也仍然是民族国家时代的大历史背景下一种想象性的解决方式。鲁迅于20世纪初希冀和憧憬的"比较既周，爰生自觉。取今复古，别立新宗"，全面而精练地概括了这一解决方式的特质。

第三节　"另类"废名的历史文化观及其思想转变

一　反思"五四"：《莫须有先生坐飞机以后》中的农民、道德与文学

作为废名的最后一部小说，《莫须有先生坐飞机以后》（以下简称《坐飞机以后》）历来以其"写实"或"纪实"的文体特征闻名。独特的文学审美价值之外，这部夹叙夹议的作品，寄托了抗战期间在故乡避难的废名的社会、历史、文化和美学多方面思想，也成为废名20世纪40年代思想转变的重要见证。回到农村、深入民间的作者以大量笔墨开启对五四启蒙的反思。作为"五四之子"的废名对"五四"反思，这一行为蕴含的深刻思想史意义，尚未引起学界重视。下文以《坐飞机以后》的细读为思考起点，希冀揭橥文本背后作者的思想脉络，并将其与五四传统作一比较，从而把握废名一代知识分子在20世纪40年代末的思想新动向，及其与新中国想象之关联。

1. "生存"优于"国耻"

抗战爆发后废名从北平回到故乡黄梅避难，《坐飞机以后》是这一经历的主要记录和总结。其中，关于中国农村和农民，废名的认识发生了巨大转变。他不再像《桥》《竹林的故事》时期那样单纯地展现和歌颂农村静态的田园牧歌和人性的纯净美好，这类小说毕竟写于二三十年代的都市和学院，叙述视角也还是远距离地观察世界或高姿态地俯视众生，背后也都是教育者的启蒙心理或者隐逸者的逍遥精神。而在《坐飞机以后》中，这两类心理几乎全然为生存的心理、求活的

精神所取代，具有显著的物质性和生活气质。

废名很快就敏锐地体验到，农村对于真实的现实生活而言，尤其是战乱时期，生存的意义远大于审美的意义。小说聚焦着中国农民的"容易生活"和"求生存"的本能。而这一点是知识界严重忽视的：

> 我们要好好地了解中国的农人，要好好地解救中国的农人。中国农人是很容易生活的，他们的生活简直是牛马生活，然而他们还是生活。你们的现代文明他们都不需要，你们想以现代文明来征服他们足以招你们自己的毁灭。若他们求牛马生活而不能，则是内忧，那么以后的事情待事实证明罢。①

> 三代以下中国则无力可称，而其德乃表现在做奴隶方面。百姓奴于官，汉族奴于夷狄，这个奴隶性不是绝对的弱点，因为是求生存。②

这些议论集中表达了废名的底层伦理观：中国的农民是安于现有生活的，哪怕是"牛马生活"，他们不需要"现代文明"；底层民众的"无力"并非弱点，为的是合理地"求生存"，因此其实是有力的；因为中国文化的优点在于德治，"求生存"的合法性具有精神上的超越性，而不是相反。废名在此赞扬"求生存"的中国式道德，他认为底层民众显示的这种生存状态，体现了真正的民族精神。"生活"与"求生存"不仅具有基本需要的意义，也反映着中国农民的基本精神面貌。

废名用更具体的事例来论证自己的观点，这就是战时生活中最常见的内容之一："跑反"。废名对"跑反"二字作了郑重其事的介绍：

> ……简直是代代相传下来的，不然为什么那么说得自然呢，毫

---

① 废名：《莫须有先生坐飞机以后》，王风编《废名集》，北京大学出版社2009年版，第828页。
② 同上书，第889页。

不需解释？莫须有先生小时便听见过了，那是指"跑长毛的反"。总之天下乱了便谓之"反"，乱了要躲避谓之"跑反"。……而且这个乱一定是天下大乱，并不是局部的乱……若跑反则等于暴风雨来了，人力是无可奈何的。他们不问是内乱是外患，一样说："反了，要跑反了。"①

上述絮絮叨叨的解释，赋予了"跑反"丰富的历史意义。"跑反"的历史实际上就是一部分合相继、治乱相间的中国历史，"跑反"历史的恒久性意味着生存状态的恒常不变和苦难生活的绵延持久。然而，这些都还不是废名的叙述重点，中国农民的生存哲学乃至生命哲学才是他力图向我们说明的。而其中最核心的概念是"生存"，"跑反"也是围绕它展开的。

在废名的描述中，跑反的目的不仅仅是保存人："中国老百姓最伤心的是敌人牵去了他一头牛，其次是杀了他一头猪，烧房子的事不常有。而日本老偏偏是牵牛去，就地杀猪吃，于是中国农民怕日本老了。强奸之事他们存而不论，在他们的精神上不刻一点痕迹的。"② 中国农民对侵略者的恐惧居然不是源于杀戮或强奸（后者的精神影响甚至被废名忽略不计），废名抛出这种与众不同的论调，为的是更加凸显生存之于老百姓的切实意义。

生存意义大于精神意义，失去一头牛或猪的痛苦尤胜于死亡或被强奸，这是废名的故作惊人之语吗？然而废名是严肃的。为了进一步论证这种生存理论的道德意义，废名的思绪最终定格在对五四启蒙的再解读上。他回忆起日俄战争时期中国人去战场上捡拾战事后遗留的炮弹壳的故事：

> 日本与俄国两个国家在中国的领土辽东半岛作战，就中国的

---

① 废名：《莫须有先生坐飞机以后》，王风编《废名集》，北京大学出版社2009年版，第889页。
② 同上书，第981页。

国民说,这是如何的国耻,是可忍孰不可忍。而中国国民在战场上拾炮弹壳! 莫须有先生那时少年冷血,骂中国人是冷血动物! 现在深知不然,这个拾炮弹壳并不是做官贪污,无害于做国民者的天职,他把炮弹壳拾去有用处呀! 他可以改铸自己家中的用具呀! 他在造房子上有用呀! 他在农具上有用呀! 今番"抗战建国"四个字如果完全做到了,便有赖于这个拾炮弹壳的精神!①

废名的"现在深知不然",是中年废名对少年废名的反思,也是四十年代废名对二十年代废名的反思。不难看出,这个"拾炮弹壳"的故事有意地与鲁迅在《呐喊·自序》中所述的"幻灯片事件"相呼应:同样是关于日俄战争,同样涉及中国普通民众,早年废名和鲁迅同有"国耻"感受,也一样有"中国人是冷血动物"的认识。然而,鲁迅因此而诞生著名的弃医从文的选择,"揭出病苦,引起疗救的注意"②也成为他终其一生的追求。废名作为"五四之子",对周氏兄弟的佩服乃至崇拜众所周知。但随着后"五四"时代的知识界分化以及周氏兄弟失和,他最终和鲁迅渐行渐远。废名看出中国民众求生存的重大意义,并颂扬之,这就与鲁迅对大众始终抱有的批判和警惕呈现较为明显的分野。

废名对国民性问题的颠覆性看法并非突然产生。他承认自己以前对民众的看法也近似鲁迅,"简直有点痛恨中国民众没出息"。而这是在"民国二十六年以前"的事。可以看出,1937年全面抗战的爆发,及战时的生活与体验,是促使废名思想由"痛恨民众没出息"转向"深知没出息的是中国的读书人"的重要契机。而影响废名的情感态度偏向于民粹的具体原因,据废名自己解释,是对实用主义的接受与认可:"拾炮弹壳"并非"冷血"的国耻,而是为了"有用",有益于"建设"。"冷血"问题属于精神判断,而"有用"则是物质范畴了,

---

① 废名:《莫须有先生坐飞机以后》,《废名集》,北京大学出版社2009年版,第919页。
② 鲁迅:《我怎么做起小说来》,《鲁迅全集》第4卷,人民文学出版社2005年版,第526页。

在两者之间,废名是称道后者的。

2. 批判机械文明、进化论、民主与"读书人"

在战国策派兴起,昆明的西南联大教授们为英雄、民众、知识阶层争论不休的时候,远在黄梅的废名也从多方面对新文化传统和现代知识分子进行了审视。

机械文明首先引起莫须有先生的反感。他形容坐飞机是:"……等于催眠,令人只有耳边声音,没有心地光明,只有糊涂,没有思想,从甲地到乙地等于一个梦,生而为人失掉了'地之子'的意义,世界将来没有宗教,没有艺术,也没有科学,只有机械,人与人漠不相关,连路人都说不上了,大家都是机器中人,梦中人。"① 如果说这个"很大的感想"是《桥》和《莫须有先生传》中一贯思想的延续,那么下面这段文字很能体现废名思想的四十年代特色。

> 机械发达的国家,机械未必是幸福;在机械决不会发达的中国民族而购买物质文明,几何而不等于抽烟片呢?谋国者之心未必不是求健康,其结果或致于使国家病入膏肓呢?我们何不去求求我们自己的黄老之学?我们何不去求求孟夫子的仁政?我们何不去思索思索孔夫子"节用而爱人"的意思,看看大禹"菲饮食而致孝乎鬼神,恶衣服而致美乎黻冕,卑宫室而尽力乎沟洫"的榜样呢?②

这段文字蕴含的思想驳杂,甚至有所冲突,却较为全面地展示了废名的政治观和历史观。"黄老之学"的无为而治、孔孟的仁政、大禹的刻苦进取,这些政治理念或精神,无论是在思想谱系上,还是在具体的历史实践中,是难以完全统一起来的。何况,人类的幸福这一文化和伦理问题,与"谋国者"的治国策略这一政治制度问题,如何

---

① 废名:《莫须有先生坐飞机以后》,《废名集》,北京大学出版社 2009 年版,第 810 页。
② 同上书,第 810—811 页。

可以简单地并置呢？这样的驳杂是具有鲜明的指向性的。那就是对现代中国知识分子的批评，尤其是对进化论的攻击。

> 中国的几派人都是中了进化论的毒，其实大家都不是研究生物学，何以断章取义便认为是天经地义呢？这个天经地义便是说一切是进化的，后来的是对的。共产党不必说，最后的是对的，所以最后的革命是无产阶级的革命。即如胡适之先生的《白话文学史》，何曾不是最后的是对的呢？因为以前的文学都是向着白话文学进步的。……你们为什么不从道德说话而从耳目见闻呢？你们敢说你们的道德高于孔夫子吗？高于释迦吗？①

所谓的"几派人"，除了进化论介绍引入者严复一代，还包括共产党这样的社会革命实践派和胡适这样的社会改良理论派，实际上基本涵盖了现代中国知识界和思想界的现代一派。废名对作为五四思想的重要指导思想和实际内容之一的进化论的批判，既指向文学史观（胡适的《白话文学史》），也指向社会运动（共产党的理论和实践）。

废名以孔子、耶稣为例，论证道德问题的非线性发展性质，这一认识的深刻和正确毋庸置疑。但他对进化论的批评却在另一面向构成其反精英思想的重要部分。除了嘲讽机械文明，莫须有先生也不忘重审"民主"。

> 今之学者，今之谈民主者，都是留学生，都住在都市里头，心目中都有外国选举竞选的模样，不知道中国社会是什么了……读书人的都市上所谈的政治，是纸上谈兵，乡下人不闻不问了，一切都是读书人的把戏而已。②

---

① 废名：《莫须有先生坐飞机以后》，《废名集》，北京大学出版社2009年版，第1085页。
② 同上书，第1941—1942页。

废名搬用底层民众嘲笑知识分子时常有的语气来讥讽和拷问自己所在的阵营：

> 同莫须有先生一样一向在大都市大学校里头当教员的人，可以说是没有做过"国民"。做国民的痛苦，做国民的责任，做国民的义务，他们一概没有经验。这次抗战他们算是逃了难，算是与一般国民有共同的命运，算是做了国民了。然而逃难逃到一定的地方以后，他们又同从前在大都市里一样，仍是特殊阶级，非国民阶级。是的，他们的儿子当过兵吗？保甲抽兵抽到他们家里去吗？……国民与征兵无关，还能算是国民吗？……他们只晓得国家养他们而已，养不了故叫苦。实在国家兴亡良心上他们毫无责任。于是他们负了亡国的责任！①

这段话是莫须有先生对于征兵事件的有感而发。在征兵过程中，为废名所注意的是地位高低和身份贵贱导致的责任不平等。从这一事件延伸，他顺便嘲弄了自己，或许还有意无意地顺带批评了远在昆明的老同事们——从前是"大都市大学校里头当教员的人"，后来逃难，然后继续在大学教书，然后在物价高涨时"叫苦"，这不是对西南联大教师们的经历的描述吗？废名一点都不遮掩，甚至把"亡国的责任"归之于他们。关于"特殊阶级"的论定，在一定程度上揭示了"五四"至抗战期间中国知识群体与普通农民群体命运的迥异和心灵的隔阂。然而，这一判断是罔顾脑体分工具有的符合社会发展规律的合理性的，偏见在所难免。

废名的激烈情绪很快就上升到道德批判的层面："说来说去中国的事情是决弄不好的，因为中国的读书人无识，而且无耻，势非亡国不可，而中国的大多数民众对于此事是不负责任的，因为他们向来不负国家的责任，他们只负做百姓的责任。你们做官，你们是士大夫，

---

① 废名：《莫须有先生坐飞机以后》，《废名集》，北京大学出版社2009年版，第935页。

你们便应负国家的责任！"① 根据这一逻辑基础，他亮出了对五四知识分子思想传统的清算："现在的读书人只能算是宦官，他们的主子是科学与民主，他们的皇宫是大都市了。"

这种读书人误国或亡国论在抗战期间并不鲜见。某种意义上而言，这一思潮的发生根源于知识分子与农民社会地位和作用在特殊时期的换位。抗日战争所蕴含的"以农民为主体的民族解放战争"性质，使得农民这一群体在现代中国历史中扮演的角色空前重要起来，相对而言，知识阶层的现实意义和地位就相应地降低了。不仅如此，知识分子内部也开始对农民生活方式的歌颂和对自身生活方式的反思。战争的残酷性，加剧了人的生活的不稳定和碎片化，凸显了生命的有限、短暂与脆弱，而之前被认为是缓慢、停滞、少变化的农民生活状态，被人们赋予了"永恒"的意义和庄严的色调。四十年代对"农民"的再发现，对于诸多现代作家而言，具有社会学和政治学的深远意义。钱理群先生认为四十年代有相当部分作家形成了一种"农民崇拜"，而这种情结是与他们在战争中的流离失所的处境和无力感紧密相连的："这种'农民崇拜'（或曰'人民崇拜'）对于许多中国现代作家，已经成为他们在战争中失落了一切以后又寻找到的新的'信仰'，在被战争抛出了世界以后又寻找到的新的'归宿'。"② 上述废名所叙述的"跑反"亦可作此理解。

在这一特殊历史情境的推动下，"与'五四'时期启蒙主义知识分子的'高位'相比较，战争年代绝大多数知识分子与平民百姓一样经历了流离失所的过程，成为重新寻求归宿的流亡者，历史地位也跌到了'五四'以来的最低位"。③ 最终，被侮辱与被损害的民众被推为民族复兴（尤其是道德复兴）的历史主体，而原先叱咤风云的知识分子的地位被取代了。而这一巨变，很大部分又是知识者自身主导的。

如果说1937年之前的废名还是"五四之子"的话，那么此时的

---

① 废名：《莫须有先生坐飞机以后》，《废名集》，北京大学出版社2009年版，第918页。
② 钱理群：《对话与漫游》，上海文艺出版社1999年版，第42页。
③ 吴晓东：《史无前例的另类书写——废名的〈莫须有先生坐飞机以后〉》，《名作欣赏》2010年第4期。

废名已经完成了对"五四"的弑父行为。两年后的 1948 年，废名在其长文《一个中国人民读了新民主主义论后欢喜的话》中，将"五四"的意义彻底否定了。

> 每逢在北京大学内看着北大同学庆祝五四运动，我就很难过，五四运动是抗日，抗日就应该有抗日的效果，不应该发生九一八以后的事情！发生了九一八，再来长期抗战，而且与美国为盟友，那么日本投降了，不应该有丧权辱国的条约，另外还嚷什么美国扶植日本！我认为五四运动没有意义，就因为抗日没有意义，换一句话说中国给国民党亡了！①

这段话将"五四"、九一八事变、抗战、美日关系等史实和问题捆绑在一起作一粗率阐释，在逻辑上和事实上都自相矛盾。② 废名的这些言论，围绕着农民意识这一核心，对进化论、机械文明、民主政治等进行了批判和反思。与一般知识分子不同，他站在底层说话，从底层的角度否定了上层和精英。尽管不乏激进之处，但在 20 世纪 40 年代的历史语境中，仍然是具有相当的启迪意义的，是对五四精神的补益和修正。但其中不少论断的偏见和错误也是显见的。

思想的发展往往需要经历否定之否定的扬弃过程，废名对"五四"的反思也充满"今日之我"与"昨日之我"的战斗。《坐飞机以后》一文中出现众多的喃喃自语和浮想联翩，这种文体是废名这种内心搏斗的最合适的表达形式。在深切的生活体验中，在不断的自我反思中，废名的思想发生了根本性的突变和巨大的更新。

3. "人民文艺"的论调

基于对民众与知识分子的看法的巨大变化，反映在文学上，废名

---

① 废名：《一个中国人民读了新民主主义论后欢喜的话》，《废名集》，北京大学出版社 2009 年版，第 1944—1945 页。

② 参见拙作《从废名的一篇未刊文看其 1940 年代的思想转变》，《鲁迅研究月刊》2014 年第 7 期。

在《坐飞机以后》中形成了关于人民文艺的初步论调。

庾信、陶渊明和李商隐是废名最喜爱的几位文学家,但在《坐飞机以后》中,废名并未提及李商隐,至于庾信和陶渊明,也有别于《桥》《莫须有先生传》中的理解而进行了新的阐释。废名认为,庾信、陶渊明是安贫乐道、清静无为的,最重要的是,他们是亲近农村和老百姓的,他们的诗歌表达的是普通民众的心声。鉴于此,虽然废名多次贬斥了中国的读书人,却没有将他们列入其中。他依然推崇庾信、陶渊明,但角度和评判标准却已经悄然变化,废名内心的曲尺可见一斑。

废名的"重道轻文"倾向自此日趋显著。在《坐飞机以后》中他重新强调了文艺的教化功能:"现在所喜欢的文学要具有教育的意义……读之可以兴观,可以群,能够多识于鸟兽草木之名更好。"[①] 1946年底,废名又针对中国文学的方向问题提出了自己的总结性意见:"中国的文学,从《三百篇》以至后代,凡属大家,都不出兴观群怨'君父国家'鸟兽草木的范围,屈原是如此,杜甫是如此,杜甫所推崇的庾信也是如此。……我们的新文学运动起来……而关于文学的内容却还没有民族的自觉,于是还是没有根本的文学,学西洋则西洋是艺术、科学、宗教并行的,哪里学得来呢?中国没有科学,没有宗教,若说宗教中国的宗教是伦常,这不足为中国之病,中国作家如不本着伦常的精义,为中国创造些新的文艺作品来则中国诚为病国……"[②] 废名如此推崇屈原和杜甫,这是此前罕见的。这一变化的背后是对文学功用观的重视。抗战期间培育出的对中国伦常的热衷,使得废名将屈原、杜甫与庾信并举看待。他的早期小说如《竹林的故事》《桃园》《桥》等,表现的皆是尚未遭受现代文明冲击的封建宗法制农村,颂扬的是农村人质朴纯真的灵魂和恬静淡然的生活。此时的废名文学在美学意义上是反对现代文明和西方文明的,但废名毕竟深受五四新文学和五

---

① 废名:《莫须有先生坐飞机以后》,《废名集》,北京大学出版社2009年版,第908页。
② 废名:《响应"打开一条生路"》,《大公报·星期文艺》1946年第8期。

四文化所影响，继承的是五四新文化运动所高扬的自由、民主和科学精神。因此，东方审美文化与西方社会文化能够在这一时期有机地统合在废名身上。而对"文学的内容"和"民族的自觉"的双重重视，暗含对纯粹审美和外来文明的潜在反对。废名文艺观的转型已经展开。

更根本的变化发生在1948年以后。1948年底的一次会议上，废名开始较系统地谈论文学与政治的关系。他说："我以为文学家都是指导别人而不受别人指导的。他指导自己同时指导了人家。没有文学家会来这儿开会，因为他不会受别人指导的。我深感今日的文学家都不能指导社会，甚至不能指导自己。我已经不是文学家，所以我才来开会（全场大笑）。"①

这是11月7日北大召开的一次题为"今日文学的方向"的会议。会议的出席者还包括钱学熙、朱光潜、沈从文、冯至、汪曾祺、袁可嘉、金隄、常风、叶汝琏、马逢华等。这是废名第一次公开地宣称自己"已经不是文学家"。比这一半开玩笑的宣布更具历史意义的是他对"忠君"的文学的论述。

> ……我告诉大家一件事实：中国文学史上确有第一流的文学家是听命于政治的，如忠君的屈原、杜甫，但仍能在忠君之余发挥他们的才能。另外，亦有文学家虽反抗社会而不成其为文学家的，如周秦诸子。大概而论，周秦以后的文学家听命的多，不过他们的天才大，感情重，所以不妨碍他们成为文豪。②

忠君与忠于文学在废名看来是能够和平共处的，因为废名给予了"君"与"文学"关系的重新解释。在1948年底这一敏感的政治时刻，知识分子的政治道路抉择成为一个严重的话题。文学界的分化也日益明晰。作为自由主义作家重镇的京派作家群，更是面临坚持自己

---

① 《今日文学的方向——"方向社"第一次座谈会记录》，《大公报·星期文艺》1948年第107期。
② 同上。

思想和风格还是随着新政权意识形态而转变的选择。废名此时提出的"忠君"论，多少暗示了他后来的转变。

1932年，废名曾借评论周作人散文之机，表达对鲁迅"转变"的遗憾：

> 鲁迅先生的小说差不多都是目及辛亥革命因而对于民族深有所感，干脆地说他是不相信群众的，结果却好像与群众为一伙，我有一位朋友曾经说道，"鲁迅他本来是一个cynic（愤世嫉俗者），结果何以归入多数党呢？"这句戏言，却很耐人寻味。这个原因我以为就是感情最能障蔽真理，而诚实又唯有知识。①

废名的评论自然不为鲁迅所接受。（后者11月20日致信许广平说："周启明颇昏，不知外事，废名是他荐为大学讲师的，所以无怪攻击我，狗能不为其主人吠乎？"）但这是另话。值得玩味的是，废名所理解的鲁迅的"转变"的表象（从不相信群众到与群众为伍）、实质（少数归入多数）和原因（充满"感情"而缺乏"知识"），庶几与十几年后废名的转变类似。

通过对"求生存"的物质需求的强调和生存哲学的称赞，废名批判了五四文化中从精神层面救亡图存的思维和方法；通过对机械文明、进化论和民主的攻击，废名批判了进化论、"德赛二先生"这两大五四精神源泉尤其是其非本土性（西方性）特质；通过对文艺功用观的辩护和文艺的人民性的强调，批判了占五四文学主体地位的个人主义。这些批判与反思，既源于特殊历史情境中现实生活的感受和体验，也是对现代思想史的回望性总结；既是对五四传统的纠偏或误解，也是废名自身心路历程的呈现。总体而言，这一时期的废名对五四传统以否定性反思为主，经由这一反思，四十年代末的废名也逐渐完成了自身文学观和文化史观的转变。

---

① 废名：《〈周作人散文钞〉废名序》，《废名集》，北京大学出版社2009年版，第1280页。

二 从一篇未刊文看废名四十年代的思想转变

《一个中国人民读了新民主主义论后欢喜的话》是废名写于 1949 年初的一篇长文。当年 1 月 31 日，解放军进城，北平宣布"解放"，4 月 1 日，废名即完成此文，并托湖北老乡董必武转交当局最高层。事后却没有音信。文章也一直未正式发表，直至 2009 年收入王风编、北京大学出版社出版的《废名集》中。

这篇未刊文作为毛泽东《新民主主义论》的读书心得，在废名的思想历程和文学生命中有着特殊的地位和意义，却一直没有得到充分注意和研究。[①] 废名在文中表达了对毛泽东著作的理解与认同，同时又以交心的姿态介绍和诠释了自己的思想文化观念和政治态度。对新政权的真诚拥护和对传统文化的由衷热爱是文章的两大基调。在当时的自由主义作家中，公开支持共产党的本并不多。像废名这样不仅公开支持和称颂，而且以"我注六经""六经注我"的方式撰写毛泽东著作阅读心得的更是罕见。比较他过去的思想和文学观念，这一转变的发生就愈加值得探究和辨析。

《一个中国人民读了新民主主义论后欢喜的话》（下简称《欢喜的话》）共九章，大体而言，包括三部分内容：一是对共产党和毛泽东的颂扬；二是对自己思想的介绍和阐释，以及将自己的思想与共产党的思想相勾连的论述；三是对当局的文化和教育方面的建议。其中第二部分是全文的核心和主体，贯穿了大部分篇幅。如何论证自己思想与新政权意识形态的一致性，是很多作家进入新社会所要面临的重大而困难的问题。废名却"独辟蹊径"，在主动地完成自己思想转变的同时，也悄然开启了一条与众不同的融入路径。

1. 以民粹立场靠近新政权

废名并不掩饰自己对新政权的感情。他开卷即说读了"毛主席"

[①] 笔者完成此文后不久，得见钱理群先生《一九四九：废名上书》（《书城》2014 年第 10 期），亦对废名此文有所阐释。

的《新民主主义论》后情不自禁要贡献出自己的"刍荛之见",因为"识见上得了好大的进益,心情上得了好大的欢欣""在我懂得中国共产党之后,我则欢喜若狂,要如希腊的学者一样要喊'得之矣!得之矣!'"① 这些姿态和表达能看出废名对自己能接近和理解新政权的兴奋。

在表达了基本态度和倾向之后,废名开始寻求自己的思想与新政权的意识形态的相通之处,并努力去论证它,从而在情感和理智两方面接近新政权。这种论证过程是从两个方面进行的:一是重农意识和民粹思想决定的历史文化观;二是对传统文化,尤其是儒、释二家的新解释。它们都发端于废名四十年代的战争体验。

废名声称自己自抗战以来的思想便逐渐向共产主义靠拢。其中,他特别强调自己对中国农民和读书人的看法,并认为这是和共产主义的一个根本的相通之处。

抗战期间的废名在故乡黄梅避难。切身的生活体验使其产生了对农民这一群体的极大同情,并逐渐升华为一种礼赞。这一点前文已有分析。但是废名对农民的认识又并非单向的,而是充满比较思维的。这就是农民—读书人、农民文化—现代文明的对立思维。废名将之纳入其对中国历史与现实的考察之中:"说来说去中国的事情是决弄不好的,因为中国的读书人无识,而且无耻,势非亡国不可,而中国的大多数民众对于此事是不负责任的,因为他们向来不负国家的责任,他们只负做百姓的责任。你们做官,你们是士大夫,你们便应负国家的责任!这是中国的历史,新的理论都没有用的。"② 对土地、农民和古代圣贤的礼赞与对读书人的批评,形成了废名较为固执的历史观:中国的农民是非常可爱的,中国古代的圣人则是农民的代表,以农民为基础的社会是和谐的。中国的贫弱则是由于读书人的无耻、破坏性的现代文明的引入以及读书人组成的现代政府。这些观念充分显示了

---

① 废名:《一个中国人民读了新民主主义论后欢喜的话》,《废名集》,北京大学出版社2009年版,第1941、1974页。

② 同上书,第918页。

废名抗战时期思想的民粹色彩。这种道德主义倾向,如同研究者所说,是有欠历史感的。①

《欢喜的话》在继承上述思想的基础上又进行了微调。

《莫须有先生坐飞机以后》中,废名所批判的读书人构成的"官",涵盖所有现代政府组织形式,并无具体指责对象,也没有对国民党政府不满的直接表达。废名也未提出政治制度方面的具体意见,只是阐述了一种较为宏观的政治文化观,和心中理想的政治形态,那就是黄老之学与孔孟仁政:"我们何不去求求我们自己的黄老之学?我们何不去求求孟夫子的仁政?我们何不去思索思索孔夫子'节用而爱人'的意思,看看大禹'菲饮食而致孝乎鬼神,恶衣服而致美乎黻冕,卑宫室而尽力乎沟洫'的榜样呢?"②

但是《欢喜的话》却有不一样的说法:"……对于日本这个强敌,我们到底应该怎么样呢?这个我却始终是一点儿疑惑,我没有法子解决。我也不暇去想它。我只知道中国要给国民党亡了。这都是我的老实话。"③

因此,在抗战时期,废名的历史文化观主要集中在旧与新、农民与读书人、百姓与官等对立概念上,其民粹主义色彩是较为朴素的;而到了《欢喜的话》时,废名已经开始将焦点聚集在政党政治上了。

要解释自己的这种转变,显然是不易的。当废名试图将自己的这种历史文化观与共产党意识形态联系起来的时候,也显得相当不自然。

> 我到今日才恍然大悟,中华民族复兴了,正是农民复兴,正是民族精神复兴,原来中国共产党在那里做民族复兴的工作了。他们从江西走到北方去抗日,不像禹疏九河的辛苦么?这个精神

---

① 参看吴晓东《史无前例的另类书写——废名的〈莫须有先生坐飞机以后〉》,《名作欣赏》2010年第4期。

② 废名:《一个中国人民读了新民主主义论后欢喜的话》,《废名集》,北京大学出版社2009年版,第810—811页。

③ 同上书,第1944页。

本来是有根的……中国共产党的作风,不正像禹稷一般的政治家,即是农民的素朴而能把帝国主义打倒吗?①

废名的"恍然大悟",恰恰表明"农民的素朴"与"把帝国主义打倒"之间的逻辑的建立、共产党长征与大禹治水的相似性的寻找,未免太过突兀,太过跳跃了。

类似的变化还体现在他对五四新文化和现代文明的评价上。在《莫须有先生坐飞机以后》中,废名对于机械文明、进化论和科学民主都有过极为激烈的言论。这些言论,围绕着农民意识这一核心,对进化论、机械文明、民主政治等进行了批判和反思。尽管不乏激进之处,但在四十年代的历史语境中,仍然是具有相当的启迪意义的,是对五四精神的补益和修正。

到了《欢喜的话》,废名的"五四"观却变成:

> 每逢在北京大学内看着北大同学庆祝五四运动,我就很难过,五四运动是抗日,抗日就应该有抗日的效果,不应该发生九一八以后的事情!发生了九一八,再来长期抗战,而且与美国为盟友,那么日本投降了,不应该有丧权辱国的条约,另外还嚷什么美国扶植日本!我认为五四运动没有意义,就因为抗日没有意义,换一句话说中国给国民党亡了!②

"五四"、抗日、美国扶植日本等历史事件牵扯在一起,显得有些风马牛不相及,而将抗战的"无意义"归因于"五四",也实在勉强。这样的逻辑得出的结论是"中国给国民党亡了",更不够有说服力,因为它无法回答这样的质问:五四运动、抗日以及抗战期间联合美国都不应该吗?何况,正是因为抗战,废名才发现了农民的伟大,此刻

---

① 废名:《一个中国人民读了新民主主义论后欢喜的话》,《废名集》,北京大学出版社2009年版,第1953页。

② 同上书,第1941—1942页。

却如此认定"抗日没有意义",不是自相矛盾吗?

那么这种奇怪的论调何以发生呢?只有看到废名的自我解答才知晓其用心之苦。

> 我已经读了《新民主主义论》,我一向的一点儿疑惑一天都解决了。……我现在知道五四运动有意义!抗日战争有意义!便是民族复兴的意义!都是中国共产党给的!中国从五四运动以后产生了共产党,共产党打倒帝国主义,日本帝国主义便是这样打倒的。……中国五四、抗日运动要由共产党才有意义,日本帝国主义是因为共产党联俄而打倒了,中国打倒了日本帝国主义,同时也快要把美帝国主义赶出中国了,同时依靠美帝国主义而祸国殃民的国民党奴隶政权也快要打倒了,真是一块石头打死了好几个鸟,令我不得不佩服共产党战略的巧妙……①

这种"疑惑"的"解决",其思维并不复杂:与其说废名追寻的是历史的"意义",不如说是"效果"更为准确。这一思维是与官方史学对近代史的解释逻辑高度吻合的:洋务运动、维新变法、辛亥革命都有问题,所以他们是失败的;他们是失败的,所以都不足为训。只有共产党的出现,才能克服这一切问题;因为共产党"打倒"了日帝、美帝,所以使得之前的历史有意义。

只有借助这一逻辑,通过这种成王败寇的历史观的建立,才能使废名的朴素民粹思想上升到政党政治意识的高度。这一转换,使其更容易、更迅速地接近即将取代国民党统治而建立的新政权。一句"都是共产党给的!",足矣。不过,尽管在大方向上废名实现了这种接近,但仍然存在不少与新政权相龃龉之处,比如农业与工业发展问题、家族问题等方面,它们都有待五十年代初的思想改造运动作进一步的

---

① 废名:《一个中国人民读了新民主主义论后欢喜的话》,《废名集》,北京大学出版社2009年版,第1944—1945页。

剔除和清理。

2. 以传统文化解释新政权思想

废名对传统文化的造诣和感情之深，在其二三十年代的作品中已经多有体现。在《莫须有先生坐飞机以后》中，他也一再表示中国的未来在于黄老和孔孟之学。抗战期间的废名还写过一篇颇为自得的佛学论文《阿耶唯识论》。

《欢喜的话》也有相当的篇章是对传统文化，尤其是儒家、佛家思想的理解与阐发。第三章"儒家是宗教"、第四章"性善"、第八章"从为人民到为君"，论述儒家的道德观和政治观；而第六章"理智与迷信"则是关于佛家思想尤其是废名抗战时期热衷谈论的"种子说"的解释。

废名在写作这些近乎学术论文的文字时，极为专注认真，一丝不苟，体现了他对传统文化的庄重态度。但他解释传统文化并非为了学术研究，而意在将自己思想与新政权意识形态相调和。

废名主要采取的方式是先选取传统文化中有利于论证的相关内容，解读其基本义理，然后用一种"先进"的标准、角度和语言，将之进行全新的包装和阐释。在传统与现代的穿越对照中，实现传统文化对新政权文化的"合"与"释"。

譬如第三章中，废名在一如既往地称颂了传统的圣人禹稷之后，笔锋一转："各民族的圣人都是各民族的代表，是民族精神产生圣人，并不是圣人产生民族精神。……世界必然从中国得救的，那时中国共产党，中国共产党的领袖毛主席便是世界的大禹了。"[1] 从儒家文化中提炼出"民族精神"这一现代观念，从而将儒家精神与共产主义、儒家圣人与共产党领袖联系起来。古代的"圣人观"与现代的"领袖观"便如此关联在一起了，而共产主义也被视作与儒家精神同样伟大的"民族精神"而并举了。

---

[1] 废名：《一个中国人民读了新民主主义论后欢喜的话》，《废名集》，北京大学出版社2009年版，第1952—1954页。

又如,《论语》中"齐一变,至于鲁。鲁一变,至于道"的话,本来意在解释民性和仁政的递进。废名则将之比作马克思主义的社会发展五阶段说和毛泽东的新旧民主主义与社会主义阶段论,从而生发出一种极为时髦的解释。

> 中国共产党令我懂得这一章书。鲁并不要变成齐再变成道的,鲁是一变便可以变成道的。中国并不要经过工业发达变成资本主义的国家再来革命的,中国是可以打倒帝国主义由新民主主义而社会主义的,便是"鲁一变至于道"。孔子的伟大!中华民族的伟大!中国共产党的伟大![①]

关于"大学之道",他也将"治国平天下"等同于"为人民服务",并因此认为蔡元培"为学问而学问"的口号是"没有识见的",共产党是"真真的做起学问了"。[②] 废名称颂作为共产党意识形态核心之一的实践论,赞扬学问的功用观,这也是一个重要的转变。

《莫须有先生坐飞机以后》第十五章"五祖寺"中,废名评述了二十年代黄梅当地的一个女共产党员为"破迷信"而杀五祖的往事:"中国的民族精神便是'孝弟'。而现在中国的共产党要打倒孝弟,他们认为这是封建思想,他们不知道他们自己缺乏理智了。……中国的圣人是无为,而中国的读书人是多事了。中国的圣人是农民的代表,中国的读书人是自己发脾气罢了。……共产党也是读书人。"[③] 废名在此是将共产党列入"读书人"的角度来批评和嘲讽的。共产党是"读书人",共产主义是西化的东西,都是废名反对的。他重视"孝弟"和黄老之学,更是对共产党的激进思想和行为的不满。

然而,到了《欢喜的话》,废名却旗帜鲜明地表示:"共产党给中

---

① 废名:《一个中国人民读了新民主主义论后欢喜的话》,《废名集》,北京大学出版社2009年版,第1955页。
② 同上书,第1978页。
③ 同上书,第1033页。

国人以一个革命的意识,即阶级意识;给中国人以一个革命方法,即阶级斗争。我们非共产党员,应该代表一切的为人民者,从孔子以至陶潜以至李卓吾,一齐向共产党致敬,因为共产党有了为人民的方法,即是革命。"① 废名不仅不提自己原来坚持的政治思想(黄老之学、孔孟仁政、家族政治),也将之前与共产主义之间的矛盾一笔勾销了。阶级意识、阶级斗争、革命成为废名心目中最先进的政治文化理念。他对这一文化之取代传统政治思想是心悦诚服的。

值得一问的是,中国传统的儒家思想自身具有较为显著的入世精神,因而将之与共产党的实践论联系起来固然牵强,但尚有表面的相似,操作起来相对可行,但佛家思想却具有很强的思辨色彩和出世精神。废名如何解决这一问题呢?

《阿赖耶识论》是废名写于1942年冬至1945年秋的一篇佛学论文。其主要思想在《欢喜的话》中有所提及,但几乎没有涉及与共产党的关系,而基本停留在一种展示学问的层面。大概他自己也意识得到,这种阐释比之于将儒学与共产主义相联系起来,更难牵扯在一起。

可是,这并不表明废名无此想法。卞之琳曾回忆:"1949年春我从国外回来,他把一部好像诠释什么佛经的稿子拿给我看,津津乐道,自以为正合马克思主义真谛。我是凡胎俗骨,一直不大相信他那些'顿悟'……无暇也无心借去读,只觉他热情感人。……主观上全心接受了马克思主义,热忱拥护社会主义,甚至有点从左到'左'了。"②

可见,以佛学著作去"合"马克思主义,虽然废名没有做得像以儒学与"合"共产主义一样多,但这恐怕只是因为他有心无力,而并非没有意愿和自信。在那样一个特殊的历史时期,废名此举终究难以摆脱迎合权力者之嫌(何况《欢喜的话》是他托董必武转交中共最高当局的)。

这种不伦不类似乎与废名闻名文坛的"怪异"有关。解放军进入

---

① 废名:《一个中国人民读了新民主主义论后欢喜的话》,《废名集》,北京大学出版社2009年版,第1984页。

② 卞之琳:《〈冯文炳选集〉序》,人民文学出版社1985年版,第5页。

北平城后，曾组织游览北海公园，这本非奇闻逸事。但废名却兴奋异常："……我得了这个消息很喜悦。北海的建筑一定给军人一种解放，精神上起积极的作用，而北海建筑物是受了佛教影响的。"① 对此阐释，我们是要为他对传统文化的深情感动，还是为他的一厢情愿乃至谬托知己而叹息呢？

由以上表现可以看出，废名对中国传统文化与共产主义思想之间联系的构建，既有过度阐释因而勉强的一面，也有选择性取舍的一面。对于儒家思想，他不提民贵君轻这样的朴素民主理念，而是将民众与政治领袖的关系解释为平地与高山，并进一步发展到为个人崇拜辩护；对于佛家和道家思想，他也有意忽视其中蕴含的自由因子，只是泛泛地统称之为"无为"的精神，却又很令人费解地认为这种"无为"精神是与马克思主义真谛相通的。

然而，废名的学问毕竟不等同于共产党的"学问"。废名费尽心思去论证二者的一致性，其态度也十足真诚，但是否能够如愿，废名自己也是不自信的。

比如，废名极为称道共产党的教育，认为共产党的教育方法便是孔夫子的教育方法，其本质都是政教合一，因此他主张把共产党训练党员的方法拿来办现代教育。但废名同时又小心地补充说，这种教育也不可忘记师道尊严。

又如，对于新政权的文化政策，废名的期待显得战战兢兢。

> 区区之心是赞美共产党，简直不知道拿什么好话来说，我想最好的话莫过于劝共产党不要排斥中国的圣人，是的，我满腔心事，一句话说出来了。请共产党不要因为后代的读书人而轻视孔子，请共产党不要因为科学方法的切实而忘记民族精神的切实。②
>
> 中国共产党如果向人民表示，共产党信孔子，尊重佛教，老

---

① 废名：《一个中国人民读了新民主主义论后欢喜的话》，《废名集》，北京大学出版社2009年版，第1976页。

② 同上。

百姓一定大大地安心了，知道人民政府一定是他们的了，他们不怕共产党了……我的话都是真爱中国的话，爱中国共产党的话。共产党在这一方面最要懂得得人心，万不要随便说破除迷信。①

让人感动的是废名对传统文化的一片赤忱之心。在政治权力面前如此放下身段说话，是废名一生中所罕见的。为传统文化的未来担忧的废名，又显示了他忘我的一面。

废名盼望两种文化和教育观念之间能够无缝结合，但他也显然感觉和意识得到二者之间的相冲突之处。他只能以一种极低的姿态去面对这种冲突。在这一过程中，身份意识的混乱、文化观念的驳杂、自我与忘我的关系，恐怕只有废名自己才说得清。

3. "另类"废名的转变与选择意义

现代文学史上，废名往往被视作人格与风格皆特立独行的较为另类的作家。但是此处的"另类"，却是指废名四十年代有别于其他知识分子的思想转变和道路选择。

二三十年代的废名，属于京派为代表的学院派作家。抗战爆发，北平的大学大都迁离，北大与清华、南开南迁，后来并作西南联大，京派作家也大都辗转成为联大作家，并影响他们的学生辈。废名却因为是讲师而不具随校迁移的资格，所以后来趁奔丧之机逃离北平回到故乡。这一偶然因素催生了其四十年代别具一格的历史文化观。它不同于以往的废名，也有别于其他学院派作家。

西南联大在四十年代成为著名的自由主义的"堡垒"。但废名因为自己生命体验的不同，却在相当程度上扬弃了那种学理化的自由主义，也扬弃了自己原来的文学观。九年的乡下生活，使废名的生命形态得到质的提升和完成，思想观念与生命体验也获得了某种意义的统一。② 废

---

① 废名：《一个中国人民读了新民主主义论后欢喜的话》，《废名集》，北京大学出版社2009年版，第1977页。
② 参看张吉兵《国家不幸诗家幸赋到沧桑句便工——（自序）》，《抗战时期废名论》，华中师范大学出版社2008年版，第2页。

名的转变主要涵盖两个方面：历史哲学上，认为民众尤其是农民是中国历史和社会的主体，国家的建设和社会的发展应该以这一认识为基点；思想文化上，强调中国"民族精神"，而反思近代以来对西方文明的追慕，反思与批判五四文化。从《莫须有先生坐飞机以后》到《欢喜的话》，这一转变不断趋向激进，趋向政治化。

这样，在进入新政权、新社会、新制度的时候，废名相比起其他自由主义作家，或者他在二三十年代的同道作家，就更为自然而自如。也可以说，这是另一种融入的方式。废名认为自己成型的思想是与新政权意识形态是相通的，就罕有自由派作家常见的抗拒、观望、焦灼和痛苦。

《欢喜的话》中，废名多用"欢喜若狂""情不自禁"等语句，表明其真诚与热情；而"恍然大悟""我现在明白了"等语句，又显示其转变的轨迹。"得之矣，得之矣"，在他自己看来，转变是一个解惑的过程。《新民主主义论》等毛泽东著作则是解惑和祛魅的关键。

如果说废名是一种"遇事始知闻道晚"，那么这个"事"既包括其抗战经历，也可能包括四十年代末的政治局势；这个"道"既有废名自己的历史文化观，也有新鲜的政治意识形态。1949年是近代史上最重要的年份之一，对于1901年出生的废名而言也是"知天命"之年。从这个角度看，《欢喜的话》带有半生总结的性质。进入新社会的废名，不再使用"废名"这个笔名，而是改回了他的本名"冯文炳"。冯文炳成为新社会的新人了，废名的"名"之"废"，就这样完成了。这是一种天命，也是一种选择罢。

第三章　自由主义与新中国想象

第一节　三个讨论:"自由主义者往何处去""知识分子今天该做些什么"与"今日文学的方向"

《文学杂志》于1947年6月开始连载《莫须有先生坐飞机以后》时,是将它当作小说推出的。但废名却强调它的写实。小说的确也是夹叙夹议,政治色彩浓厚,政治倾向鲜明。哲理与政论的随意结合,甚至使之带有一定的史传色彩。所谓"好的文学家都是反抗现实的。即(使)不明白相抗,社会也不会欢迎他的",废名以自己的与现实相抗的方式言说着"道",也即言说着政治。

酷爱议论,是四十年代文学的重要特征。夹叙夹议是当时很多作品呈现的较为常见的创作倾向。冯至、沈从文、师陀等人的小说中都有很多议论。沈从文四十年代的政论文章(含杂文、随笔、书信等形式),数量上远远多于其文学作品。萧乾兼为记者,在报刊上发表的对时局的看法,影响巨大。沈从文、萧乾、朱光潜等后来成为左翼理论家的重点攻击对象(郭沫若《斥反动文艺》、冯乃超《略评沈从文的〈熊公馆〉》、邵荃麟《朱光潜的怯懦与反动》等),自然与他们在政治方面的表现有关。故此,有研究者认为:"政论文章的集中出现,标志着京派的审美文化理想已经开始向社会政治理想转变,三十年代的象牙之塔早已经不复存在了。"①

此一现象,既表明了自由主义作家对新中国文学、文化和政治的诸多批评或构想,也深刻反映了急遽变化的时局中这一群体的主动或被动选择。

抗战时期的自由主义作家与左翼作家的相处,虽然也有"与抗战无关论"等数次论争,但总体上较为平和。然而,抗战结束后,原有的国统区、沦陷区、解放区、孤岛等格局不再,各方政治势力也各有消长,加之国际政治格局的变化,自由主义作家的处境和命运逐渐凸显为一重要问题。

尤其是在国共对峙成为事实,且双方都抛出了各自的建国方案之后,自由主义者寻找自己的出路、发出自己的声音的话题一再被提起。至四十年代末,两党势力发生了极大的扭转。左翼力量的空前强大给这一群体带来了极大的压迫感和不安全感。以下三大讨论,最能体现这一时期的自由主义作家的生存处境,以及面对处境他们所做的调整和提供的进入新社会的方案。

一 "自由主义者往何处去":从政治领域到精神领域

这一讨论之命名,源自杨人楩发表在《观察》1947年2月第11期的《自由主义者往何处去》一文。但实际上在此之前的1946年底已经有关于"中间路线"能否存在的讨论,只是最初的讨论主要发生在有党派身份的自由主义者之间,讨论的主要内容是现实的政治路线。1948年之后,关于"自由主义者往何处去?"的讨论,参与者则以作家、学者为主,讨论的主旨已经转移到自由主义的历史文化使命。

参与讨论者达成的基本共识之一是,自由主义首先是一种理性宽容、追求进步的人生观和生活态度。其中,萧乾继1947年5月5日,为纪念五四"文艺节"而在《大公报》发表了《中国文艺往哪里走》

---

① 吴晓东:《战乱年代的另类书写——试论废名的〈莫须有先生坐飞机以后〉》,《现代中国》第六辑,北京大学出版社2005年版。

的社评之后，于1948年又执笔写了社评《自由主义者的信念》。社评说："自由主义不止是一种政治哲学，它是一种对人生的基本态度：公平、理性、尊重大众，容忍异己。"①

为了回应左翼将其视为"资产阶级辩护学说"的批判，自由主义者煞费苦心。比如张东荪在《一个中间性的政治路线》中提出他的立场："在所谓的资本主义与共产主义之间我们想求得一个折中方案"，"这个中间性的政制在实际上就是调和他们两者"。具体而言，就是"在政治方面比较上多采取英美式的自由主义与民主主义；同时在经济方面比较上多采取苏联式的计划经济与社会主义。从消极方面来说，即采取民主主义而不要资本主义，同时采取社会主义而不要无产专政的革命"②。兼采两种制度之长，形成适度折中，是战后自由主义者较为常见的政治理想。施复亮则信誓旦旦地表示："决定中国前途的力量，不仅是国共两党，还有自由主义者和国共两党以外的广大人民。这是第三种力量，也是一种民主力量。这一力量的动向，对于中国前途的决定，具有举足轻重的作用。"③

杨人楩则略有不同。虽然他也说"在政治主张上，我们实在不敢赞同'非甲即乙'的说法；在甲乙之外，可能还有其他"④，但并不赞同将自由主义主张命名为"中间路线"。他认为："中间路线的意思是指介乎左右之间。假如左倾是象征进步的话，则自由主义是左而又左的，因为它是始终不满于现状而在不断求进步的。第三路线是以数目次序来区别的，初看很容易明白这个数目次序所以产生之故，但经仔细推敲之后，何以会定出这么一个次序，是颇难解释的。"⑤ 他质疑现实政治中自由主义的"左"、右定位问题，在他看来，主张革命的共产主义不一定是最"左"的，而随时代发展不断修正的自由主义才是

---

① 萧乾：《自由主义者的信念》，《大公报》1948年1月8日。
② 张东荪：《一个中间性的政治路线》，《再生》周刊1946年第118期。
③ 施复亮：《论自由主义者的道路》，《观察》1948年第3卷第22期。
④ 杨人楩：《关于"中共向何处去"》，《观察》1947年第3卷第10期。
⑤ 杨人楩：《再论自由主义的途径》，《观察》1948年第5卷第8期。

最进步的。

在追求"进步"方面,自由主义者试图调停与中共的矛盾。自由主义"……万变不离其宗,无论任何时代的自由主义者都是基于个性的自觉和价值和企求个性能得到完美的自由发展为出发的",这种个性的自觉有双重特性:"一方面具有个人性功利性,一方面又具有社会性与正义性。"①

随着讨论的深入和时局的变化,逐渐地,多数自由主义者已经不再执着于政治领域,而是将关注的目光转移到文化领域。

杨人楩很早就提醒:"在自由主义者看来,'必须掌握政权始可起作用'的观念,是个绝对错误的观念;反之,自由主义者之促成进步,并不一定要掌握政权,在野也能同样起作用。"又说:"自由主义者的责任不但要领导人民,而且要教育人民,惟有以在野的地位,始易于尽到此种责任。"②

1948年5月,张东荪也坦言,政治上的自由主义在政协之后已经没有实现的可能了:"……今天在事实上已早没有政治性的自由主义存在的余地。原来纯政治性的自由主义如得成功,亦只在政协那一个机会。此机会一错过了,即好梦再难圆了。"他呼吁,自由主义者应该从现实出发,调整方向和目标,将主要努力作用于虽未强大而已有"根基"和"萌芽"的自由主义精神:"为了将来发展科学计,为了中国在世界文化有所贡献计,这一些萌芽却是必须保全下去,千万摧残不得的。"③

即使是追求中间路线最尽力的施复亮也意识到:"自由主义者的道路,不一定是夺取政权的道路,在中国尤其如此。自由主义者要有'成功不必在我'的气度,只须努力耕耘,不必希望收获一定属于自己。自由主义者应当努力促成自己的政治主张的实现,但不一定要在自己手里实现,自由主义者所应争的是实际工作,不是表面的功绩。

---

① 李孝友:《读"关于中共往何处去"兼论自由主义者的道路》,《观察》1948年第3卷第19期。
② 杨人楩:《自由主义者往何处去》,《观察》1947年第2卷第11期。
③ 张东荪:《知识分子与文化的自由》,《观察》1948年第5卷第11期。

因此，不能以夺取政权或参加政权与否来判定自由主义者的成败。"①

《大公报》1948年2月7日的社评说，在当今两大集团争做工程师的斗争中，自由主义者甘愿做填土打地基的工作，这工作不甚激昂爽快，而是默默无闻。

自由主义者将自己的使命与责任定位于渐进的教育和启蒙，这无疑是较为务实的选择。但从另一角度看，这一定位，的确也表明这一群体"现实政治的生存空间日渐狭小"。②

二 清华和北大的两次会议："知识分子今天该做些什么"与"今日文学的方向"

如果说上述关于"自由主义往何处去"的讨论主要是以政治、历史、经济、新闻等领域的专家为主，那么1948年下半年分别在清华大学和北京大学召开的两次会议，则以文学界人士居多。尤其是"今日文学的方向"，议题极为显眼。

1948年下半年，历史逼近二十世纪中国的第二次易代之际。思想界和文学界亦开始面临又一次的重大选择困境。大转折时代该做出怎样的决断——走哪条路、做些什么、写作如何继续，成为知识分子们思索和判断的核心话题。在这样的历史情境中，绝非偶然地，清华和北大的教授们分别在7月和11月召开会议，讨论知识分子和文学的出路。由于两校的地位和声誉，以及云集了彼时中国北方学界的硕彦名儒，这两次会议在当时众多的时政笔战或座谈中显得意义非凡，对1949年后历史亦有深远影响。两次会议因此成为研究转折时代学院知识分子精神与命运的重要文本。但学界至今对其关注不多③，将二者联系在一起讨论者，更尚未得见。下文即围绕这两次会议，分析其背

---

① 施复亮：《论自由主义者的道路》，《观察》1948年第3卷第22期。
② 卫春回：《20世纪40年代后期自由主义学人的宪政理想》，《中国近代史上的自由主义——"自由主义与近代中国（1840—1949）"学术研讨会论文集》，2007年。
③ 已有研究中对北大的会议作出较为详尽分析的主要是钱理群先生的专著《1948：天地玄黄》（山东教育出版社1998年版）及文章《1949：废名上书》（《书城》2014年10月号）。对清华的会议略有提及的是陈孝全先生的《朱自清传》（北京十月文艺出版社1988年版）。

景语境与内容细节,阐释其标示意义和影响,并进而探究现代中国知识分子(尤其是其中的自由主义者)在易代之际角色和功能的转变。

1. 两次会议召开的背景

迄1948年中,国共内战已经进行两年,时局也悄然发生了变化。在这一历史节点,中共兵力已经基本与国民党持平,且开始由战略防御转入战略反攻。解放军控制了东北大部分的土地和人口。辽沈战役即将打响,平津也随时面临着被包围。

更为重要的是,在文化战线,中共的优势和国民党的劣势对比明显。国民党的内部腐败加剧了经济危机,加之内战的持续,激起了一浪又一浪的学生和工人运动。美国对战后日本的扶持,让知识分子大失所望,后者逐渐转向同情和支持民族主义立场更为坚定和显著的中共一方。1948年中,左翼势力不仅普遍渗入了全国高校,而且在青年学生之中,已经成为主要的、流行的思潮势力。[1]

在中共这一方面,高层也开启了对国统区知识分子有针对性的争取或斗争。这一年1月14日,中共中央致电香港分局、上海局及各中央分局:"要在报纸上刊物上对于对美帝及国民党反动派存有幻想、反对人民民主革命、反对共产党的某些中产阶级右翼分子的公开的严重的反动倾向加以公开的批评与揭露。"[2] 3月1日,一批著名的左翼作家及理论家于香港创办《大众文艺丛刊》,以一统天下的姿态向全国文艺界和知识界发出信号,其中对数位平津自由主义著名作家的批判影响巨大。这些活动有效地配合了中共在政治和军事战线的斗争,从文化上对国统区知识界进行包围与瓦解。与此同时,统战工作进展迅速。不仅像《大公报》这样以自由主义为基本取向的大报在四十年

---

[1] 1948年6月20日《纽约时报》的一篇发自中国的专稿中说:"据与北平各大学有关系的中美人士估计,北平一万多大学生一年前约有半数倾向共产党,这个比例到今年暑期已增加到70%。教授中亦有很多赞成共产党。有大部分教授本来稍倾向政府的,现在亦憎恶政府,已准备接受共产主义。"转引自莫如俭《中国留美学生政治意见测验统计》,《观察》1948年第4卷第20期。

[2] 中共中央文献研究室编:《毛泽东年谱(1893—1949)》下卷,中央文献出版社1993年版,第298页。

代末已有范长江、杨刚、李纯青、徐盈等中共党员打入,由北方局城工委领导下的清华地下党,也在感化着北京高校的知识分子群体。

此外,1947年开始的"自由主义往何处去"的讨论,到1948年初达到高潮。围绕《大公报》《观察》《再生》等报刊,知识分子对自由主义的特性、责任与命运展开了激烈的论争。大论争之际,以民盟为代表的政治实体也活跃在政治舞台上,其思想动向日益"左"倾。

以上种种,都将平津的学院知识分子(尤其是其中的自由主义者)推向历史的潮头。直面现实,做出选择,成为当务之急。而总结过去、反思自己、预测未来,则构成他们思考的核心话题。于是,关于知识分子的书籍和文章在国统区如井喷似的涌现,比如论著有考验社出版的《知识分子及其改造》①、上海出版的田嘉禾著《论知识分子》,而《中建》《观察》《时与文》《展望》《中国建设月刊》等刊物上几乎每期都有关于知识分子的讨论。山雨欲来风满楼,这些讨论构成两次会议的轰轰烈烈的前奏。

2. 两次会议的主要内容及知识界的分歧

(1) 清华的"知识分子今天的任务"的会议

会议的三个议题

1948年7月23日,《中建》半月刊在清华工字厅召开了"知识分子今天的任务"的座谈会②,与会者以北大、清华和燕京三所大学的教授为主。"今天"一词凸显了郑重的历史在场感,促使会议召开的时代因素是显而易见的。"任务"则显示一种历史责任感和参与感,也可见与会者面对时代转折的某种自信。

作为当时与《观察》齐名的知识分子论政刊物,《中建》在学院

---

① 当时的著作和媒体,一般都将"知识分子"写作"知识份子",此处依当前惯例,统一为"知识分子"。下同。

② 这次座谈会最初于7月5日在北平市区的清华同学会举行。但那天会议中,张东荪、许德珩、费孝通、俞平伯四个人刚刚发完言,就发生了国民党军警镇压参加学运的东北学生的"七五惨案",全市开始戒严,座谈会匆匆结束。7月23日会议改在清华大学工字厅继续进行,出席人员与7月5日大致相同。杂志社编辑将会议记录(含两次)整理后,发表在8月5日出版的《中建》半月刊北平版第一卷第2期(总第五十三期),题为"知识分子今天的任务——本刊座谈记录"。

知识分子中颇有影响。会议的规模也是巨大的。出席者（以发言先后为序）有张东荪、许德珩、费孝通、袁翰青、俞平伯、钱伟长、傅佩青、朱自清、雷洁琼、吴晗、张伯驹、闻家驷、杨人楩、严济慈等共49人，来自文法、理、工等不同专业。

会议主要围绕三个问题展开：何为知识分子？士与知识分子的关系以及过去的知识分子是怎样的？当下知识分子该做什么？

在何为知识分子问题上，主要有三种意见：第一种意见是从"知识"和"文化"的角度定义知识分子。譬如俞平伯简洁的定义："知识分子就是人民里面比较有知识的人。"① 章友江和俞铭传则由此延伸至职业："按科学的解释，知识分子是指大学教授、大学生、自由职业者、低级公务员等。"② 值得注意的是钱伟长和雷洁琼。他们对知识分子的认识融入了社会学视角。譬如钱伟长称，知识分子的定义在过去即指士大夫，但在当下中国，这一定义应当变为"不仅识字的，而且凡是拿相当长的时间训练出相当技能的都可称为知识分子。例如工程师、医生、农业技术者……"③ 雷洁琼亦从社会需求的角度对知识分子进行分类：封建社会所需要的知识分子是具有统治农民知识的劳心者；而资本主义社会，"工商业发达，所需要的知识是多方面的，知识分子的出路也是多方面的……劳心与劳力的界线就没有以前明显了"。④ 第二种意见则强调知识主体的品格和知识的应用。如张伯驹不无愤慨地说："我以为知识分子的定义，应以其知识的出发点来断定。知识应用于有利大众的事情上，要是用于自私，损害大众利益，不如无知识，那根本就不成为知识分子。"⑤ 薛愚也借批评当时否认美国扶日的司徒雷登来反面论证知识分子的应然特点："……要认识事实……假若一个大学教授或校长，做事、说话、批评、议论，只凭自

---

① 《知识分子今天的任务——本刊座谈记录》，《中建》半月刊北平版1948年第一卷第2期。
② 同上。
③ 同上。
④ 同上。
⑤ 同上。

己的主观,不根据事实,不算是知识分子。"① 第三种意见认为知识分子的第一原则是"理性"。楼邦彦断定:"'知识'就是'理性',因此,凡是以理性作他的行为的准则的人就是知识分子,不管他是劳心的,还是劳力的。"② 外籍教授温德(Robert Winter)和鲍尔格(Dorothy Borg)都认为:"所谓一个国家的知识分子,是指这一批领袖们,不问他们是属于社会的哪一个阶级,主要的是他们的活动是在理智的阶层上,而不是在感情的阶层上,更不是只在肉体的反应的阶层上。"③

在关于"士"与知识分子的认识上,与会者大都认同知识分子在古代即为士大夫,并且几乎无一例外地对传统的士大夫进行了激烈的抨击与否定。费孝通指出,古代知识者的知识是特殊的,仅指文字的知识,而瞧不起生产的知识。俞平伯说士就是为了做官:"服务的对象是统治阶级和贵族。说得好一点是作清客、军师,说得坏一点是作走狗。"④ 钱伟长和朱自清亦持类似观点。而张东荪、吴晗和严景曜则更进一步,批判士大夫的劣根性或"遗毒",包括阿谀、服从、忠于一姓、自私自利的个人主义等。吴晗最是激烈,列举了知识分子的十几个特点:"对人民的无限度剥削、自私自利、自尊自大、不合作、惯于妥协、遇事不肯负责、推托、敷衍、虚伪、欺骗、口是心非,以至挂羊头卖狗肉、谄上骄下……"⑤ 他呼吁知识者的自我革命。

"今天的"知识分子该做什么,是讨论的重点。在这一问题上,与会者形成了三个基本共识:其一,在基本态度和立场方面,应当为人民利益服务,推进历史前进。如许德珩认为过去的知识分子专帮权贵阶级的忙,罪大恶极。雷洁琼则坚信:"一定要清楚在人民世纪中自己的社会地位,坚定地立在人民的立场,与大多数人民共同努力奋

---

① 《知识分子今天的任务——本刊座谈记录》,《中建》半月刊北平版1948年第一卷第2期。
② 同上。
③ 同上。
④ 同上。
⑤ 同上。

斗，国家有出路，知识分子才有出路的。"①

其二，在经济和生活方式的改变方面，应当去掉优越感，降低生活水准，从物质与习惯上与下层人民打成一片。其中，袁翰青的提议引起广泛共鸣：

> 知识分子要在生活水准上打破优越感，不必一定要保持那么高的水准。中国还是农业国，生活水准一般很低，而知识分子过的是都市的工业社会的生活。以农业社会的生活水准来配合都市的生活水准是很难的。……决不能一定要保持过去的水准，在这方面必须有心理的准备。②

朱自清的发言极为诚恳，也更为著名：

> 要许多知识分子每人都丢下既得利益不是容易的事，现在我们过群众生活还过不来。这也不是理性上不愿接受；理性上是知道该接受的，是习惯上变不过来。所以我对学生说，要教育我们得慢慢地来。③

在利益、收入和生活水准这一核心环节上能有此突破性认识，可见知识者的自省已达极深的程度，亦可看出平等—民粹意识的一种普遍化。

其三，在投入"新社会"的工作方式方面，应当把坚守岗位与为人民服务结合起来。闻家驷举了鲁迅和闻一多的例子，认为他们是"既顾到时代的要求，同时又无需放弃原来的工作，而且在自己的工作的范围以内，就可以找出一条道路为时代服务"④的典型。

---

① 《知识分子今天的任务——本刊座谈记录》，《中建》半月刊北平版1948年第一卷第2期。
② 同上。
③ 同上。
④ 同上。

以上讨论中，值得注意的还有两点：一是少数人从阶级论和经济学角度，直接号召推翻封建主义和资本主义，接受社会主义。其中以章友江和樊弘态度最激进、立场最鲜明。樊弘直言知识分子："应该作社会主义理论的斗士，在一方面促成封建主义和资本主义的没落。"① 二是少数人指出资本主义的劣根性在知识分子身上的遗留。吴惟诚自我揭发："我们现在的生活多少都与资本主义国家发生了联带的关系。这些东西将来必然跟随整个社会的变动而从知识分子身上消灭掉。"② 而最犀利的是吴晗。他如此分析中国现代知识分子的来源：

> 今天知识分子的知识是商品化了的，进学校、留洋，都是投资，获得知识以后，作为商品而取得职业和社会地位。换言之，知识分子的社会地位是以投资的多少来决定的，最上层的是留洋的博士硕士之类，次之是大学中学小学毕业。镀金镶银是一般知识分子梦寐以求的终南捷径，这正是半殖民地社会的特征。③

因此他提出知识分子要革自己的命："……知识分子成为一个阶层，知识为少数人所享有，这是现在社会的污点。……今天知识分子的任务，就在于摧毁这个阶层，洗掉这个污点，建立以获得知识为义务的新社会。要做到这点，必须要改造自己，反封建反帝国主义，为人民服务。"④ 在所有发言人中，吴晗的姿态是最独特的：不像一个学者，而更近似政府的宣传干部。

曾国藩和王国维的"出镜"

在发言和讨论中，有四位近代人物被列举出来。除了上述闻家驷提及的作为知识分子正面典型的鲁迅和闻一多外，还有被视作负面形

---

① 《知识分子今天的任务——本刊座谈记录》，《中建》半月刊北平版1948年第一卷第2期。
② 同上。
③ 同上。
④ 同上。

象的曾国藩和王国维。

曾国藩有高达三次的"出镜"。

> ……把近百年中国历史来翻开一看，不幸得很，我们的知识分子，尤其是有相当地位的知识分子，就是在那里做阻碍时代的工作。如替满清政府维持腐败政权的曾国藩……也还不就是……想把时代拉向后而去？（许德珩）

> "知识分子"是新字眼，古书上没有。例如曾国藩，凭什么我们可以称他为知识分子呢？（费孝通）

> 我认为曾国藩原先是知识分子，到后来他已经不能认为是普通的知识分子，而应列入封建地主阶级了。……曾国藩固然可骂……今天的世界问题已太明白。如果还不能认识，则他拉社会退后的责任比较曾国藩还重。（章友江）

在三位不同专业的教授眼中，曾国藩成为判断何为知识分子或者古代知识分子与现代知识分子区别的重要参照。结论也基本一致：曾国藩是为地主阶级、封建帝王、少数人利益服务的士大夫，对于欲为多数、为人民利益服务的现代知识分子而言，是不足为训的。

另一位历史人物王国维的被提出则有更深的含义。北大哲学系教授，也是第一位到德国攻读康德哲学的中国学者郑昕，从历史的角度预测政治变幻与思想自由的关系："有人担心政治型态变了，个人的思想自由变没有了，这是过虑。……我恐怕某些人的隐忧，倒不是思想自由的问题，而是怕他们的固执的思想之得不到赏识，怕失掉自己获得的社会地位。其实，这只要反省一番，即回头是岸。王静安之死，不即出于不必要的揣摩，为人所深惜么？"[①] 将王国维之死归为"出于不必要的揣摩"，是否合理另当别论，但的确显示出郑昕们对历史的

---

① 《知识分子今天的任务——本刊座谈记录》，《中建》半月刊北平版1948年第一卷第2期。

某种预判以及基于这种预判的乐观情绪。

历史的吊诡之处在于：1927年6月1日，王国维到工字厅参加学生的毕业宴会，第二天即自沉于昆明湖，享年51岁。21年后的1948年，朱自清在工字厅完成他关于"知识分子今天的任务"的发言，20天后因病去世，享年亦是51岁。如果说王国维殉的是他的"道"，那么朱自清的死何尝不与他最后向往的道路有关呢？

（2）北大"今日文学的方向"会议

相较清华而言，北大师生的政治"觉悟"似乎要慢半拍。清华会议三个半月后的11月7日，北大中文系师生才在蔡孑民先生纪念堂开了一个座谈会，讨论主题为"今日文学的方向"。出席者包括朱光潜、沈从文、冯至、废名、钱学熙、常风、汪曾祺、金隄、叶汝琏、马逢华、袁可嘉等16人。

会议的发起者为"方向社"。这个文学社团的具体情况已不可考，只知道它是由时任北大外文系助教的袁可嘉发起成立的，其主要目的是引导现代文学（尤其是新诗）走向现代主义。这个社团得到朱光潜等北大教师的大力支持。

会议主要讨论了跟文学的前景（"方向"）密切相关的三个主题：文以载道、文学受政治的影响、文艺的晦涩。虽然三个问题皆在文学范畴之内，却处处指向了"今日"（当下）的时代背景与语境之紧迫。与会者思想倾向之微妙也影响了会议的氛围。作为师辈的朱光潜、沈从文、冯至和废名，四十年代后期的思想和政治倾向已产生潜在的隔膜。其中，沈从文和朱光潜在1948年初被远在香港的郭沫若分别赐予"桃红色"作家和"蓝色"学者的帽子而闻名全国。两位京派领袖的被攻击，显示了四十年代末的历史语境对他们文学思想和政治命运的不利。相对而言，废名和冯至的心态却要沉潜和安稳许多。

针对其时的文艺观普遍受到马克思与弗洛伊德影响的现象，金隄首先提出了文艺是否必须载道这一问题。冯至态度鲜明地表示："文学史上第一流的文章都是载道的文章，如韩退之的文章，杜甫的诗。

作家对某一种'道'有信仰，即成为他自己的信仰。"① 不过他也马上补充说，是否载道和强迫别人载自己的"道"是两回事。废名认同冯至的态度："文学家都是指导别人而不受别人指导的。"② 可见，在文艺可以载道和文艺不能被迫载道这一方面，与会者态度基本一致。

文学与政治的关系，尤其是文学受政治约束的问题，是会议讨论的重心。就这一问题，沈从文、冯至和废名形成了三个不同观点，并进行了激烈的交锋。譬如沈从文引入"红绿灯"的想象，强调文艺自由的权利的保留。冯至则持相反意见：

沈：驾车者须受警察指导，他能不顾红绿灯吗？

冯：红绿灯是好东西，不顾红绿灯是不对的。

沈：如有人操纵红绿灯，又如何？

冯：既要在这路上走，就得看红绿灯。

沈：也许有人以为不要红绿灯，走得更好呢？

……

沈：文学自然受政治的限制，但是否能保留一点批评、修正的权利呢？③

冯至一方面坚持"红绿灯是好东西"即文艺应当受到一定的"指导"，另一方面强调文艺的自由度问题本质上是一个决断的哲学问题："日常生活中无不存在取决的问题。只有取舍的决定才能使人感到生命的意义。一个作家没有中心思想，是不能成功的。"④

最乐观自信的是废名。他似乎不屑于沈从文的那种对文艺自由度的担忧，认为这不是伟大作家应该担心的。他坚信是否"听命"不会

---

① 《今日文学的方向——"方向社"第一次座谈会记录》，《大公报》天津版"星期文艺"1948 年第 107 期。

② 同上。

③ 同上。

④ 同上。

制约真正伟大的文学家："中国文学史上确实有第一流的文学家是听命于政治的，如忠君的屈原、杜甫，但仍能在忠君之余发挥他们的才能。……大概而论，周秦以后的文学家听命的多，不过他们的天才大，情感重，所以不妨碍他们成为文豪。"① 他觉得文艺的界限是很宽的，因此安慰沈从文说不必把写作自由度受限看得太严重，才能可以超越限制。

现代文学之"晦涩"，构成了会议的第三个议题。冯至和朱光潜都对这一美学特征持基本否定的看法。譬如冯至说："目前我们所接受象征派的影响恐怕是不很健康的。……我虽喜欢现代一部分的东西，但总觉得有些问题。"②"健康"这一概念的引入，暗示了冯至审美标准的某种变化。与冯至和朱光潜等相对，袁可嘉对"晦涩"进行了长篇累牍的辩解。他首先强调现代生活远比古代复杂，现代人所要了解的东西也太多，这直接造成现代诗之复杂。其次他认为晦涩问题源于阅读习惯改变之不适应。在过去人们习惯阅读直抒胸臆的浪漫派文学，而"现代诗是间接的，迂回的，因此习惯于直线倾诉的人就不免觉得现代诗太晦涩难懂了"。③ 不只是诗歌，袁可嘉预见整个中国文化的发展趋势都必然是从简单到复杂。冯至则针锋相对说文化的发展也可能从复杂走向简单。

袁可嘉与冯至和朱光潜，本是学生与老师的关系，前者的创作和理论深受后二者的影响。然而，在"晦涩"问题上意见之相左，背后呈现的是此时他们政治立场和思想倾向的某种程度的分野。三个月后的历史也印证了这一点。1949 年 2 月北平解放后，冯至站在欢迎解放军进城的队伍的前列，不久后又成为北京大学校务委员会委员。到了文代会期间，作为北平代表团副团长的冯至，在日记中写道："你诅咒的旧中国已经消亡，／你希望的新中国正在成长，／你每个字都显示

---

① 《今日文学的方向——"方向社"第一次座谈会记录》，《大公报》天津版"星期文艺"1948 年第 107 期。
② 同上。
③ 同上。

出/铁石一般的力量。"① 而在座谈会上与之意见不一致的沈从文和袁可嘉，则停止了文学创作，并长期在文学史上湮没无闻。

3. 与会者1949年后的选择与命运

有学者曾指出："中国的自由主义知识分子是以清华学者为基本活动范围的，也可以说，清华的教育背景是这批人自觉联合的一个基本前提……清华大学是中国自由主义的大本营，在现代中国自由主义知识分子的发生史上，清华大学的重要性要超过北京大学。"② 此说法的主要依据在于：清华历史上涌现出以罗隆基、张东荪、闻一多等为代表的自由主义者，的确堪称自由主义的重镇。但这一观点亦有可商榷之处，尤其当我们将人的思想的发展性考虑在内的时候，判断一个人是否是"自由主义者"其实并非易事。与其强调某人是否是自由主义者，不如考察此人关于自由的理解之变化。一切思想皆在变动的时代与历史中。

许多事实表明，1948年的清华学者，其思想普遍地在发生变化。譬如，以朱自清为代表的少数持重温和的学者，受到一批努力感染他们、争取他们的青年学生（其中大部分是地下党员）的影响，逐渐"左"倾。其中，初出茅庐的青年历史学者吴晗最为活跃。长期担任清华中文系主任的朱自清，在其影响下，加之对时事的感怀，逐渐认可了吴晗们的倾向和选择。他的思想转变及其后命运后来也成为中共争取学院知识分子时运用的重要例证。

而成功影响了朱自清的吴晗，1949年后以清华大学历史系主任的身份出仕北京市副市长。值得注意的是，1948年，吴晗还写过一篇关于知识分子的文章《论士大夫》，内云：

（士）通过选举征辟等途径，攀上了高枝儿，做皇帝的食客雇工，摇身一变为大夫，为官僚。……当两个朝代交换，或者是

---

① 姚可崑：《我与冯至》，广西教育出版社1994年版，第134页。
② 谢泳：《清华三才子》，新华出版社2005年版，第12—13页。

社会有很大的改革的时候，往往是对人的一种考验，现在恐怕又是到了一个考验的时候了，这考验包括你也包括我。……历史是无情的，在这考验下面，我们还将看到历史的悲剧，也是这些自由主义者的悲剧。[①]

纵观吴晗后半生，此言有一语成谶、历史循环的味道。然而，在彼时，他所强调的"考验"却是针对他所谓的"这些自由主义者"的发声，全然忘记了自己。

清华教授中，整个四五十年代，比吴晗还积极活跃的是张东荪。除了参与"自由主义往何处去"的大讨论并提出"中间路线"，以及参与清华的会议外，张东荪还写了一篇影响巨大的文章《增产与革命——写了〈民主主义与社会主义〉以后》。在该文中，他指出，经济上的不平等是革命发生的重要缘由，革命目的在于追求经济上的平等。而平等观分两种：第一种是"再分配的平等"，"损有余以奉不足"；第二种是"增产之后的平等"，是建立在生产总量增高的基础之上的生活水平的普遍提高。张东荪主张后一种平等观，他认为经济可以通过改善生产工具和技术来促进，革命是为了去除任何阻碍生产工具和技术的因素："革命是指冲破旧有生产关系阻碍其再发展的部分而言，亦就是消除这些障碍。"[②] 治政治的张东荪此时已经对政治抱负做了一定程度的调整，逐渐转向认同更务实的社会改良，经济思想也接近马列主义了。

严景耀、雷洁琼夫妇，既是著名的社会学家，也是民进的重要领导人，在燕京大学有很大的影响。他们也因此成为中共的重要争取对象。1948年12月，光未然以北平军管会文化接管委员会先遣人员的身份到达北京，他的任务是向清华和燕京两校宣传和解释中共政策。

[①] 吴晗：《论士大夫》，吴晗、费孝通等《皇权与乡绅》，观察社1948年版，第67、73、74页。

[②] 张东荪：《增产与革命——写了〈民主主义与社会主义〉以后》，《观察》1948年第4卷第23、24期。

严景耀、雷洁琼夫妇的名字不断出现在他的工作日记里就不足为奇了。

> 12月30日的日记："上午对清华同学讲解宣传要点，仍以市委宣传部的宣传大纲为依据。中午在燕京翁独健教授家吃饭，晤严景耀（燕京教务长）、雷洁琼教授夫妇。下午对燕京同学解答他们学习中提出的有关政策的各种问题。"①
>
> 1949年元旦日记："上午和张宗麟同志去严景耀家。吃过午饭后，严约了燕京进步与中间的教授十余人举行新年座谈会。教授们提出若干问题，由我们解答，属于教育方面的问题，由张解答；一般政策的问题，由我解答。"②

总体而言，严雷夫妇由于"左"倾较早，他们在1949年后的政治和学术生涯较为平坦顺利。严景耀继续担任民进的领导，而更长寿的雷洁琼则官至北京市副市长、全国政协副主席、全国人大常委会副委员长等职。

吴征镒、费孝通等民盟老盟员，也属于较早地走近新政权并实现自我思想改造的代表。植物学家吴征镒，1949年任北京市军管会高教处副处长，负责接收大专院校及科研单位，扮演的是"联络员"这样重要的角色。③ 费孝通1949年9月作为民盟代表参加了政协第一届会议。翌年响应号召参加土改。他在《我这一年》中对自己的思想转变总结道："我愿意低头了，但是究竟还是个旧时代的知识分子。一旦打击了自大的心理，立刻就惶惑起来，感觉到自己百无是处了，梦想着一种可称为'魔术性'的改造，点石成金似的，一下子变为一个新人。"④ 费孝通的自我改造极为全面、坦诚、直露，也完成得出奇的迅速顺利。

---

① 光未然：《万寿山下——北京解放前夕西郊工作日记》，《北京观察》1999年第4期。
② 同上。
③ 冯友兰回忆说："文管会第一次来清华，本来就应该派军代表的，可是没有派，而是让原来的那些人继续维持校务，只派来联络员进行工作上的联系，先是两个一般的工作人员，后来是原在清华生物系任教员的吴征镒，这就是'接而不管'。过了一段时间才派军代表，这就是真正的接管了。"见冯友兰《三松堂自序》，生活·读书·新知三联书店1998年版，第123—125页。
④ 费孝通：《我这一年》，《人民日报》1950年1月3日。

相对于清华和燕京，北大学者的思想改造在主动性方面似乎更弱一些。当然，其中也有朱光潜这样的积极典型。

众所周知，郭沫若《斥反动文艺》点了三位"反动文艺"代表的名："桃红色的沈从文""蓝色的朱光潜""黑色的萧乾"。其中，用以专门批判沈从文的文字是307字，萧乾是355字，朱光潜则多达840字。然而，郭沫若的批判策略是有分别的。对于沈从文和萧乾，主要是盖帽子，对二位作家进行阶级视角的定性：沈从文是"风流小生""一直是有意识地作为反动派而活动着""存心要做一个摩登文素臣"；萧乾则是"舶来商品中的阿芙蓉，帝国主义者的康伯度""钻在集御用之大成的《大公报》这个大反动堡垒里尽量发散其幽缈、微妙的毒素"。对于朱光潜，郭沫若的攻击声势则相对低调："关于这位教授的著作，在十天以前，我实在一个字也没有读过。……"得出的结论是朱光潜认可"党老爷们都是'生来演戏'的，而老百姓们是'生来看戏'的"，① 也较为牵强。所以他提的"你看，到底是应该属于正动，还是反动？"的质问，相对于他对沈从文和萧乾气势汹汹的攻击而言，调子较低。然而，郭沫若批判朱光潜的意义不是要将之与沈从文、萧乾完全等量齐观。朱光潜的两大重要身份——权威教授、国民党中央监察委员，表示这是一个地位重要、影响巨大的人物。将其列入"反动文艺"代表，可以对学院派知识分子和亲近国民党知识分子同时敲了警钟，起双重打击的作用。

郭沫若的檄文与朱光潜后来改造之积极有微妙的联系。朱光潜参加土改之后所写的文章《从参观西北土地改革认识新中国的伟大》，在知识界产生很大影响，对朱自身的处境和地位的改善也起了积极作用。然而，他的"巨变"并非发生于一时一瞬。在1948年，朱光潜几次介入政治的行动意义非凡：6月底，他与北平104名教授联名发表宣言《抗议轰炸开封》；10月24日，他又联合十几位教授上书《为民请命——解除人为的经济苦难与不平》给蒋介石，表达对当局的不

---

① 郭沫若：《斥反动文艺》，《大众文艺丛刊》第1辑《文艺的新方向》1948年3月1日。

满,呼吁立即取消国民政府推出的金圆券和限价政策;就在北大会议召开前三天的 11 月 4 日,并非民盟盟员的他和 47 位教授联名发表《我们对于政府压迫民盟的看法》的抗议书。朱光潜还参与了独立时论社 9 月 10 日发起的由 16 人联名发表的联署文章《中国的出路》的写作,影响颇大。可见,这一年朱光潜的政治介入是积极的,而且以抗议当局为主。尤其到了 12 月底,当国民党开始对北平学者实行"抢救学人"计划之时,位列"抢救"名单第一批的朱光潜接受了与中共关系密切的化学家袁翰青的劝告,拒绝了胡适好意而留在北平。朱光潜 1948 年的这一系列选择初步奠定了他后来思想改造成功的基础。

1949 年底,几乎与费孝通同时,朱光潜写就其检讨文并发表在《人民日报》上。

> 在这里我可以约略说一说过去几年中我的政治态度。像每个望中国好的国民一样,我对于国民党政府是极端不满意的,不过它是一个我所接触到的政府,我幻想要中国好,必须要这个政府好,它不好,我们总还要希望它好。我所发表的言论大半是采取这个态度,就当时的毛病加以指责。由于过去的教育,我是一个温和的改良主义者,当然没有革命的意识。我的错误已经由事实充分证明,这里也无须详说。……
>
> 从对于共产党的新了解来检讨我自己,我的基本的毛病倒不在我过去是一个国民党员,而在我的过去教育把我养成一个个人自由主义者,一个脱离现实的见解偏狭而意志不坚定的知识分子。[①]

作为曾与国民党走得较近的学者,朱光潜的检讨难度远比一般大学教授要大。但他头脑清醒、态度诚恳,在直接承认"错误"的前提下,强调自己"要中国好"的本心,又深挖自己"个人自由主义"的源泉。这样,既声明了爱国主义的立场,也用国民党和过去自己的

---

① 朱光潜:《自我检讨》,《人民日报》1949 年 11 月 27 日。

"毛病"衬托了共产党和现代自己的正确。朱光潜所不断提及的"教育"也契合了中共宣传的对知识分子的"改造"。尽管朱光潜在1950年也遭遇了"清理历史遗留"时的政治管制，但还是顺利过关了。此后，他以自己的努力和调整，重新获得了学术话语权。

郭沫若的另一攻击对象沈从文1949年后离开大学，他的转变发生于更广阔的社会。1951年11月至1952年2月，已非北大教师的沈从文，在四川内江参加土改。三个月间，沈从文给家人写信35封，大篇幅地汇报自己的土改感想和收获。比如11月8日给妻子张兆和写信：

> 一出来，手中即只有一件事，放下包袱，去掉感伤，要好好地来为国家拼命作事下去，来真正做一个毛泽东小学生！……三三，要努力工作，你定要努力拼命工作，更重要还是要改造，你还要改造，把一切力量用出来，才对得起国家！要对工农干部更虚心的学习，对学生特别热心，国家实在要所有工作干部，都如此来进步。①

又说他所见到的贫雇农，"这些人真如毛文所说，不仅身体干净，思想行为都比我们干净得多"。②

在鄙夷城市知识分子的基础上，融入对底层农民的同情乃至崇拜，沈从文因此而找到了他与中共意识形态、与新社会的契合点。不断地"学习"和"改造"，这一契合点构成了他进入新中国以后生活和工作开展的基础。

三 知识分子的身份转变与角色转换

1. 身份转变：文化和知识生产的国家化与知识分子的体制化

如前所述，清华北大两次会议的与会者普遍认同的一点是"新的

---

① 沈从文：《致张兆和》（1951年11月8日），《沈从文全集》第19卷，北岳文艺出版社2002年版，第153—154页。

② 同上书，第180页。

时代"的来临。这一时代最重要的特性就是"人民"。人民的时代决定了人民的文学、艺术和学术。知识分子从为权贵（少数人）服务到为人民（多数人）服务这一历史的叙述，其着眼点不在于学术性，而在于一种暗示或自我暗示：时势要求人的改变。

就文化和知识生产而言，文艺与思想的个人性为集体性、国家性所取代。闻家驷将鲁迅和闻一多的工作视作"自己的工作"和"为时代服务"的结合，其意义便在于树立先行者的范例。洪子诚先生曾对这一转变作出精辟分析："文学'一体化'这样一种文学格局的构造，从一个比较长的时间上看，最主要的，并不一定是对作家和读者所实行的思想净化运动。可能更加重要的，或者更有保证的，是相应的文学生产体制的建立。"① 它辐射文学机构、文学杂志报纸出版社、作家的身份和存在方式、文学评价机制四个方面。

比如文学机构方面，设立了全国性的组织中国作协。作协的领导，毫无疑问，清一色是革命作家或所谓"进步作家"。"自由主义"作家，或者有类似倾向的作家，包括沈从文、废名、师陀、萧乾、朱光潜、傅雷、钱锺书、李健吾、梁宗岱等，自然被排斥在副主席、理事之外。而杂志报纸出版社因为由国家统一管制，实际上也使同人刊物不复存在。基于自由发声和争论的表达逐渐式微，知识界的思想逐渐由多声部转向异口同声。

知识分子的身份和存在方式亦随之发生重大变化。进入五十年代，知识分子实际上被编入所谓的"国家干部"序列，主要包括大学教授、作家和编辑。三四十年代被称为"自由职业者"的作家群体，都进入了国家为之设置和安排的"单位"。作家的社会地位和经济收入，则与薪级、头衔以及稿费（稿费标准由国家制定）挂钩。刘再复说："中国知识分子的改造，除了农民化过程之外，还有一个国有化过程。国有化是在经济国有化的同时，要求精神文化的国有化和个体心灵的

---

① 洪子诚：《问题与方法：中国当代文学史研究讲稿》，生活・读书・新知三联书店2002年版，第192页。

国有化。这种国有化的基本内容是通过对'个人主义'的批判,逐步磨灭知识分子的个性、个人生活空间和独立思考的能力,把他们变成国家机器中的螺丝钉,变成政治服务的工具。1949年之后,不断地批判'知识私有',不断地批判个人主义,把知识分子的工作全部纳入国家计划。"①

2. 角色转换:从立法者到阐释者、从设计师到建设者

直至四十年代末,学院知识分子自我确立的角色仍然是社会的立法者和国家的设计者。然而,由于这一群体的缺乏政治军事实力,由于时局的急遽变动,也由于他们自身的软弱性和学理性,他们始终未能为中国设计出一套稳固可行的发展方案。社会的启蒙者和先行者,很快就为社会的革命者所超越和围剿。

在清华的会议上,知识分子的自我批判与他们参与新社会期许的降格是互为因果的。因为不断批判自我,所以愈加觉得没资格领导社会。譬如以下言论:

> 在这种"突变"的时代,知识分子要参加突变的工作,不要让时代将你抛弃了,至于有许多人说知识分子要领导时代前进……我不敢附和,知识分子既然在大时代中已经落了伍,今天能参加群众中共同工作,已经够好了。②(薛愚)

> ……有两点意见想表示,一,消极的,我们不但不能有优越感,并且不能有"天才感"。读书人的大毛病,是自视过高,爱有一套创见,一套方案。世事已够纷乱,"建国大纲"一类书不能再写了。……愿世人不要胶柱鼓瑟,不要妄自尊大,自拟天才,妄替人世间制规律、设方案添阻碍。二,积极的,我们今天的任

---

① 刘再复:《历史角色的变形:中国现代知识分子的自我迷失》,《知识分子》(纽约)1991年秋季号。
② 《知识分子今天的任务——本刊座谈记录》,《中建》半月刊北平版1948年第一卷第2期。

务是"跑龙套"的工作,替天才所发现的客观的真理尽尽力,为绝对多数人跑跑龙套。①(郑昕)

将来的社会,大多数人不会再容忍少数人来统治。而知识分子在社会中的数目是很少的,所以要想在社会中起领导作用,那只是一种幻想。……他们应该虚心接受觉醒了的多数人的领导。②(俞铭传)

在新的社会制度下,知识分子有机会成为的是阐释者和建设者(还得有思想彻底改造这一前提)。他们被剥夺了设计的权威,"他们变成了和其他人一样的劳动者,他们是能为建设新制度大厦提供服务的熟练手艺人,而不再自以为是设计师"。③

在北大的会议上,废名说:"我以为文学家都是指导别人而不受别人指导的。他指导自己同时指导了人家。没有文学家会来这儿开会,因为他不会受别人指导的。我深感今日的文学家都不能指导社会,甚至不能指导自己。我已经不是文学家,所以我才来开会(全场大笑)。"④ 这是废名第一次公开地宣称自己"已经不是文学家"。他这一半开玩笑的话,却在一年后变成了现实,"文学家"变成了"社会主义文艺工作者"。

又如沈从文,1949年春,他有这样的比较与感慨:

读四月二日《人民日报》的副刊,写几个女英雄的事迹,使我感动而且惭愧。……这才是新时代的新人,和都市中知识分子

---

① 《知识分子今天的任务——本刊座谈记录》,《中建》半月刊北平版1948年第一卷第2期。
② 同上。
③ [美] 格里德尔:《知识分子与现代中国》,单正平译,南开大学出版社2002年版,第329页。
④ 《今日文学的方向——"方向社"第一次座谈会记录》,《大公报》天津版"星期文艺"1948年第107期。

比起来，真如毛泽东说的，城里人实在无用！乡下人远比单纯和健康。同时也看出文学必然和宣传而为一，方能具教育多数意义和效果。……把我过去对于文学观点完全摧毁了。无保留地摧毁了。搁笔是必然的，必须的。

……唉，可惜这么一个新的国家，新的时代，我竟无从参与。①

沈从文的叙述表明，学院知识分子正在拱手相让他们习以为常的国家设计工作，转而承认政治领袖的高明和"新人"的伟大。在这一叙述中，早先的文学家沈从文因其"文学观点"落后，无法适应新时代，故而搁笔，寻求以其他方式参与"新的国家，新的时代"的建设。能否参与新社会与能否继续文学创作之间，沈从文更看重的是前者。

清华和北大的这两次会议，某种意义上堪称1905年科举制度废除以来关于知识分子地位、功能和角色的最重大的一次讨论。它集中展现了又一个大转折时代知识分子的阶层意识、体制意识和命运意识。

他们都看出了知识分子在大时代中地位之尴尬，因而努力于辩解知识分子"是一个阶层而不是一个阶级"。在承认社会阶层差异的基础上，表明自己虽然"可上可下"，但还是眼光向着"下"即劳苦大众的。这也是中国知识分子民主主义倾向的表现。对体制的预见方面，他们普遍较为乐观自信——虽然无法想象出新的文化体制的具体形态，但自信抱着"为人民""为多数人"的工作态度，融入新社会不成问题。其中以清华的张东荪、北大的废名最为乐观，尽管其后来命运并不尽如人意甚至堪称悲剧（张东荪）。易代之际学院知识分子的认识和选择，深刻影响了其后数十年中国文化和知识生产的基本面貌。

总体上而言，中共当局对自由知识分子政治上是打压的，但人事上却是挽留的。因为他们清楚，不久的"新中国"的建设和新政权的

---

① 沈从文：《四月六日》（给张兆和的信，1949年4月6日），《沈从文全集》第19卷，北岳文艺出版社2002年版，第25页。

巩固,仅仅依靠农民或军队化的农民是难以为继的。所以,1948年春香港左翼文化圈对自由主义分子进行围剿式的攻击,并未得到中共中央的完全认可。这不仅体现了中共中央与华南局政令不一的一面,也体现了文化人与政治家的不同视角和眼界。

以毛泽东为代表的中共上层,对这一群体所采取的政策和策略是极有层次,而且是随机应变的。至1949年夏,大局已定,毛泽东对"自由主义分子"主要采取安抚和争取的策略。他首先从思想源头的角度分析,认为这部分"旧民主主义分子",之所以对美国、国民党、苏联和中国共产党的观察不正确,就是因为他们"没有或不赞成用历史唯物主义的观点去看问题的缘故"。[①] 这一语气较之郭沫若等是缓和很多了。更为重要的是,进一步,他对这一人群的区分。他明确道:"对于这些人,帝国主义及其走狗中国的反动政府只能控制其中的一部分人,到了后来,只能控制其中的极少数人,例如胡适、傅斯年、钱穆之类,其他都不能控制了,他们走到了它的反面。"在另一著名文章《别了,司徒雷登》中,毛泽东也肯定这种现象:除了工人、农民、学生一群一群地起来之外,中国的自由主义者或民主个人主义者"也大群地和工农兵学生等人一道喊口号,讲革命"。[②]

而极少数"还要看一看"的知识分子,"他们的头脑中还残留着许多反动的即反人民的思想,但他们不是国民党反动派,他们是人民中国的中间派,或右派。他们就是艾奇逊所说的'民主个人主义'的拥护者"。[③] 对于这部分人,毛泽东没有将其视作"穷寇"来追击,却号召"共产党人、各民主党派、觉悟了的工人、青年学生、进步的知识分子","用善意去帮助他们,批评他们的动摇性,教育他们,争取他们站到人民大众方面来,不让帝国主义把他们拉过去,叫他们

---

① 毛泽东:《丢掉幻想,准备战斗》,《毛泽东选集》第四卷,人民出版社1991年版,第1487页。

② 毛泽东:《别了,司徒雷登》,《毛泽东选集》第四卷,人民出版社1991年版,第1496页。

③ 毛泽东:《丢掉幻想,准备战斗》,《毛泽东选集》第四卷,人民出版社1991年版,第1485页。

丢掉幻想,准备斗争"。① 总之,是用先进帮助后进的办法,争取这一群体。

我们可以从萧乾的"转变"看出上述问题的微妙。当 1947 年凭借《大公报》这一平台大发议论,宣扬"自由主义"的时候,萧乾俨然成为自由主义的一面旗手。然而,自 1947 年下半年起,萧乾的处境日益尴尬。至 1948 年,又因为之前言论无意得罪了郭沫若、茅盾等老牌左翼作家,又受到香港左翼文化势力的最猛烈的攻击。意兴阑珊的萧乾,一度处于精神崩溃的地步。后来,还是老朋友和老同事杨刚出面,调停了双方的对立和敌意,逐渐使萧乾走出困境,并逐渐投入"人民"的怀抱。1949 年,萧乾也奔赴香港,和诸多左翼作家一起,准备参与第一届文代会的召开。

第二节 沈从文的个人本位与新中国想象

对于沈从文而言,20 世纪 40 年代无疑是一个重要的转折时期。它不仅是文学者沈从文的最后一个写作阶段,也是知识分子沈从文最热心于社会和政治的一个时期。这一时期的沈从文,以文学作品和更多的非文学写作,表现出自己国家意识的转变,以及参与中国未来的建设想象的积极性。这些写作体现了沈从文对前期创作的某种超越,显示出其文学世界的丰富;同时也预示了他在 1949 年后与新型文化体制格格不入的命运。

一 "'现代'二字已到湘西":政治/中国意识对审美/地域意识的超越

20 世纪三四十年代,沈从文几度返乡,目睹了湘西的种种巨变。

---

① 毛泽东:《丢掉幻想,准备战斗》,1949 年 8 月 14 日,《毛泽东选集》第四卷,人民出版社 1991 年版,第 1487—1488 页。

他也一反过去的浪漫化写作，以纪实性手法呈现湘西这一历史景象。

这一变化在1934年的《湘西散记·序》中就已经为沈从文所预见。他不无担忧地写道："其实对于他们的过去和当前，都怀着不易形诸笔墨的沉痛和隐忧，预感他们的明天的命运——即这么一种平凡卑微的生活，也不容易维持下去，终将受一种来自外部的巨大势能所摧毁。"① 此时沈从文见到的湘西，不再是那种田园牧歌的世外桃源，而是一个在现代文明和现实政治双重冲击下的蛮荒而混乱之地。

这种"外部的巨大势能"很快就接踵而至：1935年，国民党军队势力抵达湘西；次年，湘西结束了多年的自治状态，正式成为中央政府直接管辖的一部分；1937年，全面抗战爆发。抗战期间，湖南成为中国最重要的战场之一。敏感的沈从文将这一切融入了他最重要的作品之一《长河》之中。《长河》诞生于抗战全面爆发后的1938年，最终出版却是1945年的事了。②

《长河》的主题犹如它自身的命运一样充满遗憾和惋惜。虽然这部长篇制作在细处依然随处可见沈从文对湘西世界景致和人情的美好描写，但它更重要的意义却在于展现了时代哀愁和历史命运的并行。

《长河·题记》是沈从文作品序言中罕见的长篇幅。内云：

> 表面上看，事事物物自然有了极大进步，试仔细注意，便见出在变化中堕落趋势……③

> 虽然这只是湘西一隅的事情，说不定它正和西南好些地方情形差不多。虽然这些现象的存在，对外战争一来都淹没了，可是

---

① 沈从文：《湘西散记·序》，《沈从文全集》第16卷，北岳文艺出版社2002年版，第390页。

② 被迫南迁的沈从文在其兄沈岳林（云麓）家中完成了这部作品的初稿，而后匆匆南下昆明。同年8月7日至11月19日在香港《星岛日报·星座》副刊连载，未完。1942年，沈从文开始修改《长河》，预计篇幅是三十万字，最后得第一卷近十四万字。经过国民党当局的层层审查删改，最终于1945年出版时只得十一万字。遗憾的是，沈从文后来再也没有机会完成原初的写作计划。

③ 沈从文：《长河·题记》，《沈从文全集》第10卷，北岳文艺出版社2002年版，第3页。

和这类似的问题，也许会在别一处地方发生。①

金介甫认为《长河》是"沈从文写田园诗喜剧的最优秀作品……也是沈从文长篇中最富于历史意义的一种，是对湘西往昔生活方式的一曲挽歌"。② 沈从文的写作在写湘西沉痛的变故时，加入了不少诙谐幽默，反而使得现实更显悲凉。金介甫所说的"历史意义"准确地指出了《长河》区别于沈从文其他作品的特别之处。以《长河》为标志的沈从文创作表明，到了四十年代，展现在我们面前的是一个崭新的沈从文，一个现代想象和国家想象的建构者，而并非人们习以为常认为的地域文化的迷恋者。面对现代性和民族国家问题，沈从文超越了其早期的那种纯粹的抵抗或嘲讽，而采取更为主动、更为成熟的姿态，更倾向于发展建设而非批判否定。

研究者发现，《长河》中，"一个有意味的现象是频繁出现了报刊的字样，既有如《创造》、《解放》、《申报》、《中央日报》、天津《大公报》等一些现代报刊史上重要的报刊，也涉及省报、沅陵县报等地方性报纸。……复现次数最多的是《申报》的字样，一共出现了十六次"。③ 这些现代大众传媒符码在三四十年代湘西地区的公共舆论空间建设方面具有重要意义。而与之相对，湘西世界还有另外一个公共舆论空间，而且是占据更主导地位的空间，就是湘西大众口耳相传的传闻和道听途说的消息。它们构成了老中国更具普遍性的乡土口头传闻空间。两种舆论空间的互补和对立，是"现代"侵入湘西的必然体现。

老水手是"口头传闻舆论空间"中的代表。老水手对消息的汇集与传播具有典型模式。他穿梭于商会会长、橘子园主人与湘西普通民众之间，负责了大部分的"新闻"和"消息"的传递。而官道与河

---

① 沈从文：《长河·题记》，《沈从文全集》第10卷，北岳文艺出版社2002年版，第7页。
② ［美］金介甫：《沈从文传》，符家钦译，国际文化出版公司2005年版，第252—253页。
③ 吴晓东：《〈长河〉中的传媒符码——沈从文的国家想象和现代想象》，《视界》2003年第12辑。

流，成为他传播资讯的最重要的渠道。"长河"沅水在这一时期的沈从文笔下不再是抒情的对象和叙事的环境，而是具有工具功能的交通和资讯的渠道。《申报》《大公报》一类的现代传媒，经由水与水手带到湘西，建构起一种新型的话语和舆论空间。这种话语建立在文字基础上而非口头流传上。它是静默的，但又具有别样的权威性和真实感。它的最大优势在于不以人的传播而变异。

通过报纸为代表的现代传媒，湘西民众开启了空前的对外部世界的好奇，这个世界很快就落实为"中国"。在对外部世界进行想象和形塑的同时，这一地域性的群体也完成了由湘西人向中国人的转变。

另一个重要的渠道是官方的物质和精神双方面的建设对湘西的侵入。

物质层面，湘西地区的经济开发和基础设施建设，在抗战之后越来越得到重视。公路的不断延伸，加速了物产和信息的流通，也极大地促进了当地人的生活方式的改观。

精神方面，主要体现在《长河》中的另一关键词——"新生活运动"。围绕"新生活运动"，乡土口头新闻与现代报纸新闻，展开了激烈的冲突和交锋。对现代中国的想象也都由此得以呈现。

由蒋介石亲自倡导、发起于1934年的"新生活运动"，本来是蒋政权最重要的精神文明建设运动。它通过各种政治手段侵入了本来是自古山高皇帝远的湘西。作为新名词，给不明就里的湘西世界带来了空前的恐慌。它在小说中一共出现了五十次之多。

"新生活"一词在不同人群口中的频繁出现，固然显示了沈从文一贯的对"现代"话语的嘲讽和拒斥，但是它更显示了"外面的世界"的影响已经真正进入湘西，并对民众的生活产生实质性的影响。这一点是无法否认的。

因此，形成悖论的是，当沈从文越是用其一贯的立场和语气来表示自己对现代事物的漠视和拒斥的时候，这一现象的真实存在就越得以彰显。作为一个真诚且对家乡有深厚感情的作家，沈从文的的确确开始重视政治意识和国家意识了。在一个大转折时代，乡土舆论空间对国家大事的态度如何，民间话语以怎样的方式对待官方话语，这是沈从文写作《长河》所希望达到的目的。

事实上，并非所有人都持保守的态度或表现得慌乱不满。国民对于"国家"的情感还是不少见的。

>　　长顺是个老《申报》读者，目击身经近二十年的变，虽不大相信官，可相信国家。对于官，永远怀着嫌恶敬畏之忱，对于国家，不免有了一点儿"信仰"。……他有种单纯而诚实的信念，相信国家"有了老总"，究竟好多了。国运和家运一样，一切事得慢慢来，慢慢的会好转的。①

>　　会长说："亲家，树大就经得起攀摇。中国在进步，《申报》上说得好，国家慢慢的有了中心，什么事都容易办。要改良，会慢慢改良的！"②

长顺的想法在湘西民众中恐怕是有代表性的，中国的相当一部分老百姓也是这样，"不大相信官，可相信国家"。长顺、会长代表的湘西士绅和老水手这样的民众，都有这样一种相信"国家"的意识。通过对外来资讯的接受，他们自然地将自己和湘西想象成为中国的一部分。

的确，《长河》中也存在沈从文一贯地站在"乡下人"的立场进行对"城里人"以及都市生活的嘲讽性想象。

>　　女子中也有读书人……还乡时便同时带来给乡下人无数新奇的传说，崭新的神话，与水手带来的完全不同。城里大学堂教书的，一个时刻拿的薪水，抵得过家中长工一年收入！花两

---

① 沈从文：《长河》，《沈从文全集》第10卷，北岳文艺出版社2002年版，第90页。
② 同上书，第70页。

块钱买一个小纸条，走进一个黑暗暗大厅子里去，冬暖夏凉。坐下来不多一会儿，就可看台上的影子戏，真刀真枪打仗杀人，一死几百几千，死去的都可活回来，坐在柜台边用小麦管子吃橘子水和牛奶！上有天堂，下有苏杭，全苏州到处都是水，人家全泡在水里。杭州有个西湖，大水塘子种荷花养鱼，四面山上全是庙宇，和尚尼姑都穿绸缎袍子，每早上敲木鱼铙钹，沿湖唱歌。①

……顶可笑的还是城里人把橘子当补药，价钱贵得和燕窝高丽参差不多，还是从外洋用船运回来的。橘子上印有洋字，用纸包了，纸上也有字，说明补什么，应当怎么吃。若买回来依照方法挤水吃，就补人；不依照方法，不算数。说来竟千真万确，自然更使得出橘子地方的人不觉好笑。②

然而，认真比较的话，这一口吻比起早期的沈从文小说或杂文，其嘲讽或者与"现代""城里人"的对立对抗意识已经轻浅了许多。

与二三十年代的沈从文思想一致的是，"现代"在沈从文那里依然算不上一个好词。《长河》题记中表达了对"现代"冲击下的湘西的忧虑："'现代'二字已到了湘西，可是具体的东西，不过是点缀都市文明的奢侈品大量输入，上等纸烟和各样罐头在各阶层间作广泛的消费。抽象的东西，竟只有流行政治中的公文八股和交际世故。"③"现代"必须在中国语境中尤其是乡土语境中被检验。但是从另一个角度看，上述话语也能说明沈从文开始正视"现代"了。在具体层面，沈从文还反思湘西文化的愚昧野蛮麻木，鼓励湘西人自信地面对现代社会。从《沈从文传》可以看出，抗战爆发后回到家乡的沈从文，特意召集并宴请当地的军政长官，力劝他们停止内斗，握手言和，群

---

① 沈从文：《长河》，《沈从文全集》第10卷，北岳文艺出版社2002年版，第19—20页。
② 同上书，第20页。
③ 沈从文：《长河·题记》，《沈从文全集》第10卷，北岳文艺出版社2002年版，第3页。

策群力地为抗战服务，为"国家"服务。

就这样，沈从文以《长河》为思考的起点，逐渐完成了政治/中国意识对审美/地域意识的超越。

我们不妨就此接着提出疑问，沈从文四十年代后期以后的精神状态，如焦虑孤独等，是否与其理想湘西世界的形象的崩溃有关，而不是仅仅来自左翼力量的压迫？以往的研究者习惯地从政治力量直接干涉文学这一角度进行的解释是否过于单一？再者，其三十年代后期以来的小说，逐渐地不再完全倚仗湘西作为题材，艺术手法也慢慢转向了意识流等新的尝试和试验，是否也与此有关呢？

二 "依然是那个无量无形的观念"：以抽象观念建构新的国家

沈从文身上具有中国现代知识分子身上普遍存在的"感时忧国"情怀。这一点在抗战全面爆发以前被极大地掩盖了。

发表于1947年的《从现实学习》是沈从文心路历程的一个缩影。他坦承，自己年轻时到北京求学，为自己"寻找理想"，理想便是"读好书救救国家""这个国家这么下去实在要不得"。[①] 这一出发点与鲁迅"立人"为救国是相似的："以为社会必须重造，这工作得由文学重造起始。"[②] 该文表面上写自己的，但无处不写"现实"，亲眼看到、亲身体验的现实中国。在三十年代的小说《若墨医生》中，沈从文就借若墨医生之口，宣称要"写一本《黄人之出路》"。感时忧国还体现在他直接对暴政表达不满的系列散文与小说中。如《丁玲女士被捕》《湘行散记·一个爱惜鼻子的朋友》《新与旧》等。

如果说二三十年代的沈从文对政治的表达主要是侧面的间接的，对"政治"（当然也包括商业）持整体的排斥态度的话，那么四十年代的沈从文则主动将政治纳入自己的思考范畴，开始追寻民族复兴和国家建设的道路。

[①] 沈从文：《从现实学习》，《沈从文全集》第13卷，北岳文艺出版社2002年版，第374页。

[②] 同上书，第375页。

他的立场首先是否定暴力、战争、武力。他说："我看了三十五年内战，让我更坚信这个国家的得救，不能从这个战争方式得来。人民实在太累了，要的是休息，慢慢才能恢复元气。"① 他总结了20世纪前半夜中国的政治，表明自己对"政治高于一切"的中国现代历史的绝望。在他看来，国家遭遇的苦难与当局密不可分，一国的苦难并非某一单独原因造成，但近代中国的政治环境应该为国家悲剧担负主要责任："国家所遭遇的困难虽有多端，而追求现实、迷信现实、依赖现实所作的政治空气和倾向，却应该负较多责任。当前国家不详的局势，亦即由此而形成，而延长，而扩大。"②

沈从文在四十年代写的政论文数量远多于文学作品，但是他所能提出的方案并非成体系的思考。不过他提出了"抽象的观念"这一独特的理念。

功利的"政治""现实"是不可取的，只有"抽象的观念"才能改变国家，这是沈从文整个四十年代念兹在兹的："凝固现实，分解现实，否定现实，并可以重造现实，唯一希望将依然是那个无量无形的观念！"③ 显然，他是偏向于从精神观念的角度解决国家混乱现实的："不单纯诉诸武力与武器，另外尚可发明一种工具，至少与武力武器有平行功效的工具。这工具是抽象的观念，非具体的枪炮。"④ 所谓"抽象"，与具象，也就是"现实"相对。这是一种精神的力量，是一种超越的思维。

沈从文对具体的政治体制谈得很少，这可能与他主动保持与国共两党的距离有关。但他对具体的西方政治文明基本是肯定的，虽然直接提及的并不多。比如他在《中国人的病》一文中有关这种态度：

---

① 沈从文：《政治与文学》，《沈从文全集》第14卷，北岳文艺出版社2002年版，第257页。
② 沈从文：《从现实学习》，《沈从文全集》第13卷，北岳文艺出版社2002年版，第392页。
③ 同上。
④ 沈从文：《烛虚》，《沈从文全集》第12卷，北岳文艺出版社2002年版，第17页。

合于"人权"的自私心扩张,并不是什么坏事情,它实在是一切现代文明的种子。一个国家多数国民能自由思索,自由研究,自由创造,自然比一个国家多数国民皆"蠢如鹿豕,愚妄迷信,毫无知识",靠君王恩赏神佛保佑过日子有用多了。①

俗话说:"要得好须学好"。在工业技术方面,我们皆明白学祖宗不如学邻舍,其实政治何尝不是一种技术?……我们应明白一个"人"的权利,向社会争取这种权利,且拥护那些有勇气努力争取正当权利的国民行为。应明白一个"人"的义务是什么,对做人的义务发生热烈的兴味,勇于去担当义务。②

因此,他绝不是站在田园牧歌的角度全盘否定现代文明的。

在三十年代京派海派对峙的时候,沈从文即发出过这种对暴力革命的强烈不认同:"你即或相信法国革命流血,那种热闹的历史场面还会搬到中国来重演一次,也一定同时还明白排演这历史以前的酝酿,排演之时的环境了。使中国进步,使人类进步,必需这样排演吗?能够这样排演吗?阳燧取火自然是一件事实,然而人类到今日,取火的简便方法多得很了。人类文明从另外一个方式就得不到吗?人类光明不是从理性更容易得到吗?"③ 此信是写给巴金的。沈从文毫不客气地批评巴金把冲动和否定当作青春朝气的思想。他明确否定激进的、代价太大的法国大革命在中国再现的必要,认为这种暴力革命不值得模仿,反而应该吸取其中的教训。四十年代的沈从文继承这一立场,认为不流血或少流血的理性道路才是中国人应该学习和探寻的道路。

沈从文与现实政治之隔膜或之不解可见一斑。他眼中,政治的本质是"只代表'权力',与知识结合即成为'政术'",所以他"在心理上历来便取个否定态度。只认为是一个压迫异己膨胀自我的

---

① 沈从文:《中国人的病》,《沈从文全集》第14卷,北岳文艺出版社2002年版,第88页。
② 同上书,第89页。
③ 沈从文:《给某作家》,《沈从文全集》第17卷,北岳文艺出版社2002年版,第222页。

法定名词"。① 这份带有"悔过"性质的检讨书的写作时间已经是1949 年 12 月 25 日。通过《政治无处不在》,沈从文才第一次"悟到"政治在现实生活的地位以及对历史的改变力量。而这恰恰说明沈从文文学生涯中一以贯之的反感现实政治的态度。

三 "实需要一种美和爱的新宗教":想象新国民与对蔡元培传统的继承

民族国家的主体是国民。作为一位文学家,沈从文更能理解"人"之于国家、社会、世界的意义:"察明人类之狂妄和愚昧,与思索个人的老死病苦,一样是伟大的事业。"②

研究者认为:"从现代文化建构的历史线索来探视,沈从文作品中有关'人的重造'、'民族精神的重造'课题是鲁迅改造'国民性'的艰苦宏大工程在走向二十世纪三十年代的延续,是现代文化构建过程中的必经途径。"③沈从文的思考和言行证明此言非虚。早在 1935 年,他就极其看重"新国民"之于"新国家"的意义:"目前最重要的,还是应当从政治、经济、教育、文学各方面共同努力,用一种新方法造成一种新国民所必需的新观念。"④

《云南看云集》中的《新废邮存底》,收集了沈从文答复各界人士的信,对象有"一个广东朋友""一个大学生""一个青年作家""一个诗人""一个中学教员""一个军人"等。涵盖了不同阶层和职业的"国民"构成。尽管内容不尽相同,但相同的是沈从文总会在信中提及时局。在关注国家民族前途的基础上,去积极鼓励对方尽自己的努力去救国家。这些工、农、商、学、兵都能激起沈从文真诚而热切的期待,在他眼中他们都能够为新的国家贡献力量。

---

① 沈从文:《政治无处不在》,《沈从文全集》第 27 卷,北岳文艺出版社 2002 年版,第 38 页。
② 沈从文:《烛虚》,《沈从文全集》第 12 卷,北岳文艺出版社 2002 年版,第 3 页。
③ 赵学勇:《沈从文与东西方文化》,兰州大学出版社 2005 年版,第 201 页。
④ 沈从文:《中国人的病》,《沈从文全集》第 14 卷,北岳文艺出版社 2002 年版,第 88 页。

沈从文对理想国民的认识包括以下三个方面。

首先，他批判国民性对"现实"的功利追求。沈从文认为，当时国民普遍存在的过于世俗、功利、短视，是极为严重的问题："多数优秀头脑都有成为人格上近视眼的可能，为抽象法币与具体法币弄得昏头昏脑，在一种找个人出路实际主义下混生活。"[①] 沈从文坚信，因为世俗、现实、短视，所以才会出现追求用武力解决问题的时局。同时，热衷于眼前利益的人，也无法取得高尚勇敢的人格，无法过上庄严道德的生活。

其次，他认为国民普遍缺乏血性，应当从湘西文明中汲取精神养料。这一思想在《箱子岩》一文中表现得最为充分。文中叙述了湘西民众的赛龙舟的往事，通过对这一往事的追忆，歌颂了充满血性的龙舟精神。沈从文认为中华文化是老态龙钟而失去生机的，需要输入野蛮人的血液，以实现新生和复兴。这种近似于艾略特《荒原》的思想，实际上是沈从文二三十年代文明观的延续。

最后，也是最重要的，沈从文极为重视文学在构建家国理想中的根本性作用。沈从文对文学之改造人与社会的作用，具有很强的历史使命感。

> 我是个弄文学的人，照例得随同历史发展，学习认识这个社会有形制度和无形观念的变迁。三十年来虽明白社会重造和人的重造，文学永不至于失去其应有作用。爱与同情的抽象观念，尤其容易和身心健康品质优良的年青生命相结合，形成社会进步的基础。……文学或其他艺术，尤其是最容易与年青生命结合的音乐，此一时或彼一时，将依然能激发一些人做人的勇气和信心……[②]

[①] 沈从文：《给一个广东朋友》，《沈从文全集》第17卷，北岳文艺出版社2002年版，第317页。

[②] 沈从文：《定和是个音乐迷》，《沈从文全集》第12卷，北岳文艺出版社2002年版，第231页。

制度有形而观念无形，文艺的作用就是用爱与同情，去改造社会成员的身心，从而改造社会，完成对有形制度的潜移默化的改变。在此，沈从文呼应并延续了鲁迅一代五四知识分子的国民性改造工程。只不过，沈从文是立足文学，坚持艺术本位，同时与现实、政治保持一定的距离。与鲁迅介入政治的鲜明姿态不同，沈从文的方式更接近于指导和提供，更多的是从精神层面进入。

在沈从文看来，文学对国民精神的重塑而言，首先也是最直接的，是能提供"爱"与"美"的美好情感。《阿丽思中国游记·后序》他就说："我除了存心走我一条从幻想中达到人与美与爱的接触的路，能使我到这世界上有气力寂寞的活下来，真没有别的什么了。"[①] 沈从文不断重复这一点："爱"和"美"能激发国民对国家、人类、生命的热情。四十年代的沈从文发扬了这一对"爱与美"的观念，使其上升到"宗教"的层次："我们实需要一种美和爱的新的宗教，来煽起更年青一辈做人的热诚，激发其生命的抽象搜寻，对人类明日为未来向上合理的一切设计，都能产生一种崇高庄严感情。"[②] 沈从文从爱与美的角度培育新国民的思想，与1917年新文化运动兴起伊始时蔡元培提出的"以美育代宗教"呼吁遥相呼应，构成文艺改变国民性的思想传统的重要一环。

这段话以感伤兼以悲愤的语气歌颂了爱与美的"应当"：

> 我倒不大明白真和不真在文学上的区别，也不能分辨它在情感上的区别。文学艺术只有美和不美，不能说真和不真，道德的成见，更无从羼杂其间。精卫衔石、杜鹃啼血，情真事不真，并不妨事。……
>
> ……不管是故事还是人生，一切都应当美一些！丑的东西虽不是罪恶，总不能令人愉快。我们活到这个现代社会中，已经被

[①] 沈从文：《阿丽思中国游记·后序》，《沈从文全集》第3卷，北岳文艺出版社2002年版，第6页。

[②] 沈从文：《美与爱》，《沈从文全集》第17卷，北岳文艺出版社2002年版，第362页。

官僚、政客、银行老板和伪君子、理发匠和成衣师傅、种族的自大与无止的贪私,共同弄得到处够丑陋!可是人生应当还有个较理想的标准,至少容许在文学和艺术上创造那个标准。……

……美丽总使人忧愁,可是还受用。①

为了保持、延续和发扬民族素质和品德中健康、自然、优美、高尚、充满人性的因子,经由重塑国民而重建国家,沈从文有且只有一种方式,就是文学。沈从文有意识地将自己的思想纳入历史的序列,即文学在晚清以来的民族国家想象中的社会功用:"文学当成为一个工具,达到'社会重造''国家重造'的理想,应当是件办得到的事。这种试验从晚清既已开始,梁任公与吴稚晖,严几道与林琴南,都曾经为这种理想努力过。"②

在一个非理性的"现实"时代,抽象的、观念的、理性的、唯美的文学迅速败下阵来。不过这种失败是暂时的。沈从文早已看出这一点。在《给一个作家》中他不无自信地说:"这个民族遭遇困难挣扎方式的得失,和从痛苦经验中如何将民族品德逐渐提高,全是需要文学来记录说明的!"③ 从这个意义上说,沈从文的国家想象虽然落空了,但他所看重的文学的记忆意义却有特殊而恒久的价值。

沈从文四十年代对理想中国和新国民的想象,体现了他由远离政

---

① 沈从文:《水云》,《沈从文全集》第12卷,北岳文艺出版社2002年版,第106—107页。此文最初发表于1943年1月和2月的《文学创作》第1卷第4期和第5期。1947年,作者将其收入拟交开明书店印行的《王谢子弟》集,对文章重做校订。《全集》所收为1947年8月校订版,与原文有一些出入。初刊文为:"我不大明白真和不真在文学上的区别,也不能分辨它在人我情感上的区别。文学艺术只有美或恶劣,道德的成见与商业价值无从掺杂其间。精卫衔石杜鹃啼血,事即不真实,却无妨于后人对于这种高尚情操的向往。……不管是故事还是人生,一切都应当美一些!……美就是善的一种形式,文化的向上也就是追求善或美一种象征。竞争生存固十分庄严,理解生存则触着生命本来的种种,可能更明白庄严的意义。……美丽总令人忧愁,然而还受用。"1947年的这一改动,庶几能看出沈从文对时局的悲愤甚于抗战时体验的感受。

② 沈从文:《"文艺政策"检讨》,《沈从文全集》第17卷,北岳文艺出版社2002年版,第274—275页。

③ 沈从文:《给一个作家》,《沈从文全集》第17卷,北岳文艺出版社2002年版,第346页。

治到切入政治的一个较为显著的改变。

他曾这样概括湘西人民悠久的、似乎亘古不变的生存状态："这些人生活却仿佛同自然已相融合，很从容的各在那里尽其性命之理，与其他无生命物质一样，惟在日月升降寒暑交替中放射、分解……这些不辜负自然的人，与自然妥协，对历史毫无担负，活在这无人知道的地方。"[①] 他也曾通过小说《菜园》，歌颂"林下风度"，以田园对抗政治，显示美的追求的自成一局。前期沈从文基本上是以抒写田园牧歌来歌颂自然人性，同时表达对政治的反感与疏远的态度。红色的三十年代，京派海派之争，虽然也滋生了《大小阮》《新与旧》，体现了沈从文对现实政治的关注，但他总体的风格和姿态没有改变。

促使沈从文思想观念乃至文学生命发生根本变化的动因是抗战。上文已提到，1937—1949年，沈从文的政论文文章远多于文学作品，小说的创作更是几度停滞。其原因与其说是沈从文创造力的下降[②]，毋宁说是沈从文对文学的另一种观照和理解。从《长河》可以看出，一个新面貌的沈从文开始了他文学生命的另一个高度。这使我们联想到1926年后的鲁迅。只不过，同样是在文学生涯的后期写下数量多于小说的杂文或政论文，鲁迅更具体深入地介入社会现实，以一个革命文学家的身份深化了五四文学的社会革命特质；沈从文的政论文则无一例外地坚持文学本位，坚持文学对现实的改造而非被改造。

沈从文的新国家想象，并没有具体细致的方案，但两个前提被他一再强调：一是反对武力，而依靠文化、美育和理性；二是借鉴西方资产阶级政治制度。沈从文的新国民想象，也包含两个主要意思：一是国民培养重于国家建设；二是以美育培养国民性，反对崇尚短视的武力之争和党派利益。

无论是新国家还是新国民的想象，沈从文的独特之处在于重视文学的意义与作用。这与当时很多作家主动或被动对"文学无用论"或

---

① 沈从文：《箱子岩》，《沈从文全集》第11卷，北岳文艺出版社2002年版，第280页。
② 参见贺桂梅《转折的时代——40—50年代作家论》，山东教育出版社2003年版，第128—131页。

"文学为政治服务"的接受是迥异的。此外，沈从文由对抗战文学引发的美学危机的关注（"与抗战无关论"的论争），转进到借助文学手段来重铸国民品格（之前是普遍的"人性"，此时具体为国民），实际上存在一个由强调文学的超越性到重视文学的功用性的转变。规模空前的民族战争和随后的内战，促使沈从文急切希冀以文学的方式来重造人性和国民性，进而实现建国理想。不过，其中不变的是他对文学恒久性的自信，是对短视的暴力（非理性的政治形态）的反抗。沈从文仍然坚信"有情""人性"是永恒的，"事功""现实"是短暂的。

沈从文在四十年代尤其是四十年代后期的文字，表现了他对文学的未来，也对故乡和国家的前途的担忧。他努力将审美理想与政治理想相结合，将艺术本位和国家本位相统一，为理想国家的建构贡献文学者的力量。然而，在处处充满"现实"的四十年代，沈从文的孤独挣扎并未产生实质性影响。他所自我期许的自梁任公与吴稚晖、严几道与林琴南而来的文学改造国家的试验，在四十年代遭遇了空前的挫折。

第三节　朱自清的人民本位及雅俗问题

四十年代自由主义作家虽然身处国统区，暂时避开了以民族形式论为基调的延安左翼民族主义文化观的直接规训，但战争催发的空前的以"建国"为核心的民族情感，却奠定了这一群体的多数与延安作家群相似的接受基础。从民族国家的角度，而非从自由主义本义的角度理解接受，使他们与共产党政权的意识形态的相通相对容易得多。坚持自由民主，超越民族主义者，如胡适、傅斯年等，反而成为少数派。因此，占据多数的这部分知识群体，更能代表和反映自由主义在中国四十年代的思想状况。其中，朱自清是尤其值得注意的典型。这不仅是因为朱自清病逝于1948年底这一重要历史节点，而且他身上更能集中呈现学院派知识分子自"五四"至四十年代的思想变化,以及中国现代文学有别于古典文学或西方文学的某些特质。

一 "新中国在望中":个人命运系于国家

朱自清抗战之前的文字,也时时充满炽热的爱国感情。著名的如写于1925年的《白种人——上帝的骄子》。文中,朱自清就自己的亲身体验,思考一个外国小孩对自己的傲慢和轻蔑的原因。他认为根本就在于其小小年纪就"已懂得凭着人种的优势和国家的强力"来欺侮他国人民,而这又是因为他的父亲、戚友、老师,乃至四周同种的人,一贯是"以骄傲践踏对付中国人",他读的书也都是"将中国编排得一无是处"。① 也就是说,这是他受家庭、学校和环境,长期以来耳濡目染的结果。朱自清又感受到,自己个人的这次被"袭击",只是帝国主义对近代中国多次袭击的一个缩影,个人的遭遇是与国家民族的命运相关的。一个片段呈现了一个民族的近代历史。朱自清的体验与鲁迅所述"幻灯片事件"、郁达夫所述"沉沦"实有相似之处。

实际上,这类表达爱国情感的文字还有不少。诸如1924年4月15日写就的《赠友》,歌颂了参加二七大罢工的邓中夏的革命形象(发表于《中国青年》第28期,1924年4月26日)。1925年,五卅惨案消息传至浙江,他于6月10日写下《血歌》,几天后又写《给死者》。两首诗歌颂了反帝爱国的工人形象。

但朱自清的思想的底色毕竟是务实、崇实,性情也是温和而不激烈的。他于1922年11月7日给俞平伯的信中,阐明自己的生活态度:"弟虽潦倒,但现在态度却颇积极;丢掉玄言,专崇实际,这便是我所企图的生活。"又宣扬"刹那主义":"写字要一笔不错,一笔不乱,走路要一步不急,一步不徐,呷饭要一碗不多,一碗不少,无论何时,无论何地,有不调整的,总竭力立刻求其调整……每一刹那的事,只是为每一

---

① 朱自清:《白种人——上帝的骄子!》,《朱自清全集》第1卷,江苏教育出版社1988年版,第45页。

刹那而做，求一刹那之所安……这便是所谓从小处下手。……我的刹那主义，实在即是平凡主义。"① 这一平凡主义，也是朱自清中正平和的性情之反映。

战争和生活，从两方面改变着朱自清。抗日战争是中国第一次以最重要的参战国之一的身份介入世界大战，并以抵抗最为持久的国家赢得了世界的尊重。与近代史上屡败于外来侵略者的屈辱经历相比，与"一战"时虽胜犹败的尴尬悲惨境遇相比，抗日战争的胜利意义是空前的，其鼓舞和激励作用也是空前的。

1938年8月，西南联大甫抵昆明，联大的第一届清华毕业生请朱自清在"清华第十级年刊"的纪念册上留言。朱自清深情写道："这一年是抗战建国开始的一年，是民族复兴开始的一年。……诸君又走了这么多的路，更多地认识了我们的内地，我们的农村，我们的国家。诸君一定会不负所学，各尽其能，来报效我们的民族，以完成抗战建国的大业的。"②

1939年7月，昆明各界举行抗战两周年纪念会。朱自清写下《这一天》一文。

这一天是我们新中国诞生的日子。

从前只知道我们是文化的古国，我们自己只能有意无意地夸耀我们的老，世界也只有意无意的夸奖我们的老。同时我们不能不自伤老大，自伤老弱，世界也无视我们这老大的老弱的中国。中国几乎成了一个历史上的或地理上的名词。

从两年前这一天起，我们惊奇我们也能和东亚的强敌抗战，我们也能迅速的现代化，迎头赶上去。世界也刮目相看，东亚病夫居然奋起了，睡狮果然醒了。从前只是一大块沃土，一大盘散沙的死中国，现在是有血有肉的活中国了。

---

① 转引自俞平伯《读〈毁灭〉》，《俞平伯全集》第3卷，花山文艺出版社1997年版，第571页。

② 朱自清：《赠言》，《朱自清全集》第8卷，江苏教育出版社1990年版，第422页。

> ……
>
> 我们不但有光荣的古代，而且有光荣的现代，不但有光荣的现代，而且有光荣的将来无穷的世代。新中国在血光中成长了。
>
> 双十是我们新中国孕育的日子，"七七"是我们新中国诞生的日子。①

这篇纪念文具有历史和现实的双重意义。他既指出了中国的古代与现代之别，还回应了近代中国的贫弱失败与当下中国的新兴光荣。"新中国在血光中成长"，反映了当时流行的战争浪漫主义思想，即经由战争实现民族的涅槃。同时，他也很有分寸地强调"抗战建国"，将学院话语纳入党国话语之中，与主流的意识形态保持一致。

《诗与建国》一文强化了文艺与建国的关系，并要求新诗歌咏群体英雄："抗战胜利后，我们这种群体的英雄会更多，也更伟大。这些英雄值得诗人歌咏；相信将来会有歌咏这种英雄的中国'现代史诗'出现""我们迫切的需要建国的歌手。我们需要促进中国现代化的诗。"②《爱国诗》则鼓励诗人多写爱国的诗篇。朱自清特别推崇闻一多，说他"唯一有意大声歌咏爱国的诗人……他爱的是一个理想的完整的中国，也是一个理想的完美的中国"。又说：

> 我们在抗战，同时我们在建国：这便是理想。理想是事实之母；抗战的种子便孕育在这个理想的胞胎中。我们希望这个理想不久会表现在新诗里。诗人是时代的前驱，他有义务先创造一个新中国在他的诗里。再说这也是时候了。抗战以来，第一次我们获得了真正的统一；第一次我们每个民族都感觉到有一个国家——第一次我们每个人都感觉到中国是自己的。完全的理想已经变成完整的现实了。③

---

① 朱自清：《这一天》，《朱自清全集》第4卷，江苏教育出版社1990年版，第405页。
② 朱自清：《诗与建国》，《朱自清全集》第2卷，江苏教育出版社1988年版，第351页。
③ 朱自清：《爱国诗》，《朱自清全集》第2卷，江苏教育出版社1988年版，第389页。

朱自清向人们大力推荐闻一多的《一句话》。认为闻一多的这首诗"像预言一般，现在开始应验了。……'咱们的中国'这一句话正是我们人人心里的一句话，现实的，也是理想的"。

《新中国在望中》写于1944年7月的成都，其中朱自清表示："抗战的中国在我们的手里，胜利的中国在我们的面前，新生的中国在我们的望中。"而要完成这一憧憬，需要从经济（工业）、政治（民主）、言论（集纳化）等方面进行。

> 中国要从工业化中新生。我们要自己制造飞机、坦克车、军舰……
>
> 中国要从民主化中新生。贤明的领袖应该不坐在民众上头而站在民众中间；他们和民众面对面，手挽手。他们引着民众向前走，民众也推着他们向前走。民众亮出自己的声音，他们集中民众的力量。各级政府都建设在民众的声音和力量上，为了最大多数的最大幸福而努力。这是民治、民有、民享。
>
> 中国要从集纳化中新生。地广民众的中国要统一意志与集中力量，必得有为公众的喉舌，打通层层的壁垒。报纸将成为万有力量和人人必不可少的东西。报纸表现时代，批评时代，促进时代；它不但得在四万万人的手里，并且得在四万万人的心里。……①

抗战期间，朱自清要养活一家七口人，生活极度贫困。他不得不将儿女一部分寄养在扬州老家，一部分寄养在四川成都。自己也节衣缩食，为了能够多探望儿女几次。这一体会是北平时期的朱自清所未能想象的。其间，他的一个女儿因为生病未能得到良好的治疗和照顾而病逝，这极大地刺激了他。

---

① 朱自清：《新中国在望中》，《朱自清全集》第4卷，江苏教育出版社1990年版，第436页。

抗战胜利后，各种民主运动的兴起，渐渐荡漾到朱自清的生活中。他一度请辞了清华大学中文系主任一职，试图安心于学术研究。但世事动荡，哪里还有安静的学术环境？1945—1946 年是朱自清思想转变的重要两年。其间对其最有影响的事件是李闻惨案。试看朱自清的日记：

> 1945 年 12 月 2 日（一二·一惨案后——笔者注）……谴责自我之错误不良习惯，悲愤不已。
>
> 1946 年 3 月 3 日 余性格中之懦弱，必须彻底革除，此亟需决心。
>
> 1946 年 7 月 17 日（闻一多 7 月 15 日遇害——笔者注）此诚惨绝人寰之事。自李公朴被刺后，余即时时为一多之安全担心，但绝未想到发生如此之突然与手段如此之卑鄙！此成何世界！

闻一多去世后，朱自清对妻子陈竹隐说："此后中间路线是没有的，我们总要把路线看清楚，勇敢地向前走去……这不是简单容易的事，我们年级稍大的，也许走得没有年轻人那么快，就是走得慢，也得走，而且得赶着走。"①

1946 年 8 月 17 日，朱自清于深夜写诗《你是一团火》。诗共三节：

> 你是一团火，
> 照彻了深渊；
> 指示着青年，
> 失望中抓住自我。
>
> 你是一团火，
> 照明了古代；

---

① 陈孝全：《朱自清传》，北京十月文艺出版社 1991 年版，第 277 页。

歌舞和竞赛,
有力猛如虎。

你是一团火,
照亮了魔鬼;
烧毁了自己!
遗烬里爆出个新中国!

这首《你是一团火》是朱自清搁笔20年后写的新诗。它也标志着朱自清思想的重要转变。从闻一多"咱们的中国"到朱自清"遗烬里爆出个新中国",是爱国情感由静态认识到动态认识的转变。"新中国"的诞生,不是"一句话"吼出来的,也不是"抗战胜利,一切就好了",而是需要继续的更深入的斗争。

二 "要教育我们,得慢慢的来":向青年学生——"新中国的主人"学习

朱自清对"中间路线"的否认,是与其向年轻一辈学习同时进行的。这构成朱自清一生中政治思想和文化思想的最重要转变。

抗战前,朱自清的政治态度集中体现在写于四一二政变后的《那里走》一文中。这篇长文开篇即提到自己作为国民党党员的苦闷:"这时代如闪电般,或如游丝般,总不时地让你瞥着一下。它有这样大的力量,决不从它巨灵般的手掌中放掉一个人;你不能不或多或少感着它的威胁……一切权利属于党……党的律是铁的律,除遵守和服从外,不能说半个'不'字,个人——自我——是渺小的;在党的范围内发展,是认可的,在党的范围外,便是所谓'浪漫'了。这足以妨碍工作,为党所不能忍。……我想还是暂时超然的好。"[①]

---

① 朱自清:《那里走》,《朱自清全集》第4卷,江苏教育出版社1990年版,第230—231页。

朱自清的朋友栗君曾告诫他，若离开党，就不能有生活的发展，甚至会影响谋生。朱自清自我剖析，承认自己看不清和跟不上形势。虽然他看到"这十年中，我们有着三个步骤：从自我的解放到国家的解放，从国家的解放到 Class Struggle（阶级斗争）；从另一面看，也可以说是从思想的革命到政治的革命，从政治的革命到经济的革命"，但是"南方这一年的变动，是人的意想所赶不上的。我起初还知道他的踪迹；这半年是什么也不知道了"。① 因此，朱自清解剖自己后，"看清我是一个不配革命的人！这小半由于我的性格，大半由于我的素养；总之，可以说是运命规定的吧"。

1936 年初，部分学生为抗议国民党对日政策而罢课的时候，朱自清是站在支持复课的这一边的。西安事变后，他的两则日记都是支持国民党中央。

> 12 月 13 日得知张学良在西安扣蒋消息，惟详细情形仍不知，此真一大不幸。
>
> 12 月 15 日下午开教授会，决议通电中央请明令讨伐张学良。当场推举起草委员七人，由余召集。

战争的炮火终于击碎了朱自清想"暂时超然"的梦想。1938 年，一个学生要投笔从戎，向他辞行，他说："一个大时代就要到临，文化人应该挺身出来，加入保卫祖国的阵营。"② 这一"大时代"，不仅包括上文所述的爱国情感和民族主义的内容，而且也逐渐纳入了政治立场和倾向的内容。

1944 年 5 月 8 日，西南联大中文系五四讲演会在联大图书馆前草坪召开，会议主席是罗常培和闻一多，与会者 3000 余人。演讲总主题为"五四运动与新文化运动"。朱自清、闻一多、杨振声、孙毓棠、

---

① 朱自清：《那里走》，《朱自清全集》第 4 卷，江苏教育出版社 1990 年版，第 232 页。
② 陈孝全：《朱自清传》，北京十月文艺出版社 1991 年版，第 204 页。

冯至、李广田、罗常培、沈从文等做了讲演。其中闻一多发言讲到自己对鲁迅认识的变化,并毫不隐讳地表示"鲁迅是对的,从前的我们是错了"。这一表态给朱自清留下很深的印象。

1946年,在闻一多去世不久,朱自清写作《鲁迅先生的杂感》,第一次就鲁迅的杂文给予评论。他说鲁迅的杂文:"'简短'而'凝练',还能够'尖锐'得像'匕首'和'投枪'一样;主要的是在用了'匕首'和'投枪'战斗着⋯⋯他'希望'地下火火速喷出,烧尽过去的一切;他'希望'的是中国的新生!⋯⋯百读不厌。"① 这在当时的高校教授中是极为罕见的。

1946年10月13日,好友杨振声发表《我们打开一条生路》,表明自己的立场:"我们在这里就要有一点自我讽刺力与超己的幽默性,去撞自己的丧钟,埋葬过去的陈腐,重新抖擞起精神作这个时代的人。"② 这是号召学院派知识分子用于自我改造,从而融入新的"这个时代"。

朱自清的言行也逐渐往"撞自己的丧钟,埋葬过去的陈腐"上走。二十年代的那篇《那里走》中,朱自清曾经剖析自己的"阶级性"问题。

> ⋯⋯在性格上,我是一个因循的人,永远只能跟着而不能领着⋯⋯我在小资产阶级里活了30年,我的情调、嗜好、思想、伦理,与行为的方式,在在都是小资产阶级的;我彻头彻尾,沦肌浃髓是小资产阶级的。离开了小资产阶级,我没有血与肉。
>
> 我并非迷信着小资产阶级,只是不由你有些舍不下似的,而且事实上也不能舍下。我是生长在都市里的,没有扶过犁,拿过锄头,没有曝过毒日,淋过暴雨。我也没有锯过木头,打过铁;至于运转机器,我也毫无训练与忍耐。我不能预想这些工作的趣

---

① 朱自清:《鲁迅先生的杂感》,《朱自清全集》第3卷,江苏教育出版社1988年版,第315—317页。
② 杨振声:《我们打开一条生路》,《大公报·星期文艺》1946年10月13日。

味；即使它们有一种我现在还不知道的趣味，我的体力也太不成，终于是无缘的。况且妻子儿女一大家，都指着我活，也不忍丢下了走自己的路。所以我想换一个生活，是不可能的，就是，想轧入无产阶级，是不可能的。从一面看，可以说我大半是不能，小半还是不为；但也可以说，因了不能，才不为的。没有新生活，怎能有新的力量去破坏，去创造？所以新时代的急先锋，断断没有我的份儿！

不能或不愿参加这种实际行动时，便只有暂时逃避的一法。……享乐是最有效的麻醉剂；学术、文学、艺术，也是足以消灭精力的场所。所以那些没法奈何的人，我想都将向这三条路里躲了进去。……国学比文学更远于现实；担心着政治风的袭来的，这是个更安全的逃避所……胡适之先生在《我的歧路》里说："哲学是我的职业，文学是我的娱乐"；我想套着他的调子说："国学是我的职业，文学是我的娱乐。"这便是我现在走着的路。

乐得暂时忘记，做些自己爱做的事业；就是将来轮着灭亡，也总算有过称心的日子，不白活了一生。①

当朱自清承认并剖析自己的"小资产阶级"性质的时候，实际上也是一种自我批判。只是他缺乏一种自我改变的能力或气质："想轧入无产阶级，是不可能的。从一面看，可以说我大半是不能，小半还是不为；但也可以说，因了不能，才不为的。"生活的"小资产阶级"，与情感倾向的"无产阶级"时时冲突。这种苦闷逼迫着他在二三十年代只能"暂时逃避"，躲入作为职业的"国学"和作为娱乐的"文学"。这是一种分裂，却反映了相当多数的知识者在彼时的心境。

世事易人。进入抗战，进入四十年代，时代和生活慢慢剥落朱自

---

① 朱自清：《那里走》，《朱自清全集》第4卷，江苏教育出版社1990年版，第233页。

清身上的犹疑和文弱。闻一多死后，他大无畏地组织了死者著作的整理编辑工作，并任编辑委员会主任。杨振声的话，又深深地激起他的共鸣。

"知识分子"到底是什么性质的群体？他们与其他社会群体是什么一个关系？当了一辈子"知识分子"的朱自清头一回深思这一名词。

> 这是一个动乱时代，是一个矛盾时代。但这是平民世纪。……中国知识阶级的文人吊在官僚和平民之间，上不在天，下不在田，最是苦闷，矛盾也最多。真是做人难。但是这些人已经觉得苦闷，觉得矛盾，觉得做人难，甚至愿意"去撞自己的丧钟"，就不是醉生梦死。他们我们愿意做新人，为新时代服务。文艺是他们的岗位，他们的工具。他们要靠文艺为新时代服务。文艺有社会的使命，得载道的东西。
>
> ……（知识分子）还惰性地守在那越来越窄的私有的生命的角落上。他们能够嘲讽的"去撞自己的丧钟"，可是没有足够的勇气"重新抖擞起精神作这个时代的人"，这就是他们我们的矛盾和苦闷所在。……
>
> ……文人得作为平民而生活着，然后将那在生活的经验表现，传达出来……知识阶级的文人如果再能够自觉地努力发现下去，再多扩大些，再多认识些，再多表现、传达或暴露些，那么，他们会渐渐地终于无形地参加了政治社会的改革的。那他们就确实站在平民的立场，"作这个时代的人"了。①

与《那里走》时期相比，这段话依然分析了知识分子的惰性与缺乏勇气对自我改变的桎梏和束缚的问题。可见，在朱自清看来，这一

---

① 朱自清：《什么是文学的"生路"?》，《朱自清全集》第3卷，江苏教育出版社1988年版，第165—166页。

性状是根深蒂固的，跨越时代的。

但是，这篇谈知识分子"新路"的自省，其新颖处在于提出和意识到了"这是平民世纪"。这一认识，是对时局的承认，对社会改革的认可，实际上也是一种"左"倾思想的自然流露。当朱自清说知识分子"吊在官僚和平民之间"的时候，他已经对社会阶层做出了基本的判断。基于这一判断，朱自清才做出了自然而然的选择：向下看，往平民靠近。这一选择表明，朱自清已经超越了其二三十年代"那里走"的无路可走的彷徨期。

1948年7月23日工字厅的那个"知识分子今天该做些什么"的座谈会，是朱自清生前最后一次公开露面。贫病交加中的朱自清，是被吴晗搀扶着去参加座谈会的。在路上，他对吴晗说："你们是对的，道路走对了。不过，像我这样的人，还不大习惯，要教育我们，得慢慢地来。这样就跟上你们了。"[1]

此"教育"一词，何等沉重！但联系到四十年代以来朱自清对战争的体验，尤其是1945年以来对时局的感受，以上姿态之出现就并不奇怪了。

1946年闻一多去世后，他就已经明确，今后自己的"路线"已经看清楚，要"勇敢地向前走去"。即便因为"年级稍大"，走得没有年轻人那么快，"就是走得慢，也得走，而且得赶着走"。1947年10月24日日记又曰："晚参加中国文学系迎新大会，随学生学扭秧歌，颇有趣。"1948年新年晚会又参与扭秧歌。日记："晚，参加中国文学系新年晚会，颇愉快。"实际上，此时的朱自清对"青年"有近乎崇拜的感情。《论气节》的演讲中他又说："（知识阶级）……也想缓缓地落下地去，可是气不足，得等着瞧。可是这里的是偏于中年一代。青年代的知识分子却不如此，他们无视传统的'气节'，特别是那种消极的'节'，替代的是'正义感'，接着'正义感'的是'行动'，其实'正义感'是合并了'气'和'节'，'行动'还是'气'。这是他

---

[1] 陈孝全：《朱自清传》，北京十月文艺出版社1991年版，第318页。

们的新的做人的尺度。等到这个尺度成为标准，知识阶级大概是还要变质的罢？"① 在他眼里，凡是"青年"，则天然带着"新"，带着进步。这部分群体才拥有发言权，才是新社会和新中国的主人。青年一代的新思想，是最先进的思想。

在清华，朱自清不仅诲人不倦地传道授业解惑，而且热情洋溢地参与学生的许多课外活动：座谈会、讲演会、游艺会，几乎每次必到。闻家驷对朱自清与学生关系的这种"对调"之认识是深刻的："……在今天的民主运动中，青年人担起了一个最前进的任务，这任务就是要在中年知识分子和人民之间建立起一座桥梁。一个人如能放下师长的架子而去加入青年的行列，他将来一定会脱下知识分子这件衣服，加入人民行列，和人民生活在一起的。"②

朱自清去世后，李广田的回忆文章也谈到这一点：

> 他近来对于青年以及青年运动的态度简直到了令人感动的程度。前些年，他还极力肯定中年人的稳健，以为中年人的稳健可以调协青年的急进，近年来却完全肯定了青年人的识见与勇毅，更进而肯定了青年的气节，也就是一种新的做人标准。因此他确在向青年人学习……曾经有一个青年人写过一篇文章，说朱先生被青年人拉着向前走，他看过之后，不但自己承认，而且盛赞那篇写得很好。③

1947年3月8日，北大文艺社和清华文艺社在清华举办联欢会。面对"主观主义""矛盾""政治性""知识分子能不能写工农大众作品"等新名词新作品，朱自清说："这半年来，在班上，看你们的习作，你们青年人的确与我们这一代有很多不同，你们对很多事情，都

---

① 朱自清：《论气节》，《朱自清全集》第3卷，江苏教育出版社1988年版，第154页。
② 闻家驷：《我所认识的朱自清先生》，《最完整的人格——朱自清先生哀念集》，北京出版社1988年版，第166—167页。
③ 李广田：《记朱佩弦先生》，《最完整的人格——朱自清先生哀念集》，北京出版社1988年版，第136页。

有新的看法。其实社会各个方面，大体上看来，还是有进步的，不过也许你们年青性急，总觉得变得太慢，希望快点变。我们年纪大了，总觉得一切是在变，不过不觉得变得慢就是了。"① 他又确切地肯定："这是青年时代……他们发现了自己的群，发现了自己和自己的群的力量。他们跟传统斗争，跟社会斗争，不断地在争取自己领导权甚至社会领导权，要名副其实地做新中国的主人。"②

朱自清眼里，青年是走对的，而且是走得更快的，自己则是后进。这一群人是将来"新中国"的主人，自己向他们学习是人生的追求进步。无论如何，朱自清已经是在路上了。

三 "偏重俗人或常人的立场"：建设雅俗共赏的人民文艺

朱自清对文艺的通俗化的逐渐重视是抗战以后的事。1943年，英国年轻诗人白音来到联大，有意将中国新诗介绍到西方，并请闻一多合作，编选一部《中国新诗选译》。朱自清将田间的诗推荐给闻一多（闻一多阅后写了《时代的鼓手》）。

朱自清曾指出抗战以来新诗的一个趋势就是散文化，原因是"为了诉诸大众，为了诗的普及"。出于抗战需要，"诗作者也从象牙塔里走上十字街头"。对胜利的展望则是"全民族的情形，诗以这个情绪为表现的中心，也是当然的……表现大众的力量的强大，是我们抗战建国的基础，他们发现内地的广博和美丽，增强我们的爱国心和自信心"。③ 鉴于此，朱自清肯定了两类诗的成绩：一是赞扬大众的，以艾青的《火把》《向太阳》为代表；二是歌颂内地的，以臧克家的《东线归来》《淮上吟》、老舍的《剑北篇》为代表。

抗战后回到北平，朱自清说："复员以来，事情忙了，心情也变

---

① 陈孝全：《朱自清传》，北京十月文艺出版社1991年版，第291页。
② 朱自清：《论青年》，《朱自清全集》第3卷，江苏教育出版社1990年版，第413页。
③ 朱自清：《抗战与诗》，《朱自清全集》第2卷，江苏教育出版社1988年版，第345—347页。

了，我得多写些，写得快些，随便些，容易懂些。"① 1947 年对于朱自清是一个重要年份，这一年他发表了诸多关于文学"雅俗共赏"的批评。他在 3 月 8 日北大文艺社和清华文艺社举办的联欢会上把问题进一步深化："……目前大家的意见，似乎都主张文艺应当密切地和现实连系起来。在这个原则之下，我们应该眼光望地下看，不是望天上，可是写惯了以前的写法的人，这一来，不是感觉到'眼高手低'，反倒是'眼低手高'了。"②

《文学的标准与尺度》一文，是朱自清对文学的社会性、阶级性关系的一次深刻认识。

> 五卅运动接着国民革命，发展了反帝国主义运动；于是"反帝国主义"也成了文学的一种尺度。抗战起来了，"抗战"立即成了一切的标准，文学自然也在其中。胜利却带来了一个动乱时代，民主运动发展，"民主"成了广大应用的尺度，文学也在其中。这时候知识阶级渐渐走近了民众，"人道主义"那个尺度变质成为"社会主义"的尺度，"自然"又调剂着"欧化"，这样与"民主"配合起来。但是实际上做到的还只是暴露丑恶与斗争丑恶。这是向着新社会发展的路。
>
> 社会上存在着特权阶级的时候，他们只见到高度和深度；特权阶级垮台以后，才能见到广度。从前有所谓雅俗之分，现在也还有低级的趣味，就是从高度深度来比较的。可是现在渐渐强调广度，去配合着高度深度，普及同时也提高，这才是新的"民主"的尺度。要使这新尺度成为文学的新标准，还有待于我们自觉的努力。③

---

① 朱自清：《标准与尺度·自序》，《朱自清全集》第 3 卷，江苏教育出版社 1988 年版，第 113—114 页。

② 陈孝全：《朱自清传》，北京十月文艺出版社 1991 年版，第 290 页。

③ 朱自清：《文学的标准与尺度》，《朱自清全集》第 3 卷，江苏教育出版社 1988 年版，第 136—137 页。

这段话中，朱自清放弃了他一贯秉持的对文学审美特性的恒久性的看法，转而认同文学的与时俱进。衡量文学的尺度，从"反帝"到"抗战"到"民主"，是源于时代的变化。而"民主"的内容，最终又被置换和填充为"社会主义"。这样，雅俗问题这一传统文学的命题，也就因为阶级性和人民性的加入，产生了新的解释。在这一判断中，朱自清的政治倾向是鲜明的。特权阶级的垮台和"民众"的上台，必然产生"新社会"，新文学也是需要为此新社会服务的。

朱自清论文学的通俗化，又与他对知识分子的某些习气的批评是一致的。1947年4月11日，朱自清在清华作了"论气节"的讲演，对知识分子做了批评性与反思："知识阶级开头凭着集团的力量勇猛直前，打倒种种传统，那时候是敢作敢为一股气。可是这个集团并不大，在中国尤其如此，力量到底有限，而与民众打成一片又不容易，于是碰到集中的武力，甚至加上外来的压力，就抵挡不住。……于是失去了领导地位，逗留在这夹缝中间，渐渐感觉着不自由，闹了个'四大金刚悬空八只脚'。他们于是只能保守着自己，这也算是节罢……"①《论书生的酸气》一文批评"清高"："正因为清高，和现实脱了节……这几年时代逼得更紧了，大家只得抹干了鼻涕眼泪走上前去。"② 在《论不满现状》中揭示象牙塔之不在的现状："早些年他们还可以暂时躲在所谓象牙塔里，到了现在这年头，象牙塔下已经变成了十字街，而且这塔已经开始拆卸了。于是乎他们恐怕只有走出来，走到人群里，大家一同苦闷在这活不下去的现状之中。如果这不满人意的现状老不改变，大家恐怕忍不住要联合起来动手打破它的。"③

这样的朱自清，自然而然地往人民文艺靠拢，往左翼文学靠拢。例如：

> 现代标语口号却以集体为主，集体的贴标语喊口号，拿更大的

---

① 朱自清：《论气节》，《朱自清全集》第3卷，江苏教育出版社1988年版，第154页。
② 朱自清：《论书生的酸气》，《朱自清全集》第3卷，江苏教育出版社1988年版，第252页。
③ 朱自清：《论不满现状》，《朱自清全集》第4卷，江苏教育出版社1990年版，第515页。

集体来做对象。不但要唤醒集体的人群或民众起来行动,并且要帮助他们组织起来。标语口号往往就是这种集体运动的纲要。……标语口号正是战斗的武器。①

抗战结束了,开始了一个更其动乱的时代。这时代需要诗,更其需要朗诵诗。三年了,生活越来越尖锐化,诗也越来越尖锐化。不论你伤脑筋与否,你可以看出今天的诗是以朗诵诗为主调的,作者主要的是青年代。……传统诗的中心是"我",朗诵诗没有"我",有"我们",没有中心,有集团。这是诗的革命,也可以说是革命的诗。②

所谓现代立场,按我了解,可以说就是"雅俗共赏"的立场,也可以说是偏重俗人或常人的立场,也可以说是人民的立场。③

赵树理作品传入国统区,朱自清迅速撰文评论了《李有才板话》:"有了那种生活,才有那种农民,才有那种快板,才有快板里那种新的语言。赵先生和那些农民共同生活了很久,也才能用新的语言写出书里的那些新的故事……书里的快板并不多,是以散文为主。朴素、健康,而不过火。确算得新写实主义的作风。故事简单,有头有尾,有血有肉。描写差不多没有,偶然有,也只就那农村生活里取喻,简截了当,可是新鲜有味。"④ 他肯定《李家庄变迁》的艺术成就和现实意义,认为赵树理结束了"通俗化"而开始了"大众化"。

换个角度,或许更能看清朱自清四十年代对雅俗共赏、大众文化的重视。以下是他四十年代的所有著作:

---

① 朱自清:《论标语口号》,《朱自清全集》第3卷,江苏教育出版社1988年版,第147—149页。
② 朱自清:《今天的诗》,《朱自清全集》第4卷,江苏教育出版社1990年版,第501—502页。
③ 朱自清:《论雅俗共赏·序》,《朱自清全集》第3卷,江苏教育出版社1988年版,第218页。
④ 朱自清:《论通俗化》,《朱自清全集》第3卷,江苏教育出版社1988年版,第144—145页。

《国文教学》（1945）

《经典常谈》（1946）

《新诗杂谈》（1947）

《标准与尺度》（1948）

《语文拾零》（1948）

《论雅俗共赏》（1948）

人们还注意到，朱自清生前所做的最后一项工作是与吕叔湘、叶圣陶合编《高级国文读本》。

如果说闻一多的"左"倾是政治上的，那么朱自清则主要是文化方面的。抗战末期，闻一多就已经有较为激进的"左"倾思想。后来支持学生罢课游行，以及自己直接参与政治活动，是一以贯之的。朱自清则是从现实出发，本质上同情和理解当时的社会思想的主潮。《论雅俗共赏·序》说："所谓现代立场，按我了解，可以说就是'雅俗共赏'的立场，也可以说是偏重俗人或常人的立场，也可以说是人民的立场。"虽然这是一个文艺理论的问题，背后却能反映朱自清作为一个自由派知识分子很高的见识、很宽阔的胸襟。以他当时的社会地位和影响，他完全躲进象牙塔，只过好自己的生活。但他看到的不是自己眼前的利益，而是以普通国民的文化生活为己任。这时候的朱自清已经五十多岁。一个受西方自由思想影响很深的知识分子能有这样的自我改变和提升，非常难得。就现代文学所谓的"现代性"，或者"民族国家"性而言，朱自清对"现代立场"的认识，意义非凡。

朱自清去世前三个月的三件事浓缩了他四十年代的思想情感。

其一，1948年6月18日日记："在拒绝美援和美国面粉的宣言上签名。这意味着每月的生活费用要减少六百万法币。下午认真思索了一阵子，坚信我的签名之举是正确的。因为我们反对美国扶植日本的政策，要采取直接的行动，就不能逃避个人的责任。"

其二，7月2日，读完瞿秋白《鲁迅杂感选集序》。

其三，7月9日，读小册子《知识分子及其改造》，在日记中写道：

"它的鲜明的论点给人以清新的感觉,知识分子的改造确实是很重要的。"

以上分别从爱国、"左"倾和人民文艺的角度,探究了朱自清四十年代的文学和社会活动。其中,朱自清对文艺与抗战建国的见解是与时代话语共名的。而他的思想转变和自我改造,他对底层民众的同情,对通俗文化的认可,则是学院派自由主义作家中较为醒目的。

朱自清致力于"五四"个性主义与新时代的集体主义的沟通,致力于学院派精英文化向平民文化的看齐,试图尽量抹平学院和民间、知识分子和大众之间的分野与隔阂。

朱自清这一努力,在官方看来是克服了知识分子的"弱点",由自我走向大众的转变过程[①],其在拒绝美援和美国面粉的宣言(实际上此宣言为激进学生起草)签名的行为,更是得到中共领袖的大加歌颂。然而,我们毋宁从中国现代文艺(包括新中国文艺)的前景看待朱自清四十年代的努力。冯友兰曾指出:"对于中国文艺的过去与将来有一套整个看法底人,实在太少了。"[②] 在《贞元六书》中,冯友兰有一系列对艺文和中国道德的论述。起码,在反省"五四"这一点上,他与朱自清是一致的。他们成为隔行知己,毫不奇怪。不同之处在于,与从理论到理论的冯相比,朱自清提出了更为切实具体的意见和措施。它们涵盖:对现代性与人民性关系的认识、对知识阶层(而非知识阶级)的地位责任与命运的判断、对俗文化的兴趣和理解、对文学教育的高度热情。

因为朱自清有这样的认识,以及这许多具体的言行,可以说,在四十年代的中国,他建立了一套有别于一般自由知识分子和左翼知识分子的对于"将来"的中国的文艺、学术的设想。中外的交融、古今的贯通、雅俗的共存,是这一设想的理想形态。

[①] 典型的说法如冯雪峰:"(朱自清)把爱从小资产阶级移向广大的工农大众……走向人民革命。";又说:"对于知识分子,现在走向革命的道路是畅通的,在这一点上朱先生也还是个引路人。"(《损失和更重要的损失》,《中国新诗》第4辑)

[②] 冯友兰:《同念朱佩弦先生与闻一多先生》,见《最完整的人格——朱自清先生哀念集》,北京出版社1988年版,第247页。

第四节　袁可嘉一代：超越人民性与人性对立的努力

同属自由主义阵营，也大都是学院出身，以九叶诗派为代表的四十年代青年文学家，具有与师长辈相似的许多思想特征和文化追求。然而，因为年纪、境遇、经历或思想传统的差异，这一代知识者呈现出自己鲜明的代际特征。面对大时代所需做出的道路选择，他们往往有不同于师长辈的认识和决定。他们体现了更多的实践特征。同时，在政治上的个人主义与社会主义，文学中的个性与人民性等方面，他们不像三十年代京派作家那样自成一派或者孤芳自赏，明显地排斥政治和商业的影响，而是试图以沟通融合的姿态缓解自身危机，寻求生存与发展的新出路。这一代青年文学者中，袁可嘉是最为活跃的，创作和理论两方面都有较大影响；加之他毕业留在北大任教，更能代表学院派——中国自由主义文学中最为烜赫的一支的特色。而穆旦则是九叶诗人中成就最大的，他的人生经历，以及诗歌中超越个性主义的特质，都极大地拓宽了中国自由主义文学的维度。

一　九叶诗派与七月派在"新的抒情"方面的异同

九叶诗派诗人大多曾经对七月派诗人抱有好感，其中一些诗人之间甚至有过愉快的合作经历。穆旦一度心仪艾青式的抒情方式。1939年，艾青诗集《他死在第二次》出版后，穆旦很快发表了评论。他从"中国性"的角度称颂艾青："……这些诗行正是我们本土上的，而没有一个新诗人是比艾青更'中国的'了……读着艾青的诗有和读着惠特曼的诗一样的愉快。他的诗里充满着辽阔的阳光和温暖，和生命的诱惑。如同惠特曼歌颂着新兴的美国一样，他在歌颂新生的中国。"[1] 这一评论显示穆旦对"新生的中国"的渴望，以及对新诗的中国性特征和发展方向的期待。

---

[1] 穆旦：《他死在第二次》，《大公报·综合》香港版1940年3月3日。

4月，穆旦的另一篇文章《〈慰劳信集〉——从〈鱼目集〉说起》，虽然是评论卞之琳，却也可以视作从另一个角度对艾青的肯定。穆旦提出"新的抒情"这一诗歌主张，其中说："'新的抒情'，当我说这样的话时，我想起了诗人艾青。《吹号者》是我所谓'新的抒情'在现在所可找到的较好代表，在这首诗里我们可以觉出情绪和意象的健美的糅合。"因此，说艾青是穆旦当时诗歌思想的理想文本，并不为过。有人把它总结为三个特点："理性""鼓舞性""理想性"，并且归纳出二者诗歌主张的相同点，那就是"一种具有理性化特征的深度抒情模式"。①这种概括并不完全准确。穆旦所说的"理性"实际指的就是抒情的"深度"（"深刻"和"深沉"），是指对当时诗歌一种歇斯底里叫喊的避免，是对肤浅抒情的否定，而不是后来穆旦诗歌体现的一种"知性"（思想性）。他说："我着重在'有理性地'一词，因为在我们今日的诗坛上，有过多的热情的诗行，在理智深处没有任何基点，似乎只出于作者一时的歇斯底里，不但不能够在读者中间引起共鸣来，反而会使一般人觉得，诗人对事物的反映毕竟是和他们相左的。"②

　　穆旦说："强烈的律动，洪大的节奏，欢快的调子，——新生的中国是如此，'新的抒情'自然也该如此。""如果它不能带给我们以朝向光明的激动，它的价值是很容易趋向于相反一面去的。"又一次，穆旦将"新的抒情"与"新生的中国"联系起来。

　　穆旦自己当时的一些创作也在努力体现这种风格。发表于1939年5月26日昆明《中央日报》"平明"副刊的《1939年火炬行列在昆明》③

---

① 子张：《"新的抒情"与穆旦抗战时期的诗学主张》，《山东师范大学学报》（人文社会科学版）2003年第6期。

② 穆旦：《〈慰劳信集〉——从〈鱼目集〉说起》，《大公报·综合》香港版1940年4月28日。

③ 关于穆旦和艾青诗歌，有研究者比较过《雪落在中国的土地上》与《在寒冷的腊月的夜里》，却没人比较过另两首有趣的相似主题诗歌，穆旦的《1939年火炬行列在昆明》与艾青的《火把》。两首诗都写1939年的火炬游行，穆旦写的是昆明的情形，艾青则写的是桂林。艾青说："这我曾花了千行诗的篇幅写的'东西'是什么呢？……群众的行动所发挥出来的集体的力量，群众本身所富有的民主精神，群众的不可抵御的革命精神。"（艾青：《关于〈火把〉——答壁岩先生的批评》，《新蜀报》1940年10月12日）

写道：

> 祖国在歌唱，祖国的火在燃烧/新生的野力涌出了祖国的欢笑/轰隆，轰隆，轰隆，轰隆——/城池变做了废墟，房屋在倒塌，/衰老的死去，年轻的一无所有；/祖国在歌唱，对着强大的敌人/投出大声的欢笑，一列，一列，一列；……

穆旦眼里的中国，不是"荒原"，而是"温煦的原野，绿色的原野，开满了花的原野"。这是一种典型的"战争乌托邦"。在抗战时期，这一思潮并非穆旦特有，而"几乎是全民性的一种精神狂欢"。[①] 在《〈慰劳信集〉——从〈鱼目集〉说起》中，穆旦就如是说："七七抗战使中国跳出了一个沉滞的泥沼，一洼'死水'"，虽然"她还不可避免地带着一些泥污，然而，只要是不断地斗争下去，她已经站在流动而新鲜的空气中了，她自然会很快地完全变为壮大而年轻"。他真诚希望战争能带来一个"新生的中国"。

四十年代中后期后，穆旦和艾青的分野逐渐清晰起来。同样是为群众激情所感染，同样有通过战争实现民族新生的畅想，穆旦没有为战争乌托邦所迷惑太久，他对群众政治也始终保持怀疑和警惕。艾青发表《火把》的同年，穆旦写的《五月》（1940年11月）就表达了对"战争乌托邦"的讽刺和"人民"或"群众"神话破灭的揭露。

> ……而五月的黄昏是那样的朦胧，/在火炬的行列叫喊过去以后，/谁也不会看见的/被恭维的街道就把他们倾出，/在报上登过救济民生的谈话后/谁也不会看见的/愚蠢的人们就扑进泥沼里，/而谋害者，凯歌着五月的自由，/紧握一切无形电力的总枢纽。
>
> ……还有五月的黄昏轻网着银丝，/诱惑，溶化，捉捕多年的

[①] 姚丹：《"第三条抒情的路"——新发现的几篇穆旦诗文》，《中国现代文学研究丛刊》1999年第3期。

记忆，/挂在柳梢头，一串光明的联想……/浮在空气的水溪里，把热情拉长……

这首诗的冷峻批判恰好与《1939年火炬行列在昆明》中的歌颂狂欢形成对比。同样是对民族振兴、国家新生的企盼，诗人已不再天真地把赌注压在战争上。"诱惑，溶化，捉捕多年的记忆，/挂在柳梢头，一串光明的联想……/浮在空气的水溪里，把热情拉长……"，一切都只是泡沫。只有个人的生命体验是坚实的，这就是诗人的"二次的诞生"。

穆旦的思想转变是与其诗歌语言和风格的变化同时发生的。唐湜对此有精辟的评论："他是一个有充分自觉的诗人，时时对历史作出深沉的反思与超越时间的观照。这，有时不免减弱了一些形象的抒情，可他有自己的抒情方式，一种十分含蓄，几近于抽象的隐喻似的抒情，更不缺乏那种地层下的岩浆似的激情。"[①] 这种含蓄的、抽象的却又不失激情的抒情方式，正好是对那种传统形象抒情的超越。而四十年代著名诗人中，最依赖形象的莫过于艾青了。所以唐湜清晰地指出了二者抒情方式的本质区别。

"新的抒情"有了新的理解。深受欧美现代主义诗歌和自由主义思想熏陶的年青一代诗人们，因为基本政治立场的区别，与七月派的分歧乃至对立，势在必然。只不过抗战期间，此一分歧对立为民族战争这一更为宏大的话语所覆盖，而未能浮现。抗战结束后不久内战即爆发，配合着左翼政治力量在政治军事领域的行动，左翼文学力量也开始对非"左"文学进行收编或围剿。当时诗坛最为重要的两个派别，七月派和以《诗创造》和《中国新诗》为代表的现代主义诗派，对立和斗争逐渐增加。

七月派领袖胡风对九叶诗派的诗艺追求（包括袁可嘉"新诗现

[①] 唐湜：《怀穆旦》，《九叶诗人："中国新诗"的中兴》，上海教育出版社2003年版，第93页。

代化"理论的探究）颇为不屑。他的嘲讽虽然未指名道姓，但明眼人一看就明白："看目前的情形，有的诗人穷追'技巧'，有的诗人拼命谈玄，有的诗人初有成就就戴着纸扎的月桂冠在'诗坛'上荡来荡去……他们对于诗是忠诚而且固执的（忠诚到嘲骂那暂时放下诗集去看看报纸的人为俗物），但独独离开了产生诗的生活土壤，丢掉了在生活实践里面的真诚的战斗意志或战斗欲求。"①七月派的另一位导师艾青则在多年后的一篇回顾性文章《中国新诗六十年》中这样评论："日本投降后……在上海，以《诗创造》与《中国新诗》为中心，集合了一批对人生苦于思索的诗人：王辛笛、杭约赫、穆旦、杜运燮……他们接受了新诗的现实主义的传统，采取欧美现代派的表现技巧，刻画了经过战争大动乱之后的社会现象。"文章原是艾青于1980年6月在巴黎"中国抗日战争时期文学研讨会"上宣读的论文，原话还有一句"这是属于四十年代后期的像盆景似的园艺"。后来因为有人提出质疑，文章发表时（《文艺研究》1980年第5期），艾青把这句话删了。

到了四十年代末，七月派与九叶诗派的关系，是前者攻击批判，后者辩解退让。

1947年沈从文、袁可嘉在《益世报》《大公报》发文对其时诗坛现象进行点评。沈从文强调"诗必需是诗，征服读者不是强迫性而近于自然皈依。诗可以为'民主'、为'社会主义'或任何高尚人生理想作宣传，但是否是一首好诗，还在那个作品本身"，并对所谓空头"大诗人""人民诗人"予以揭示与讥讽："没有杜甫十分之一的业绩，却乐意于政治空气中承受在文学史上留下那个地位。"②沈从文委婉批评的对象是郭沫若。但这些话却很快惹怒了胡风派青年们。1947年7月25日出版的《泥土》第3辑初犊的文章《文艺骗子沈从文和他的集团》骂了沈从文和不少被称为沈从文"喽啰"的青年诗人，点名的

---

① 胡风：《四年读诗小记》，《胡风全集》第3卷，湖北人民出版社1999年版，第65页。
② 沈从文：《致灼人先生二函》，《益世报·文学周刊》1947年3月22日。《沈从文全集》第17卷，北岳文艺出版社2002年版，第436页。

有袁可嘉、郑敏等人。"初犊"认定沈从文是出卖灵魂制造毒药的文艺骗子，又说袁可嘉等人只会"玩弄玄虚的技巧""在现实面前低头、无力、慵惰，因而寻找'冷静地忍受着死亡'的奴才式的顺从态度"。这是"第一次将流派形成之前的九叶派诗人放到一起作为一个有共同政治倾向与相似艺术特色的'准流派'来评论，虽然是不伦不类地置于'文艺骗子沈从文集团'名下"。①

七月派另一重要批评家阿垅，曾于1943年8月16日著有名文《今天，我们需要政治内容，不是技巧!》。② 1948年2月，穆旦《旗》出版。阿垅对此写了评论《〈旗〉（穆旦）片论》。阿垅直言："读穆旦底《旗》，这些诗，我突然这样鲜明地记忆起来那些战士兵底那种梦呓，底睡态，惊心动魄……却没有足够吸引我的那些很强的东西。"阿垅试图"通过战争的理解来理解穆旦和他底《旗》"，但认为穆旦"并不真正理解战争本身"，只是"一种知识青年从军的浪漫主义，和那种最初接触了战争的人底鲜美的世界感"。残酷的战争没有使穆旦走向"坚实的行动和强毅的乐观主义"，而是走向"无可奈何的悲观主义"。这是一种"叶赛宁式的痛苦，入骨的毒性，灵魂底绝望"。③ 阿垅得出结论说，之所以穆旦"仿佛是一个外来的人，一个偶然的加入者"，是因为他缺少对"由于人民的或者为了人民的真正的战争"的认识以及对"这种战争底本质一面"的追求。这是由于"无信仰之故"或"他所信仰的并不是他自己底血肉所绽发的繁花，更不是人民和历史底真实的意向"。"经历了和经历着铁和火底考验，我们成长了，成熟了和觉醒了，战争底形势逆转了以后，战争向它底必然的深度突进下来以后，我们倒和人民觉醒方向会合起来"，而穆旦的战争"始终是个人英雄主义的品性和行为"，然而"在今天民主这世界"，

---

① 张岩泉：《诗人的聚合与诗坛的分化——40年代与九叶诗派有关的三次论辩述评》，《湖北三峡学院学报》2000年第3期。
② 阿垅：《今天，我们需要政治内容，不是技巧!》，《诗垦地》1946年第5辑。
③ 亦门：《〈旗〉（穆旦）片论》，《诗与现实》第三分册，五十年代出版社1951年版，第254—283页。

战争"必须充分地具有人民性"。

阿垅一口气用了五个"人民"对穆旦进行批评。通过战争提炼人民性，通过人民建立新世界，这种关系是严肃的，需要一以贯之的意志和投入。阿垅的"人民性"意识十分强烈，难以容忍悲观和消极。他认为穆旦突出苦难和苦难的宿命感是错误的（尤其体现在《赞美》里）。在阿垅那里，充满"人民性—个人英雄主义""健康坚毅—悲观虚无""突进—绝望"这样的简单二元对立。支撑和指导他的批评理念的正是其对诗歌政治性的高度要求。

在1949年上海书报杂志联合发行所发行的《人与诗》中，收入了阿垅四十年代的多篇诗论，其中对有现代主义风格的诗人全部否定。他多次严厉批评臧克家（《诗创造》初期的臧克家，与唐湜、杭约赫等后来的《中国新诗》诗人相处融洽），说他"自命不凡，既脱离实际，又神经大发""并非是一个天才，而只是一个无聊人物""诗既写得枯燥无味，人也暴露出来妄想狂和寒伧相的。力在哪里？美在哪里？""（诗）在艺术上失败了，政治上也没有胜利""一切是自作多情而卖弄风流的"。① 其中，"力""政治""战斗"正是七月派的常用批评词汇。阿垅还尖锐地逐一点名批评了朱光潜、郑敏、宗白华、卞之琳、杭约赫、杜运燮、唐湜、唐祈。

其实七月派诗人和九叶诗派诗人的诗歌理念本来有不少相同之处。二者都反对纤细、柔弱的诗风，主张诗歌的坚实、有质感；反对文学只是政治的传声筒，主张诗人应该有主体意识，虽然表述有别。另外，总体而言，二者都更倾向于自由诗体，认为格律作为形式会束缚诗歌表达，虽然这一点上七月派比九叶诗派更为极端。此外，从他们的诗作和诗论可以看出，二者都强调现代诗歌的现代性，而不是从传统中国诗歌中汲取养分，只不过七月派强调现实、斗争、主观，而九叶诗派则推崇一种情绪和理智的高度综合，并且很重视对西方现代派诗歌的学习。不过，总的来说，二者的差异更多：九叶诗派主张非直接的、

---

① 阿垅：《人与诗》，上海书报杂志联合发行所1949年版，第49、56、79、87、90页。

戏剧化的抒情，七月派的特点则是强烈的感情直露的表达；九叶诗派反对浪漫主义，七月派所呈现的却基本是浪漫抒情的形态；九叶诗派对语言较为讲究，并且抒情更为精细缜密，而七月则对学院有敏感的反感（艾青一生多次表达了对学院的厌恶，胡风自己则因为认为大学不能满足其理想追求而主动退学，胡风派其他年轻人也基本上是反学院派的积极分子），这一点既显示了诗学资源不同，也表现为基本气质的迥异。

一直到1948年，唐湜谈论新诗的现代化的时候，将穆旦、杜运燮等称为"一群自觉的现代主义者"，同时又说穆旦他们与"不自觉地走向了诗的现代化道路"的"绿原他们"一起构成了"诗的新生代"。① 可见九叶诗派的对事不对人的相当客观的态度。但是这一态度并未博得胡风派青年批评家们的好感。

从胡风所代表的七月派诗论看，胡风对新月派的否定、《泥土》对袁可嘉等的批判和八十年代艾青对朦胧诗的批评，是一脉相承的，都是秉承从道德、政治、思想等角度出发进行思考的意识决定论和审美观。

1981年，《九叶集》出版，郑敏谈到该书起名过程时，对上述问题有一番颇为感慨的回顾。

> 实际上，抗战时，沈从文和我们这些南北的诗人非常遭人讨厌……艾青写过一篇回忆中国新诗60年的文章，里头也曾说我们是盆景。……1979年后，有一天我接到唐祈（现在已故）的信，约我和杜运燮、袁可嘉、穆旦（当时已故）、王辛笛、唐湜、陈敬容，一起到曹辛之家聚会，谈谈如何让我们40年代的诗见见阳光——出版。……开完会想给诗集定个名字，定什么呢？王辛笛说，我们不可能自己说自己是花吧，我们不是主流嘛，不配做花，

---

① 唐湜：《诗的新生代》，《诗创造》1948年第8辑。

唉！那我们就算叶子吧！我们九个人就变成九片叶子了。①

辛笛的话是有针对性的。因为同样在1981年，出版了七月派诗选《白色花》。该书的题名则来自阿垅1944年《无题》的最末两句："要开做一枝白色花——/因为我要这样宣告，我们无罪，然后我们凋谢。"

九叶诗人从来没有奢望成为主流，他们进入新中国的命运乖蹇是顺理成章的；而七月派则是从新中国成立前的以主流自居，到新中国成立后的争作主流，却不断受挫受难，以至于需要不断表白"无罪"。阿垅在死前不久的1965年6月23日写道："从1938年以来，我追求党，热爱党，内心洁净而单纯，做梦也想不到会发生如此不祥的'案件'。"② 这两派诗人的命运是诗歌本身难以解释的。

二 穆旦诗歌中的"我们"和"他"

关于穆旦诗歌中的个人主义思想，已有相当多的研究。其中以梁秉钧的《穆旦与现代的"我"》③最有代表性。然而，这种现代的"我"是穆旦诗歌的一个原点，却非中心，更非唯一的对象。这一点将穆旦与喜欢以自我为中心的"五四"浪漫派和三十年代现代派区别开来。穆旦这一现代的"我"，常常裂变成"我们""他""他们"。这一复杂现象既体现了穆旦鲜明的理性和怀疑精神，也反映着四十年代现代知识分子对自我、历史与民族的多重担当。就这一点而言，穆旦代表了中国现代主义在四十年代中国这一特殊历史时段的结晶和聚变。

1. "我们"

穆旦喜用"我们"远多于"我"。

---

① 郑敏：《我诗情的源流》，丁春凌采访，《辽宁日报》2002年12月18日。
② 黎辛：《阿垅在狱中写给党组织的信与贺敬之为胡风案件落实政策》，《文艺理论与批评》2000年第2期。
③ 梁秉钧：《穆旦与现代的"我"》，杜运燮等编《一个民族已经起来：怀念诗人、翻译家穆旦》，江苏人民出版社1987年版。文中详细分析了穆旦诗中现代自我的分裂，以及个体的"我"与时代的关联。

1942年2月，穆旦参加远征军。几乎是同时，诗人写下了《出发》：

告诉我们和平又必需杀戮，／而那可厌的我们先得去喜欢。／知道了"人"不够，我们再学习／蹂躏它的方法，排成机械的阵式，／智力体力蠕动着像一群野兽，／／告诉我们这是新的美。因为／我们吻过的已经失去了自由；／好的日子去了，可是接近未来，／给我们失望和希望，给我们死，／因为那死的制造必需摧毁。／／给我们善感的心灵又要它歌唱／僵硬的声音。个人的哀喜／被大量制造又该被蔑视／被否定，被僵化，是人生的意义；／在你的计划里有毒害的一环，／／就把我们囚进现在，呵上帝！／在犬牙的甬道中让我们反复／行进，让我们相信你句句的紊乱／是一个真理。而我们是皈依的，／你给我们丰富，和丰富的痛苦。

这首篇幅不长的诗共用了13个"我们"。它以明显的戏谑调皮的口吻，揭示了战争的残酷和荒谬，"因为那死的制造必需摧毁"。"告诉我们和平又必需杀戮"强调受害者和杀人者的双重身份和矛盾角色；"知道了'人'不够，我们再学习／蹂躏它的方法，排成机械的阵式，／智力体力蠕动着像一群野兽"，以及"个人的哀喜／被大量制造又该被蔑视／被否定，被僵化，是人生的意义"，这又触及战争对人性的改变。诗人的预判是那么犀利："好的日子去了，可是接近未来，／给我们失望和希望，给我们死。"正因为是乐观中夹杂着悲观，战士的路是"犬牙的甬道"。

再看：

你渺小的身体是战争的动力，／战争过后，而你是唯一的完整，／我们化成灰，光荣由你留存。（《旗》，1945年5月）

也是最古老的职业，越来／我们越看到其中的利润，／从小就学起，残酷总嫌不够，／全世界的正义都这么要求。（《野外演习》，1945年7月）

这类诗中,"我们"指代的是像穆旦一般体验着战争、体验着四十年代中国生活的青年一代。在知识和职业方面,"我们"与普通大众不同,其社会地位是高于后者的;在年纪代际方面,"我们"又与长辈不同,青年一代具有了更强的实践能力和更广阔的历史视野;当然,也有更繁复的体验感悟,即"丰富,和丰富的痛苦"。

抗战惨胜和内战爆发后,漂泊不定的穆旦,对"我们"的认同更强烈,体验更深刻,内涵与外延也有了悄然的变化。写于1947年1月的《时感四首》是穆旦的又一首杰作。同时,它也是一首政治诗,一首揭露与抗议之作,尤其是第一首:

> 多谢你们的谋士的机智,先生,/我们已为你们的号召感动又感动,/我们的心,意志,血汗都可以牺牲,/最后的获得原来是工具般的残忍。//你们的政治策略都很成功,/每一步自私和错误都涂上了人民,/我们从没有听过这么美丽的言语/先生,请快来领导,我们一定服从。//多谢你们飞来飞去在我们头顶,/在幕后高谈,折冲,策动;出来组织/用一挥手表示我们必须去死/而你们一丝不改:说这是历史和革命。//人民的世纪:多谢先知的你们,/但我们已倦于呼喊万岁和万岁;/常胜的将军们,一点不必犹疑,/战栗的是我们,越来越需要保卫。//正义,当然的,是燃烧在你们心中,/但我们只有冷冷地感到厌烦!/如果我们无力从谁的手里脱身,/先生,你们何妨稍吐露一点怜悯。

诗的意义印证了这段话:"……但世界越来越残酷的真正原因,主要在于战争'民主化'的奇怪现象。全面性的冲突转变成'人民的战争',老百姓已经变成战略的主体,有时甚至成为主要的目标。现代所谓的民主化战争,跟民主政治一样,竞争双方往往将对手丑化,使其成为人民憎恨,至少也是耻笑的对象。"[1]

---

[1] [英]霍布斯鲍姆:《极端的年代》,郑明萱译,江苏人民出版社1999年版,第70页。

穆旦经常戏剧化地,像描写"暴力"一样描写"残酷":

> 从小它就藏在我们的爱情中,/我们屡次的哭泣才把它确定。/从此它像金币一样流通,/它写过历史,它是今日的伟人。//我们的事业全不过是它的事业,/在成功的中心已建立它的庙堂,/被踏得最低,它升起最高,/它是慈善,荣耀,动人的演说,和蔼的面孔。//虽然没有谁声张过它的名字,/我们一切的光亮都来自它的光亮;/当我们每天呼吸在它的微尘之中,/呵,那灵魂的颤抖——是死也是生!(《时感四首》,1947年1月)

这是一首可以与《中国在哪里》和《活下去》对比阅读的诗,从中可以读出穆旦思想的变化。这种变化贯穿了1947年和1948年两年。其最明显的一点就是宗教式的思考和情感上升了。

在《牺牲》中,尤其在《隐现》《诗四首》中,最为集中体现这一思想特征:

> 因为有太不情愿的负担/使我们疲倦,/因为已经出血的地球还要出血,/我们有全体的苍白,/任地图怎样变化它的颜色,/或是哪一个骗子的名字写在我们头上;//所有的炮灰堆起来/是今日的寒冷的善良,/所有的意义和荣耀堆起来/是我们今日无言的饥荒,/然而更为寒冷和饥荒的是那些灵魂,/陷在毁灭下面,想要跳出这跳不出的人群;//一切丑恶的掘出来/把我们钉住在现在,/一个全体的失望在生长/吸取明日做他的营养,/无论什么美丽的远景都不能把我们移动:/这苍白的世界正向我们索要屈辱的牺牲。(《牺牲》,1947年10月)

牺牲是屈辱的。诗的末两句堪称悲观主义的标签。诗人已经养成一种"昨天、现在、明天"的比较思维习惯。正是昨天的牺牲、今天的痛苦、明天的无望之间的承继关系构成了诗人的悲观。这种悲观在他此前许多诗作中都有所反映。

2. "他"与"他们"

与"我""我们"相对的一个群体,也是"我"观看和思考的对象,即大众的成员。这一群体也大量地进入穆旦的诗歌中。

《在寒冷的腊月的夜里》(1941年2月),并非写诗人的主观感受,而是记录了一种观看,看到中国农村的沉寂和人民生存状态的永恒性。

……他就要长大了渐渐和我们一样地躺下,一样地打鼾,/从屋顶传过屋顶,风/这样大岁月这样悠久,/我们不能够听见,我们不能够听见。/火熄了么?红的炭火拨灭了么?一个声音说,/我们的祖先是已经睡了,睡在离我们不远的地方,/所有的故事已经讲完了,只剩下了灰烬的遗留,/在我们没有安慰的梦里,在他们走来又走去以后,/在门口,那些用旧了的镰刀,/锄头,牛轭,石磨,大车,/静静地,正承接着雪花的飘落。

"一样""悠久"暗示了一种历史特征。这种循环和绵长的状况深深地感染了诗人。所有的意象都蘸满了深切的同情。《不幸的人们》《小镇一日》《控诉》《洗衣妇》《报贩》等诗作,都属于"他"的系列歌颂。

当这一同情进入穆旦的战争诗歌写作时,人性论与爱国情感的交织和冲突就以一种多层次的剧烈方式出现了。它在著名的抒情诗《赞美》中得以呈现。

《赞美》全诗四节,按其情感内容可以概括为:第一节写"我"对苦难历史、现实和人民的情感,第二节写农夫对历史、现实、国家的态度和行动,第三节写"我"对农夫行动态度的情感和态度,第四节是有关痛苦和等待的总的抒情。全诗是一个圆环结构或者起承转合的结构,首尾呼应和联结,中间两段则交织缠绵。

"赞美"的对象选择了农夫,最有代表性的中国人形象,也最能表现中国历史的绵长特征。"多少朝代在他的身边升起又降落了/而把希望和失望压在他身上，/而他永远无言地跟在犁后旋转，/翻起同样的泥土溶解过他祖先的，/是同样的受难的形象凝固在路旁"，写了受难的麻木的历史与历史中的个人命运的关系——几千年的朝代循环更替以及不变的农民受难的历史。

"放下了古代的锄头/再一次相信名词，溶进了大众的爱，/坚定地，他看着自己溶进死亡里"，还是肯定了选择权力和能力。然而，选择与麻木是同时的，正是不断的选择构成了麻木的历史。不过这种选择并不完全是自发的。首先，它受到"名词"影响；其次，他之所以"不能够流泪"，既因为他在大众中，情感受到或隐或显的集体力量的抑制，也因为他相信"一个民族已经起来"。这里"名词"该怎样理解？应该指几千年来统治者和起义者用以巩固统治或鼓动暴力的口号许诺和信仰灌输。"名词"不断翻新，"他"被利用、被欺骗的受难命运却始终不变。这一次民族战争中的宣传同样是一次"名词"诱惑："民族""国家""救亡""新中国"……"大路上的人们"在"演说，叫嚣，欢快"，农夫却只有无言的实干行动和无泪的牺牲付出，别无选择。

"为了他我要拥抱每一个人"，是因为"他"的"受难"；"为了他我失去了拥抱的安慰"，是因为这种"受难"的"悲哀"，"因为他，我们是不能给以幸福的"——最大的悲哀莫过于看见苦难却仍前去受难，而这种受难相当程度上是被欺骗和利用的。对于诗人而言，这是一种耻辱，"我踟蹰着为了多年耻辱的历史/仍在这广大的山河中等待，/等待着，我们无言的痛苦是太多了"。这种痛苦和耻辱感受只能化为痛哭和幻想，对"一个民族已经起来"的幻想。

到第四节，"我们"已然包括了"他"。人民是诗人观察的对象，拥抱的对象，也是"不能给以幸福"的对象。不仅如此，他也意识到并承认，在大路上"演说，叫嚣，欢快"的人们，制造"名词"的人们，就是自己周围的人，和自己一类的人，也正是自己排斥的人。这让他有接近"人民"的渴望。

穆旦对个体的"赞美"，实际上是以"战争乌托邦"为条件和前提的——诗的每一节都以"一个民族已经起来"作结,多少算一个光明的尾巴。

但是他对这个"战争乌托邦"也是没有信心的。农夫—人民—民族,通过"战争乌托邦",穆旦把三者串联起来,形成抒情上的一种混淆和矛盾。这是诗人政治态度的早熟和历史观的成熟的表现。他的出发点和目的都是人性,之所以肯定战争也是因为确认了侵略战争的反人性。他深刻地看到,必须强调战争中的个体价值,而不是以战争的名义或打着民族主义的旗号抹杀个人。这一点在上文已有相关论述。

可是,虽然伟大而且值得同情的农夫仍然是一群待启蒙的对象。除了这个"战争乌托邦"外,还有什么能够使他们("他")的付出——小我之死亡得到慰藉?还有什么能使诗人的"赞美"的分量足够沉重?正因为这个"战争乌托邦"的存在,诗歌对荒谬的揭示、诗题"赞美"的悲哀性得到增强,诗歌的戏剧化效果得以突出。

"他"越到后来,就越多地集体化为"他们":

1 不知道自己是最可爱的人,/可听长官说他们太愚笨,/当富人和猫狗正在用餐,/是长官派他们看守着大门。//不过到城里来出一出丑,/因而抛下家里的田地荒芜,/国家的法律要他们捐出自由:/同样是挑柴,挑米,修盖房屋。//也不知道新来了意义,/大家都焦急的向他们注目——/未来的世界他们听不懂,/还要做什么?倒比较清楚。//带着自己小小的天地:/已知的长官和未知的饥苦,/只要不死,他们还可以云游,/看各种新奇带一点糊涂。

2 他们是工人而没有劳资,/他们取得而无权享受,/他们是春天而没有种子,/他们被谋害从未曾控诉。//在这一片沉默的后面,/我们的城市才得以腐烂,/他们向前以我们遗弃的躯体/去迎受二十世纪的杀伤。//美丽的过去从不是他们的,/现在的不平更为显然,/而我们竟想以锁链和饥饿,/要他们集中相信一个诺言。//那一向都受他们豢养的/如今已摇头要提倡慈善,/但若有一天真理爆炸,/我们就都要丢光了脸面。(《农民兵》,1945年7月)

这大概是新诗史上最早描写农民兵的作品。这首诗最大的特点是押韵巧妙,一气呵成,讽刺、同情加上悲愤,情感充沛。"国家的法律要他们捐出自由"是农民兵命运的根源。"他们被谋害从未曾控诉",因为人们告诉他们自己是"最可爱的人",尽管他们难以理解。这种讽刺手法深得奥登诗歌的精髓。其主题加上民谣的风格,称得上是具体而微的战争史诗般的作品。

"他们"意味着无名、被遗忘,也揭示了政治或历史的无情。

1947年,穆旦写了《森林之魅》的姊妹篇《他们死去了》,悼念与他一起参加野人山战役的远征军战友们。诗曰:"可怜的人们!他们是死去了,/我们却活着享有现在和春天。/他们躺在苏醒的泥土下面,茫然的,/毫无感觉,而我们有温暖的血,/明亮的眼,敏锐的鼻子,和/耳朵听见上帝在原野上/在树林和小鸟的喉咙里情话绵绵。"(1947年2月)

有时候穆旦也以第一人称复数"我们"或第二人称复数"你们"的口吻,来书写无数无名的"他"的生存状况。其中,穆旦又十分注意死亡,尤其是战争中的无畏死亡和死于战事的无名英雄。"战争过后,而你是唯一的完整,/我们化成灰,光荣由你留存"(《旗》),这面"旗",象征了整个民族战争的意义和目的。最能诠释"我们化成灰,光荣由你留存"的是《森林之魅——祭胡康河上的白骨》(1945年9月):

……在阴暗的树下,在急流的水边,/逝去的六月和七月,在无人的山间,/你们的身体还挣扎着想要回返,/而无名的野花已在头上开满。//那刻骨的饥饿,那山洪的冲击,/那毒虫的啮咬和痛楚的夜晚,/你们受不了要向人讲述,/如今却是欣欣的树木把一切遗忘。//过去的是你们对死的抗争,/你们死去为了要活的人们的生存,/那白热的纷争还没有停止,/你们却在森林的周期内,不再听闻。//静静的，在那被遗忘的山坡上，/还下着密雨，还吹着细风，/没有人知道历史曾在此走过，/留下了英灵化入树干而滋生。

"你们"在穆旦诗歌中较少出现。它显示了穆旦在一贯的冷峻理性之外的罕见的亲切。写于1945年9月，抗战胜利伊始，更具有历史备忘录的意义。

总体而言，穆旦写了众多的"他"及"他们"，是对"我""我们"的一种补充。如果说后者是穆旦的立足点，代表了穆旦的基本立场，那么后者则显示了穆旦的情感倾向。二者共存于穆旦四十年代诗歌中，构成了穆旦丰盈的生命体验。是生命本位，生发出了他的诗歌气质和品格。这是一种比七月诗人更理性，比前期现代派（以卞之琳为代表）更大气、更接地气的品质。

在回答和解决个性与人民性这一问题上，穆旦诗歌貌似混杂，实则无比清晰。

穆旦很早就摆脱了写纯粹的民族颂歌的危险。《中国在哪里》（1941年4月）中，强调了"必需扶助母亲的生长"，以"我们"的口吻："……希望，系住我们。希望/在没有希望，没有怀疑/的力量里，/在永远被蔑视的，沉冤的床上，/在隐藏了欲念的，枯瘪的乳房里，/我们必需扶助母亲的生长/我们必需扶助母亲的生长/我们必需扶助母亲的生长/因为在史前，我们得不到永恒，/我们的痛苦永远地飞扬，/而我们的快乐/在她的母腹里，是继续着……"穆旦眼里的中国是"史前"的，是处在"一个封建社会搁浅在资本主义的历史里"（《五月》）的阶段，是必须扶助的母亲。民族的振兴是迫不及待的事，也是能决定"我们"的痛苦和快乐的事。

但是"我们"的存在，和"他"的被提出，则使得宏大的"民族"话语下面，有了具体的两大支撑：个性的"我们"和人民性的"他"（亦可说是"我"和"他们"）。而当"我"拥抱了"他"，拥抱了每一个人，个性就由人民性中凸显出来。横亘在二者之间的阶级问题,在穆旦那里为一种更博大的同情所超越。正因为对个体命运的普遍而又具体的同情,穆旦没有学院知识分子常有的从美学到生活都脱离群众的特性。一个现代的"我",一个在诗学理论上显得那么地非中国的诗人,从人民性的角度深化了人性的认识。这一点彰显了民主主义意识在穆旦这一代自由主义知识分子身上的加强。接着,理解一个以"人民性"为意识形态基础之一的新政权,就不是难事了。

三 新诗现代化与国家现代化:袁可嘉调协"人民"原则与"人"的立场

西南联大毕业后留北大任教的袁可嘉,积多年新诗创作和研究之经验,在四十年代后期,陆续发表了诸多有影响的批评文章。这些文章于1988年结集出版时,命名为《论新诗现代化》。这些批评代表了袁可嘉对新诗三十年发展史的总结及对其发展方向的见解,也显示了战争中成长和成熟的一代自由知识分子新的思想动向。

1. 为现代主义中国化的合法性的辩护

袁可嘉对新诗的建树一般被称作"新诗现代化"理论,其中最核心的又是"新诗戏剧化"提法。

新诗的元老级人物朱自清在著于抗战时期的《诗与建国》一文中说:"我们也需要中国诗的现代化,新诗的现代化。"① 朱自清所说的新诗的现代化是相对于中国在物质文明的现代化而言的。不过,朱自清未对这一概念作更进一步的界定,他仅仅引用了诗人杜运燮的《滇缅公路》一诗作为例证。他此时更注重文艺的雅俗问题,无暇将问题深化。

中国新诗派重要理论家唐湜1948年著有《诗的新生代》。他指出当时诗坛存在两类现代主义者:以穆旦、杜运燮等人为代表的"自觉的现代主义者"和以七月派的绿原等人为代表的"不自觉的现代主义

---

① 朱自清:《诗与建国》,《朱自清全集》第2卷,江苏教育出版社1988年版,第352页。

者",他们共同推进着"一个诗的现代化运动"。① 不过,唐湜的诗歌批评大都是鉴赏性的,是对作品本身的品评。与唐湜的细读批评和乐观态度不同,袁可嘉作为中国新诗派的另一重要理论家,其批评话语具有更多的理论性,和更强烈的历史感。他对中国现代主义诗歌在四十年代的命运,有一种敏锐的焦灼感。因此,综观收入《新诗现代化》的所有文章,都充满了强烈的论辩色彩,无处不存在一个潜在的对话者。

进入四十年代后期,经由民族战争的洗礼,意识形态色彩浓重的现实主义诗歌占据了历史的中心。它开始比三十年代更甚地展开对现代主义诗歌的攻击和批评。现代主义诗歌写作在中国的合法性和可能性不断遭到质疑。袁可嘉的"新诗现代化"谱系因此而具有一种强烈的历史感。

他首先说明,"新诗现代化"的萌芽,"原非始自今日,读过戴望舒、冯至、卞之琳、艾青等诗人作品的人们应该毫无困难地想它的先例"。② 其次,袁可嘉的批评并不规避来自现实主义诗学的对现代主义写作的批评。他就这些问题一一展开新的讨论。时不时地,他也会依据中国现代诗人的处境和所面临的问题(这些问题是三十年代现代主义者所没有遇见过的),对现代主义诗学进行必要的修正。

袁可嘉的这些努力,并不能被草率简单地概括为一种"现实主义与现代派相结合的诗论"。③ 事实上,袁可嘉始终坚定地相信现代主义要优于现实主义。就像他所坚持的那样:"人的文学"比"人民的文学"更"尊重文学作为艺术的本质",是前者包容后者,而非后者包容前者。④

论及"人的文学"与"人民的文学"时,袁可嘉声明自己讨论的

---

① 唐湜:《新意度集》,生活·读书·新知三联书店1990年版,第21页。
② 袁可嘉:《新诗现代化》,天津《大公报·星期文艺》1947年3月30日。
③ 潘颂德:《中国现代诗论40家》,重庆出版社1991年版,第415页。
④ 袁可嘉:《"人的文学"与"人民的文学"》,天津《大公报·星期文艺》1947年7月6日。

一个重要出发点，是想避免那种"起于对本身及对方的基本精神的认识不足"①而导致的误解与对立。具体到诗歌而言也是如此。他试图从两方面展开对新诗现代化问题的论述：就对方（左翼诗歌或现实主义诗歌）而言，分析现实主义对现代主义的狭隘或错误认识；就己方而言，则论证四十年代现代主义的包容性、现实关怀性，从而刷新中国现代主义的形象。

袁可嘉对现代诗的本质的认识受理查兹（又译瑞恰慈）的影响颇深。他甚至认为西方现代诗歌批评是"以立恰慈的著作为核心的"。②他赞同理查兹有关现代诗是一种"包含的诗"的看法，并把它作为一种诗歌范型引入他对"新诗现代化"的构想，认为这种诗的优点在于"包含冲突，矛盾，而像悲剧一样终止于更高的调和。它们都有从矛盾求统一的辩证性格"。③

"包含性"是袁可嘉诗论的核心词之一。在不同场合，"包含性"与"复杂性""辩证性""有机性""戏剧性"这些词在意指上可互为界说，但在他的批评理念中，"包含性"是居于统摄地位的，其他词不过是某一面向的具体阐释。基于此，袁可嘉提出"新诗现代化"的发展方向"最后必是现实、象征、玄学的综合传统"。④

2. 诗之传达"经验"和介入"现实"

《新诗现代化——新传统的寻求》是袁可嘉诗论中最重要的文献之一。文中他系统地提出并论述了所谓"新诗现代化"的七原则。其中前三条是：

> 一 绝对肯定诗与政治的平行密切联系，但绝对否定二者之间有任何从属关系；

---

① 袁可嘉：《"人的文学"与"人民的文学"》，天津《大公报·星期文艺》1947年7月6日。
② 袁可嘉：《新诗现代化》，天津《大公报·星期文艺》1947年3月30日。
③ 袁可嘉：《谈戏剧主义》，天津《大公报·星期文艺》1948年6月8日。
④ 袁可嘉：《新诗现代化》，天津《大公报·星期文艺》1947年3月30日。

二　绝对肯定诗应包含，应解释，应反映的人生现实性，但同样地绝对肯定诗作为艺术时必须被尊重的诗底诗质；

　　三　诗篇优劣的鉴别纯粹以它所能引致的经验价值的高度、深度、广度而定，而无所求于任何迹近虚构的外加意义，或一种投票＝畅销的形式。①

　　这些话语中无处不在的辩证性，首先能看出袁可嘉对现实主义诗歌的回应。诗人的现实意识、时代感、历史感、政治意识，以及诗歌的社会功能等问题，正是现实主义诗歌念兹在兹的。从三十年代开始，一直延伸到整个四十年代，相关讨论实际上已经跨越"左"、右之界限，而成为新诗乃至整个中国新文学所面临的重大问题。袁可嘉的这几点强调，自然不难看出"政治""现实""经验"等概念与现实主义诗歌的关系。袁可嘉希望建立这种对话关系，从而重新建立一种平等性。他对"但"的强调，表明了现代主义者的基本立场的坚持。

　　袁可嘉将这几条置于其七原则的首要位置，自然有为现代主义诗歌在四十年代艰难处境着想的良苦用心。不过，这并不是单方面的辩解，更非一种让步。如上所说，它也包含袁可嘉自己的个性化的诗歌见解，以及建立在这种见解上的对中国现代主义的某种总结。

　　袁可嘉说，一首诗的优劣依据它的容量（包容性）鉴别出来："诗篇优劣的鉴别纯粹以它所能引致的经验价值的高度、深度、广度而定。"② 这一判断标准与他心仪的批评家理查兹的观点不无关系。理查兹的"最大量意识状态"的心理学诗学，被袁可嘉转而表述为"作品的意义与作用全在它对人生经验的推广加深，及最大可能量意识活动的获致"。③ 进一步，理查兹诗学的心理因素，被与"经验"联系起来，共存于袁可嘉诗歌理论中。

　　譬如，诗歌的取材问题方面，袁可嘉认为应该来自"广大深沉的

---

①　袁可嘉：《新诗现代化》，天津《大公报·星期文艺》1947 年 3 月 30 日。
②　同上。
③　同上。

生活经验的领域"。① 在另一文章中他进一步认为，现代诗"是经验的传达"。② 诗是"经验的传达"的观念，在现代诗人中，在冯至那里表现得最为突出。但是这一观念到了袁可嘉这里，就被运用为总结中国现代主义的一个利器。

在《新诗现代化》《"人的文学"与"人民的文学"》《诗的新方向》等文章中，袁可嘉多次提出"经验"，用以批判"热情""说教""感伤""单纯"等被他归为"新诗的毛病"的风格或气质。这些"毛病"不仅广泛存在于"五四"浪漫派、前期新月派中也存在于现实主义诗人群中。不过，袁可嘉的批评对象还包括三十年代的现代派。

新诗即使进入三十年代，大多数诗人仍然认为诗的本质与生命冲动、感觉、感情、激情、情绪、神秘心理有关，而绝少看重经验的作用。三十年代现代派常常声明诗人应着力表现现代人的内心感受，其诗歌表现方式往往带有强烈的心理色彩。现代派的重要理论家杜衡说过，"现代的情绪"的本质就是"一个人在梦里泄漏自己底潜意识，而在诗作里泄漏隐秘的灵魂"。③ 这种略带神秘主义的解释，反映了流行于三十年代诗坛的那种将弗洛伊德与象征主义拼合的文学观念，也多少能看出一点意识流写作中国化的表征。起码在戴望舒、卞之琳等人的诗歌，施蛰存、穆时英等人的小说中表现得相当显著。因此，当袁可嘉提出，诗的结构应注重"集结表面不同而实际可能产生合力作用的种种经验"④，并强调"强烈的自我意识中的同样强烈的社会意识"⑤ 时，实际上完成了对三十年代现代主义感觉化倾向的一种否定。更学理地说，"袁可嘉对诗与意识的关系的强调，促进了新诗的诗歌感受力从感觉—情绪层面向经验—意识层面的更具现

---

① 袁可嘉：《新诗现代化》，天津《大公报·星期文艺》1947年3月30日。
② 袁可嘉：《诗与民主》，天津《大公报·星期文艺》1948年10月30日。
③ 杜衡：《望舒草·序》，人民文学出版社2000年版，第3页。
④ 袁可嘉：《新诗现代化的再分析》，天津《大公报·星期文艺》1947年5月18日。
⑤ 袁可嘉：《新诗戏剧化》，《诗创造》1948年第12辑。

性的转化"。①

肯定诗歌与经验的关系之后，进一步，袁可嘉赞同加强文学与现实的"密切联系"，"肯定文学对人生的积极性"。② 袁可嘉这一观点在很大程度上是受到奥登和艾略特的影响。作为九叶诗派的两位重要导师，也是袁可嘉诗歌理论的重要理论资源，两位诗人的写作都浸透着对现实的强烈关注。这一点与袁可嘉及其他"中国新诗"派成员的社会意识相投合。对于寂寞的中国四十年代现代主义而言，他们的写作在某种意义上是一种互相慰藉。

从对手的角度看，在四十年代，"逃避现实"被左翼文学力量目为"现代主义"的最重要标签，同时也是最大的罪状。香港的《大众文艺丛刊》的攻击自不用说，七月派作家也最喜欢从这个角度批判中国新诗派。至于艾青多年之后仍然以"盆景"概括，也是这个意思。连现代派的代表诗人卞之琳，多年后也还说，戴望舒和他自己在三十年代的现代主义诗歌写作，存在"回避现实，……在艺术中寻找了出路"。③

袁可嘉意识到这种来自现代主义内部的逃避现实的倾向，影响了人们对另一种面貌全新的现代主义的接受和认同，所以他的工作之一就是划清中国新诗派与三十年代现代派的界限，同时强调奥登式写作的现实性。他力图让人们意识到逃避现实的那种内倾现代主义并不代表中国现代主义的全部可能性，四十年代还存在一种关注现实的中国现代主义诗歌。因此，袁可嘉和穆旦的批评文章，都不提三十年代现代派的成就，而反复强调奥登的意义。袁可嘉也不讳言政治："现代人生又与现代政治如此变态地密切相关，今日诗作者如果还有摆脱任何政治生活影响的意念……无异于缩小自己的感性半径，减少生活的

---

① 臧棣：《袁可嘉：40年代中国诗歌批评的一次现代主义总结》，《文艺理论研究》1997年第4期。
② 袁可嘉：《"人的文学"与"人民的文学"》，天津《大公报·星期文艺》1947年7月6日。
③ 卞之琳：《戴望舒诗集·序》，四川人民出版社1981年版。

意义，降低生命的价值。"①

现代主义与现实的关系，是袁可嘉批评中谈论最多的。不过，他对现实的关注，是主张现代诗的感受力应关注现实、包容现实，与现实主义诗学主张反映现实、再现现实是有本质区别的。在解释"现实、象征、玄学的综合传统"时，他似乎有意宽泛地将"现实"界定为"对当前世界人生的紧密把握"。为此，他还举穆旦《时感》之"我们希望我们能有一个希望"这首诗为例，论述何为"现实、象征、玄学的综合"。这表明，他坚持认为在艺术表现上，必须遵循现代主义原则，即与"象征、玄学"有机地融为一体。②

此外，袁可嘉所说的"现实"往往指批判现实的能力。在讨论新诗现代化时，袁可嘉有时候把"现代文化""现代文明"等与"现实"混同起来运用。他认为诗人应"积极解决现代化文化的难题"，要批判现代文明，"否定工业文化底机械性"。③ 这显示了袁可嘉在现代意识上秉承了艾略特、奥登等对现代文明的批判传统。然而，这与具体的中国的"现实"（包括对工业文明的期待和欢迎）是冲突的。思想意识与西方现代主义保持一致的中国诗人，走在中国现实性的前面。这也是一种"审美现代性"与"世俗现代性"的冲突。

根本上，袁可嘉新诗现代化理论的目的可以用一句话概括："艺术与宗教、道教、科学、政治都重新建立平行的密切联系。"④

3. 对"人民文学"的理想性、局限性与排他性的认识

1947 年 5 月 5 日，为纪念五四"文艺节"，萧乾在《大公报》发表了《中国文艺往哪里走》的社评。一石激起千层浪，这一社论在文艺界引起的反响尤其巨大。作为萧乾学生辈的袁可嘉，也发表了

---

① 袁可嘉：《新诗现代化》，天津《大公报·星期文艺》1947 年 3 月 30 日。
② 因此，艾青评述中国新诗派的话，"他们接受了新诗的现实主义的传统，采取欧美现代派的表现技巧……"（《文艺研究》1980 年第 5 期），未必为袁可嘉所接受。介入和关注现实不等于"接受"现实主义传统，它也不是划分现实主义与现代主义的标准。中国新诗派四十年代的现代主义实践不能被简化为"采取欧美现代派的表现技巧"。这种"思想"（"主义"）与"技巧"二分法的论述，是武断和粗糙的。
③ 袁可嘉：《诗与晦涩》，天津《益世报·文学周刊》1946 年 11 月 30 日。
④ 袁可嘉：《新诗现代化》，天津《大公报·星期文艺》1947 年 3 月 30 日。

《"人的文学"与"人民的文学"——从分析比较寻修正,求和谐》一文(下简称"《"人的文学"与"人民的文学"》"),参与了这一重要讨论。

袁可嘉开门见山地对新文学运动作一概括,认为过去三十年的新文学主要包括"旗帜鲜明、步伐整齐的'人民的文学'"和"低沉中见出深厚,零散中带着坚韧的'人的文学'"两派力量。而在当下,则是"人民的文学"控制着文学市场的主潮,后者则在默默中思索探掘。袁可嘉的目的不在于区分,而在于通过分析,"发现真正相合相分的界限,进一步寻求调协的可能;即使和谐的追求终于落空,分野的明朗化也多少有助于问题的廓清"。[1]

袁可嘉先分析了他理解的二者"相分"之处。他认为,"人的文学"的基本精神,包含两个本位的认识:"就文学与人生的关系或功用说,它坚持人本位或生命本位;就文学作为一种艺术活动而与其他的活动形式对照着说,它坚持文学本位或艺术本位。"[2] 而"人民的文学"的基本精神也含两个本位的认识:"就文学与人生的关系说,它坚持人民本位或阶级本位;就文学作为一种艺术活动而与其他活动(尤其是政治活动)相对照说,它坚持工具本位或宣传本位(或斗争本位)。"[3]

袁可嘉对这两股力量,采取的是承认冲突和摩擦,而又努力调协与缓和的态度。关于冲突和摩擦,袁可嘉认为,有人为和先天两种。但即便后者,也有希望在各自修正(而非彻底改正)相关的信仰原则以后求得和谐。

袁可嘉对"人"与"人民"、"人的文学"与"人民文学"的静态存在和动态变化分别作了设想。他认为,当人的本位与人民本位"取得相对态势"时,在理论上,应该不会引起什么争执,因为,"人

---

[1] 袁可嘉:《"人的文学"与"人民的文学"》,天津《大公报·星期文艺》1947年7月6日。
[2] 同上。
[3] 同上。

包含'人民';文学服役人民,也就同时服役于人;而且客观地说,把创作对象扩大到一般人民的圈子里,正是人本位(或生命本位)所求之不得的,实现最大可能量意识活动的大好机会"。这显示了他和穆旦思想的一致性。因此,他甚至承认和畅想:"'人民文学'正是'人的文学'向前发展的一个部分,一个阶段,真是相辅相成,圆满十分。"

但是,重点地,袁可嘉剖析了二者在当下的冲突的问题。他将之归结于"人民的文学"对"人的文学"的批判、否定和消灭的行为,以及"人民的文学"所体现的违反艺术生产规律的阶级本位。他说:

(一)"人民"的论者在扩展的外衣下进行了对人,对生命,对文学极度的抽空、压缩、简化的工作;他们不仅否定无利"人民"的作品,不正确地反映"人民"政治意识的作品,他们更否定不那样地反映"人民"政治意识的作品。……换句话说,他们无异以"人民"否定了人,以"政治"否定了生命;到最后人被简化为一部大的政治机器中的小齿轮,只许这样地配合转动,文学也被简化为一个观念的几千万次的翻版说明,改头换面的公式运用。……

(二)包含于阶级本位中的强制性质与生命本位中意识活动的自动性质恰成对照,因之矛盾发生……它所内涵的强制性是极不可取的,人的一切活动都以自主自动为贵,这是极浅近的常识;不能纳之于一定范围的精神活动尤其如此,有强烈创造意味的文学活动更非凭赖自动自发不可……①

尽管这些言论体现了袁可嘉对当时左翼文学力量排斥异己唯我独尊的不满,他还是很努力地将问题细化,而尽量避免观点和立场的简

---

① 袁可嘉:《"人的文学"与"人民的文学"》,天津《大公报·星期文艺》1947年7月6日。

单对抗,从而保留缝合双方裂缝的可能。

譬如,关于文艺的工具性问题,袁可嘉并未完全否认,而是委婉地为"文学性"的存在需要而辩护。他说:"当艺术本位与工具本位相遭遇时,在理论上也还有互相协调的余地;因为即使承认文学是政治斗争的工具,这种工具既隶属艺术的范畴,自必通过艺术才能达到作为工具的目的,实际上也等于说'工具本位'必先做到'艺术本位'才有完成工具的使命的可能……否则……大可不必盗窃文学的名义……"这种激将法,即便会为相当多左翼文艺工作者所批判,也一定程度地能够从"文学"这一基本角度拉近"人的文学"与"人民的文学"的距离。如同鲁迅所说:"一切文艺固是宣传,而一切宣传却并非全是文艺。"①

袁可嘉不否认文艺的工具性,而是肯定文艺之所以为文艺的基本特性。后者与三十年代京派的文学观保持一致,前者却体现了一定程度的突破。

袁可嘉明确提出抗议和不满的,是他对"人民的文学"的一统江湖的态度。他强调这是唯一的"调协的可能途径":"'人民的文学'必须在不放弃'人民本位'的立场下放弃统一文学的野心;任何关于人类思想活动的统制统一的欲望对于欲望者本身及成为欲望的对象,及二者所共隶属的世界文化,人类生命都是有百害而无一利的,既不可能,也不必要的事情。……'人民的文学'与其着力排除别人,不如努力建立自己……因为推翻别的并不等于建立自己。"② 袁可嘉还特别举了 1934 年苏联取消"在文学上专制多年的苏俄普罗作者协会"的例子,供"人民的文学"论者"参考"。

可见,四十年代后期左翼文学的排他性是袁可嘉最为担心的。

更深一层,他也直视文艺的阶级性问题。但他并未否定"阶级意

---

① 鲁迅:《文艺与革命(并冬芬来信)》,《鲁迅全集》第 4 卷,人民文学出版社 2005 年版,第 85 页。

② 袁可嘉:《"人的文学"与"人民的文学"》,天津《大公报·星期文艺》1947 年 7 月 6 日。

识"或"阶级本位",而是以退为进地讨论这一概念的适用范畴:"'人民的文学'必须在'阶级本位'认识的应用上保持适度:我们相信在庞大的文学典籍里面有一些是可以用作者当时阶级意识来解释它的,但更多的恐怕是超阶级的……不必以己度人,更不可以部分概论全体……"① 这一点又与二十年代梁实秋等自由主义作家以文艺的超阶级性对"阶级性"进行较为全面彻底的否定有所区别。在措辞上,尽管袁可嘉用了几个"必须",但这种强调的内容往往又是程度、范围上的。比如他说:"'人民的文学'不能片面地过分迷信文学工具性及战斗性,它必须适度地尊重文学作为艺术的本质……"他又说:"我必须重复陈述一个根本的中心观念:即在服役于人民的原则下我们必须坚持人的立场、生命的立场;在不歧视政治的作用下我们必须坚持文学的立场、艺术的立场。"②

这是一个根本性的立场问题。"人民""政治""阶级"不再是像三十年代梁实秋、沈从文笔下所呈现的那种令自由主义作家们反感的意象。它们被与文学调合在一起,体现了四十年代的时代特征。

最后,袁可嘉从历史的角度分析了"人民文学"的理想性和现实性。他认为:"真正的或理想的人民文学必须满足三个条件:它必须由人民自己来写,它必须属于人民,它必须为人民而写。"而当前"恐怕只能做到第三点",前两点则是"理想目标"。这又是因为"目前的绝大多数中国劳动人民还没有能力来创造文学,来享有文学"。而当三个条件都具备的时代,"原先作为被压迫阶级符号的'人民'必早已失去意义,代之而起是真正的人的社会、人的文学"。③

根本上,在袁可嘉那里,所谓"调协"不过是用"人的文学"去包容"人民文学",因为"人的文学"比"人民的文学"更"尊重文

---

① 袁可嘉:《"人的文学"与"人民的文学"》,天津《大公报·星期文艺》1947 年 7 月 6 日。

② 同上。

③ 同上。

学作为艺术的本质"。① 他相信真正的批评应该是一种基于民主原则的对话，所以，他对现代主义的某些修正，是基于对方对己方承认的基础上的。他试图传递这么一种信号：中国现代主义诗学并不排斥和回避现实主义所提出的某些问题，但后者也必须首先要尊重前者存在的合法性。袁可嘉就这么煞费苦心地，小心翼翼地在尽量不激怒左翼文学者的前提下，坚持维护"人的文学"和"艺术的立场"。

袁可嘉关于"人民文学"三个条件的提出，虽然有为难左翼文学者的目的，但是也的确指出了"人民文学"理论的现实局限性。其中的第二条，文学之"属于人民"，触及了民众的审美能力和接受水平问题，以及决定这一问题的受教育问题。第一条，文学之"由人民自己来写"，更是一个当时难以企及、迄今也未实现的理想状况。"有强烈创造意味的文学活动"之特殊性决定了文艺大众化工程的困难。这一困难的解决有赖于民众教育的普及、文化程度的提高和文学素养的提升。这一切，又与"新中国"的政治民主问题有紧密联系。在这些因素和前提实现的情况下，"人民文学"对"人的文学"缺陷的克服，以及前者优越性的彰显，才可能完成。

---

① 袁可嘉：《"人的文学"与"人民的文学"》，天津《大公报·星期文艺》1947年7月6日。

第四章 左翼文化与新中国想象

第一节 毛泽东的新中国话语：从"新民主主义共和国"到"社会主义新中国"

我们共产党人现在所进行的工作乃是华盛顿、杰斐逊、林肯等早已在美国进行过了的工作。——胡乔木：《美国国庆日——自由民主的伟大斗争节日》，1944年7月4日

一张白纸，没有负担，好写最新最美的文字，好画最新最美的画图。——毛泽东：《介绍一个合作社》，1958年4月15日

为有牺牲多壮志，敢叫日月换新天——毛泽东：《七律·到韶山》，1959年6月25日

一 "新中国"是共产党抗战的基本政治目的

抗日战争时期，毛泽东开始较频繁地使用"新中国"这一提法。据查，"新中国"一词较早出现在写于1937年8月的《矛盾论》中。它包括两方面的含义：其一，"新中国"是中国社会发展的方向；其二，"新中国"是没有封建压迫和外来侵略的中国。毛泽东说："长期地被封建制度统治的中国，近百年来发生了很大的变化，现在正在

变化到一个自由解放的新中国的方向去。"① 毛泽东是在阐述反帝反封建的革命任务时提到"新中国"的。随即,1937年8月下旬,他在为中共中央起草的"争取一切民族力量早日实现抗日解放"所拟写的宣传提纲——《为动员一切力量争取抗战胜利而斗争》中,再次提出"为独立自由幸福的新中国而奋斗",并进一步表述为"中国抗日战争的基本政治原则即政治目的,是驱逐日本帝国主义,建立独立自由幸福的新中国"。②

1938年5月,毛泽东在《论持久战》中提到"新中国"时,增加了"永久和平""平等"等内涵。他指出:"将来的被解放了的新中国,是和将来的被解放了的新世界不能分离的。因此,我们的抗日战争包含为争取永久和平而战的性质。"《论持久战》再次强调"抗日战争是要赶走帝国主义,变旧中国为新中国""抗日战争是全民族的革命战争,它的胜利,离不开战争的政治目的——驱逐日本帝国主义、建立自由平等的新中国"。③

不难看出,毛泽东将"抗战"与"建国"联系起来的构想,固然根源于中国共产党人自身的政治智慧,但其认识的深入和强化也在一定程度上受到国民党1938年临全会所提出"抗战建国纲领"的影响。不过,国民党推出"抗战建国纲领"后,在意识形态领域就基本停滞不前,甚至某些方面还走向倒退反动。此时的共产党却在不断探索能将民族解放战争与自身发展壮大相结合的政治体制和文化形态。

著于1940年1月的《新民主主义论》,是毛泽东在总结中国革命经验基础上,对中国未来社会理想的系统阐述和规划。毛泽东在文中不仅明确提出"我们要建立一个新中国",并阐明了中国共产党对此一新中国的较为具体的设想。

---

① 毛泽东:《矛盾论》,《毛泽东选集》第一卷,人民出版社1991年版,第302页。
② 毛泽东:《抗日游击战争的战略问题》,《毛泽东选集》第二卷,人民出版社1991年版,第406页。
③ 毛泽东:《论持久战》,《毛泽东选集》第二卷,人民出版社1991年版,第477、479页。

我们共产党人,多年以来,不但为中国的政治革命和经济革命而奋斗,而且为中国的文化革命而奋斗;一切这些的目的,在于建设一个中华民族的新社会和新国家。在这个新社会和新国家中,不但有新政治、新经济,而且有新文化。这就是说,我们不但要把一个政治上受压迫、经济上受剥削的中国,变为一个政治上自由和经济上繁荣的中国,而且要把一个被旧文化统治因而愚昧落后的中国,变为一个被新文化统治因而文明先进的中国。一句话,我们要建立一个新中国。①

不过,本质上而言,毛泽东更像是有意地与国民党领导的"中华民国"相区别,而强调自己的货真价实:"新民主主义的政治、新民主主义的经济和新民主主义的文化相结合,这就是新民主主义共和国,这就是名副其实的中华民国,这就是我们要造成的新中国。"这表明毛泽东此时在"新中国"的具体内容构建方面仍然是破多立少,尚未建立自己的体系和建构。文章的最后抒情欢呼:"新中国站在每个人民的面前,我们应该迎接它。新中国航船的桅顶已经冒出地平线了,我们应该拍掌欢迎它。举起你的双手吧,新中国是我们的。"

直至1945年4月,毛泽东在中国共产党第七次全国代表大会上作了题为《论联合政府》的政治报告,才把建立一个新民主主义的新中国确立为党的政治路线的内容,并进一步发展完善了其价值内涵。报告提出要"建立一个新中国,一个新民主主义的中国,一个独立的、自由的、民主的、统一的、富强的中国"。除了从前一直强调的独立、自由外,中共七大第一次把富强、民主、统一列为"新中国"的价值追求。

抗战胜利伊始的1945年8月25日,中共中央就发表《对于目前时局的宣言》,提出"在和平、民主、团结的基础上加以合理解决,以期实现全国之统一,建设独立自由与富强的新中国。"算是对七大

---

① 毛泽东:《新民主主义论》,《毛泽东选集》第二卷,人民出版社1991年版,第663页。

会议精神的延续。解放战争初期,毛泽东又提出过"建立独立、和平、民主的新中国"。①

从关键词的角度看,1937—1949 年毛泽东关于"新中国"的论述中,始终存在的修饰词(同时也是核心价值内涵)是"独立"和"民主",存在时间较长的是"富强"和"自由",存在时间较短的是"和平"和"统一"等。"和平""统一"主要出现在解放战争时期。

其中尤其值得注意的有两点。其一,"独立"一词的始终存在,表明了共产党反帝的内容和民族主义的文化立场,而"民主"则不仅是为了反封建,更是为了反抗国民党的一党专政,因此对复兴时期的共产党的生存与发展具有极为重要的意义。其二,"自由"一词在抗战期间存在,它有时与"独立"并列,凸显民族主义的立场;有时候又是针对国民党政府的一党专政而言,是共产党向国民党要"自由"的权利意识的表达。到了四十年代后期,"自由"在毛泽东话语中的出场,主要的论述对象已经变为"自由主义分子"了。在大局已定的情况下,处于强势的左翼力量对自由主义思想或剿灭或拉拢,"自由"又带有了不同的感情色彩。

二 对美式民主政治的一度认可

延安时期的中共,关于"新中国"的具体的政治制度构想,曾包含"真正的三民主义""新民主主义""社会主义"等不同表达。除此之外,还包括对美国式民主共和国模式的认可。

中共对美式民主政治的认可,是在太平洋战争爆发,尤其是美国全面援华以后,双方关系逐渐升温的一种反映。美国政府对国民党民主实践的敦促,美国官方或民间人士的相继访问延安,也为中共提供了一个最佳的在国际舞台展示自己形象的契机。斯诺的《西行漫记》产生广泛影响之后,中共更加领悟到这一问题的重要性。

---

① 毛泽东:《以自卫战争粉碎蒋介石的进攻》,《毛泽东文集》第四卷,人民出版社 1996 年版,第 19 页。

1943年7月4日，正值美国国庆日，《新华日报》发表社论：《民主颂：献给美国的独立纪念日》，深情赞颂美国的兴起及其对中国的意义。

> 自从世界上诞生了这个新的国家——美利坚合众共和国——之后，民主和科学才在自由的新世界里种下了根基。……
>
> 从年幼的时候起，我们就觉得美国是个特别可亲的国家。我们相信，这该不单因为她没有强占过中国的土地，她也没对中国发动过侵略性的战争；更基本地说，中国人对美国的好感，是发源于从美国国民性中发散出来的民主的风度，博大的心怀。……
>
> 中国人感谢着"美麦"，感谢着"庚款"，感谢民国以来的一切一切的寄赠与援助；但是，在这一切之前，之上，美国在民主政治上对落后的中国做了一个示范的先驱，教育了中国人学习华盛顿、学习林肯，学习杰弗逊，使我们懂得了建立一个民主自由的中国需要大胆、公正、诚实。……
>
> ……在不远的将来，当我们同心协力，消灭了专制的暴力之后，为着要在废墟上建立一个现代化的中国，在民主的领域里更有待于美国的援助。①

第二年的7月4日，《解放日报》也发表了由胡乔木执笔的《祝美国国庆日——自由民主的伟大斗争日》的社论。社论将美国、孙中山、共产党的民主事业联系在一起。

> 美国的民主派领袖杰斐逊和杰克逊，美国民主党的这两个创造者，在他们的斗争中甚至被他们的政敌指为"共产主义者"和"赤化分子"。美国穷木工的儿子林肯，他所领导的黑奴解放战争被马克思称为"开始了劳动阶级兴起的新时期"，而在实际上，他与马克思所领导的美国共产主义者和欧洲共产主义者也是合作的……

---

① 1943年7月4日《新华日报》社论：《民主颂：献给美国的独立纪念日》。

民主的美国已经有了它的同伴，孙中山的事业已经有了它的继承者，这就是中国共产党和其他民主的势力。我们共产党人现在所进行的工作乃是华盛顿、杰斐逊、林肯等早已在美国进行过了的工作，它一定会得到而且已经得到民主的美国的同情……①

同一天，《新华日报》也发表了社论《美国国庆日——自由民主的伟大斗争节日》，内容与《解放日报》的社论内容完全相同。

1944年，是中共和美国关系的蜜月期。《新华日报》1944年2月1日社论说："单说英美吧，英美是民主国家，这是人人公认的。英美人民有各种民主权利。为了国际的地位，必须从保障基本的民主权利开步走。恐惧是懦夫，疑虑是自私，反对便是倒行。我们再度呼吁：保障人民的基本民主权利。"4月19日社论则宣称："可见民主和言论自由，实在是分不开的。我们应当把民主国先进的好例，作为我们实现民主的榜样。"同一年，美国代表团访问延安，毛泽东和到访人士的谈话中也这样表态和期望："美国人民是中国人民的好朋友，我党的奋斗目标，就是推翻独裁的国民党反动派，建立美国式的民主制度，使全国人民能享受民主带来的幸福。我相信，当中国人民为民主而奋斗时，美国人民会支持我们。"

1944年夏，时任美驻华大使馆二秘兼"美国军事观察小组"政治顾问的谢伟思来到延安。谢伟思在延安住了近三个月，多次与毛泽东等中央领导人交谈。谈到对美国的民主的肯定和向往时，毛泽东说："每一个在中国的美国士兵都应当成为民主的活广告。他应当对他遇到的每一个中国人谈论民主。美国官员应当对中国官员谈论民主。总之，中国人尊重你们美国人民主的理想。"② 1944年9月，美国政府派

---

① 1944年7月4日《解放日报》社论：《祝美国国庆日——自由民主的伟大斗争日》。
② 《1944年毛泽东与谢伟思等人的谈话》，中共中央党史研究室等编《党史通讯》1983年第20、21期。另参见［美］约瑟夫·W.埃谢里克编著《在中国失掉的机会——美国前驻华外交官约翰·S.谢伟思第二次世界大战时期的报告》，罗清、赵仲强译，国际文化出版公司1989年版。

前国防部长赫尔利少将来华，并于 11 月到延安，和毛泽东等多次商谈。经过反复磋商，双方签订了一个关于国共合作的协议。这五点协定由赫尔利带回重庆后，为蒋政府否决，未能施行。尽管如此，协定的第三条，充分反映出中共对未来民主的新中国的政治制度的理念："联合国民政府应拥护孙中山先生在中国建立民有民享民治之政府的原则。联合国民政府应实行用以促进进步与民主的政策，并确立正义、思想自由、出版自由、言论自由、集会结社自由、向政府请求平反冤抑的权利、人身自由与居住自由。联合国民政府亦应实行用以有效实现下列两项权利：即免除威胁的自由和免除贫困的自由之各项政策。"[1]

1945 年重庆谈判期间，毛泽东接受了路透社记者甘贝尔提问：中共对"自由民主的中国"的概念及界说为何？毛泽东答："自由民主的中国……将实现孙中山先生的三民主义，林肯的民有、民治、民享的原则与罗斯福的四大自由。它将保证国家的独立、团结、统一及与各民主强国的合作。"[2]

由上可见，从日本败局已定的 1944 年始，到重庆谈判期间，毛泽东对于美国政府不无好感，对有可能实现的联合政府中借鉴美国模式也有一定的期待。这一期待的创新之处在于将美国式民主进行一种共产主义视角的理解，拉近其与中共革命道路和方式的距离，从而使得美式资产阶级革命和民主化与三民主义、中共革命三者发生关系。其中最核心的概念又是三者都包含的"民主"。

然而，毛泽东毕竟是实践型的思想家，是制定具体政治斗争策略的政治家和建构一种"主义"论述的政党领袖。毛泽东话语在表达一种主义的时候，有其一致性和一贯性；但作为政治斗争的策略性论述，又不难发现其出尔反尔和根据时局修改论述的特征。

因此，对于美式民主的论述，不能忽略毛泽东的策略性意图。纵观其四十年代的"民主"的强调，很大程度上都不是出于中共及其所

---

[1] 金冲及主编：《毛泽东传 1893—1949》，中央文献出版社 1996 年版，第 691 页。
[2] 毛泽东：《答路透社驻重庆记者甘贝尔问》，《毛泽东文集》第四卷，人民出版社 1996 年版，第 28 页。

管辖解放区的民主实践,而是为了批评国民党的一党专政,给后者以国内和国际舆论上的最大的压力。《解放日报》1941年10月28日社论直言:"目前推行民主政治,主要关键在于结束一党治国。……因为此问题一日不解决,则国事势必包揽于一党之手;才智之士,无从引进;良好建议,不能实行。因而所谓民主,无论搬出何种花样,只是空有其名而已。"①1944年毛泽东对谢伟思的谈话中则更具体解释了上述意思:"……有美国人在场也是好的。如果美国人分布得很广泛,他们对国民党就会产生一种约束作用,国民党要制造麻烦就更加困难。昆明是一例子,那个地方已经变成自由主义思想和学生自由活动的中心了,因为在这么多美国人的眼皮底下,国民党是不敢逮捕学生和把学生投入集中营的。拿这一点同西安相比,西安美国人非常少,特务就横行无阻。"②1946年3月30日的《新华日报》社论,又以灾荒攻击国民党的一党专政:"打开我国的地图,睁开眼睛一看,国民党一党专政下的地区,哪里没有灾荒?单就报纸上发表的材料来看,可以看出灾荒是异常严重的。如湖南、河南、安徽、广东、广西、江苏、湖北、江西、四川,以及陕、甘、青、滇等省,真是遍地是灾……"③

随着战后美国政府逐渐倾向对国民党的单方面支持,中共对美国的态度也逐渐转变。1946年7月4日《新华日报》发表社论《美国国庆》,已经与两年前的语气腔调迥异了。该文先扬后抑,一开头仍然肯定美国的《独立宣言》,肯定"天赋人权""平等、自由、幸福的崇高思想",肯定提出民有、民治、民享的原则的林肯。但接着笔锋一转,大力谴责美"帝国主义"支援蒋政府打内战,干涉中国内政。社论号召"美国人民"和民主力量发扬《独立宣言》的精神,改变美国

---

① 1941年10月28日社论《解放日报》:《中国民主运动的生力军》。
② 《1944年毛泽东与谢伟思等人的谈话》,中共中央党史研究室等编《党史通讯》1983年第20、21期。另参见[美]约瑟夫·W.埃谢里克编著《在中国失掉的机会——美国前驻华外交官约翰·S.谢伟思第二次世界大战时期的报告》,罗清、赵仲强译,国际文化出版公司1989年版。
③ 1946年3月30日《新华日报》社论:《一党独裁,遍地是灾》。

现行的政策；坚信在美国人民和世界各国人民的声援下，中国人民一定能克服各种困难，建立一个独立、自由、民主和富强的国家。[①] 将美国"人民"与美国"政府"区分开，是毛泽东话语的重要特色，在此无须赘述。

中共四十年代中期的新中国想象一度希望借鉴美国模式的论述，至此戛然而止。随着苏联力量的介入，中共与美国的关系，更是由试图借鉴与靠近西方政治思想逐渐转变为对西方资本主义体系的拒绝与对抗，并直接影响了中共随后的"另起炉灶""一边倒"外交政策和冷战意识。

三 "社会主义新中国"的意义

《新民主主义论》在中国革命和新中国建设方面，最重要也是最有创新的，是将中国革命纳入世界革命。这篇长文引入资本主义没落说和经济危机理论，对中国的民族解放战争注入世界性，将之视作全世界无产阶级对资产阶级的反抗。这样，就既容纳又超越了战争的民族国家性质。毛泽东豪情满怀地分析：

> 这个中国革命的第一阶段……其社会性质是新式的资产阶级民主主义的革命，还不是无产阶级社会主义的革命，但早已成了无产阶级社会主义的世界革命的一部分，现在则更成了这种世界革命的伟大的一部分，成了这种世界革命的伟大的同盟军。这个革命的第一步、第一阶段，决不是也不能建立中国资产阶级专政的资本主义的社会，而是要建立以中国无产阶级为首领的中国各个革命阶级联合专政的新民主主义的社会，以完结其第一阶段。然后，再使之发展到第二阶段，以建立中国社会主义的社会。[②]

---

① 1946 年 7 月 4 日《新华日报》社论：《美国国庆》。
② 毛泽东：《新民主主义论》，《毛泽东选集》第二卷，人民出版社 1991 年版，第 671—672 页。

"社会主义新中国"的提出,表明了中国知识阶层由"五四"时期对"民族国家"的想象走向"阶级国家"的建立的思想进程。这一转变在早一年的《中国革命和中国共产党》一文中已有较为清楚的表达:

> 中国现阶段的革命所要造成的民主共和国,一定要是一个工人、农民和其他小资产阶级在其中占一定地位起一定作用的民主共和国。换言之,即是一个工人、农民、城市小资产阶级和其他一切反帝反封建分子的革命联盟的民主共和国。……
>
> 中国革命的全部结果是:一方面有资本主义因素的发展,又一方面有社会主义因素的发展。这种社会主义因素是什么呢?就是无产阶级和共产党在全国政治势力中的比重的增长,就是农民、知识分子和城市小资产阶级或者已经或者可能承认无产阶级和共产党的领导权,就是民主共和国的国营经济和劳动人民的合作经济。所有这一切,都是社会主义的因素。加以国际环境的有利,便使中国资产阶级民主革命的最后结果,避免资本主义的前途,实现社会主义的前途,不能不具有极大的可能性了。①

可见,这一转变虽然体现了毛泽东强大的总结和归纳能力,但实际上也是中国革命的必然规律的表征。正如研究者所说,在中国革命的实践中,"阶级话语始终是个强大的'在者',并时时监视着民族话语的发展,而一旦这一民族话语偏离阶级话语的监控,阶级话语便会与之进行争斗"。②

但从更高一层的思想文化看,"社会主义新中国"的提出具有与之前各种"新中国"想象话语都不一样的意义,也超越了过往的众多民族话语或阶级话语。毛泽东将"社会主义"置于"新中国"之前,

---

① 毛泽东:《中国革命和中国共产党》,《毛泽东选集》第二卷,人民出版社 1991 年版,第 649—650 页。
② 蔡翔:《革命/叙述——中国社会主义文学—文化想象(1949—1966)》,北京大学出版社 2010 年版,第 31 页。

并不仅起普通的修饰作用。它的意义不止于表示一种纵向的历时性的超越（比如针对"三民主义新中国"而言），更在于显示"社会主义"（或"共产主义"）这一最完美最先进的道路的发现。

这一选择最显著的特质和意义就是对中国追赶西方模式的否定。近代中国，因传统帝国政治制度的崩溃而产生了中国意识的危机。急于寻找救国和自救的中国文人，大都逐渐认可了进化论。主导传统中国人思维的循环史观和天下以中国为中心的认识，也被根本颠覆。然而，因为各种因素，对进化论的片面理解和接受，使得中国知识分子始终存在因为追赶西方而产生的焦虑感。

在此背景下，马克思主义的终极意识形态的特征极大地吸引了中国知识分子。俄国革命的成功更是直接刺激了中国马克思主义思想的传播和政党的建立。马列主义关于人类社会五种形态说的理论，也导致了史学界旷日持久的中国社会性质论争。雷蒙·阿隆对此有辩证的分析：

> 科学真理取代宗教真理并不是没有精神危机的：人们很难满足于一种暂时的、无可争辩的但却是有限的真理，它并不总是令人快慰的。可能历史科学的教育是最尖刻的，因为它们是含糊的，而且主题本身是随客体和知识的永远更新而不断变化的。马克思主义重新找到了一种绝对性。从此以后，中国的官方学说不再和宇宙秩序或中央帝国的独特性相连了。它是真的，因为它反映了必要和有益的变化秩序。马克思列宁主义超越了历史意识赋予它的相对主义，治愈了中国一个世纪以来因西方技术优越性而蒙受的痛苦。[①]

然而，尽管拥有这种具有"绝对性"意义的信仰作支撑，抗战之

---

① ［法］雷蒙·阿隆：《知识分子的鸦片》，吕一民、顾杭译，译林出版社2005年版，第271页。

前的共产党毕竟实力有限,也无暇提供更成熟的解决中国问题的理论方案。阶级斗争的暴力性反而常常给普通国民留下残酷血腥的印象。

旨在为重新制定政党理念的整风运动撰写的《中国革命和中国共产党》(1939年12月)一文,是"新民主主义论"的基础,从四十年代初至五十年代中一直是政党干部学习的"入门要籍"。从中可以看出毛泽东思想的基本要素。这篇文献突出地强调民族革命与民主革命的关联、反帝与反封建的一体性,是政党意识形态的基本意涵。民族革命与民主革命,反帝与反封建的同构,表明民族主义与马列社会主义的同构。差异在于阶段性目的的不同:反帝是抵抗并驱逐入侵的异族或帝国主义的政治和经济压迫,社会主义革命是在国家建构方面超越西方。

毛泽东于1941年11月6日发表的一篇演讲,又对"社会主义"的优越性及实行的条件性进行了平白易懂的解释。

> 参议会的目的,只有一个,就是要打倒日本帝国主义,建设新民主主义的中国,也就是革命的三民主义的中国。现在的中国不能有别的目的,只能有这个目的。……为什么我们要实行革命的三民主义?因为孙中山先生的革命的三民主义,直到现在还没有在全中国实现。为什么我们在现在不要求实行社会主义?社会主义当然是一个更好的制度,这个制度在苏联早已实行了,但是在今天的中国,还没有实行它的条件。陕甘宁边区所实行的是革命的三民主义。我们对于任何一个实际问题的解决,都没有超过革命的三民主义的范围。[①]

由毛泽东关于"社会主义新中国"的论述可以看出,民族战争的发生,给了共产党一个提升理论境界的契机。敏锐的共产党领导人,

[①] 毛泽东:《在陕甘宁边区参议会的演说》,《毛泽东选集》第三卷,人民出版社1991年版,第807—808页。

很快就发现了民族主义这一话语的重大价值所在。长征途中，共产党就不断以一个普通政党的身份，对全国人民发表关于民族战争的各种宣言、建议和态度。这一系列话语，到四十年代中期，终于成熟为以一种马列主义的内容和修辞，去表达民族主义的诉求的高明话语。民族主义话语和社会主义话语在四十年代后期的毛泽东共产党那里得到完美的融合。

刘小枫通过充分解读社会主义与中国民族主义关系的复杂性，解读了"社会主义新中国"的世界政治意义。

> 毛泽东思想中的社会主义修辞显得是要用马克思主义这个西洋货来回击西方，"大跃进"时期的"超英赶美"的意向已充分显露出这种心态。马克思列宁主义与中国革命的关系因此颇富意味，中国革命是表为社会主义革命实为民族国家自立的革命。……超越资本主义就是超越西方，令西方列强向中国俯首称臣。毛泽东的思想视野远高于或不同于其他共产党人的地方就在于此：恢复华夏帝国的历史威望和贵位始终是他萦绕于怀的意愿。……对毛而言，马克思列宁主义的精髓在于，社会主义将超越资本主义，既然资本主义等同于西方列强，中国实现社会主义就等于超越西方。①

因此，毛泽东思想以文化民族主义诉求为基本核心，却采用了马列主义的论述结构和修辞。在刘小枫看来，实际的社会主义理念意涵，并非当年毛"主义"论述的属意所在。共产党的政党理念中，文化民族主义理念与马克思主义的人类解放能够相辅相成。

所以，不仅仅是列宁的帝国主义理论中对民族压迫问题的论述为中国的民族解放事业提供了有效的理论资源，也不仅仅是俄国革命胜利的模式吸引了中国的民主主义者，还有一个重要因素是，中国曾经有的辉煌文明这一强大的历史印记始终刺激着中国的改革家们。这一

---

① 刘小枫：《现代性社会理论绪论》，上海三联书店1998年版，第422页。

点是所有其他进行社会主义试验的国家都没有的历史特征——不仅要实现现代化而且要成为世界强国，恢复昔日的帝国光荣。而在经历各种以学习西方为导向的现代化过程中的种种挫折和失败的屈辱体验之后，唯有毛泽东的社会主义思想能够满足这种文化心理需求。

刘小枫认为："民族主义支撑中国作为民族国家的重建，与民族主义支撑中国更完美地超过西方，是不同的两种构思。前者不一定要选择社会主义这一西方理念，后者就必须选择它，因为，重要的是要比西方更完美。毛泽东思想与别的文化民族主义的不同之处在于，中国作为现代民族国家能涵括西方理念又比西方理念及制度更高明。"[①]所以，中共的意识形态宣传中，经常要一面强调"振兴中华"，一面强调"社会主义制度的优越性"。

同时，毛式社会主义能够在中国取得主导地位，在思想谱系上也可以追溯为马列主义的世界大同思想，与中国传统思想的道德价值一元论在结构和思维上是一致的。金观涛更为精辟地概括为："马列主义把共产主义当作全人类的普遍理想……马列主义支配下的民族主义就会变成一种类似于传统华夏中心主义的结构。"金观涛将之命名为"新华夏中心主义"[②]。

第二节　赵树理：工农兵文艺的"方向"

一　赵树理小说与《讲话》的契合：用新形式想象新农民

1. 表现新时代、新社会、新农民与赵树理的被形塑

四十年代的中国农民，经历两个大时代：一个是民族战争；另一个是社会转型。前者要求他们完全投入，后者要求他们做出选择。二

[①] 刘小枫：《现代性社会理论绪论》，上海三联书店1998年版，第427页。
[②] 金观涛：《创造与破坏的动力：中国民族主义的结构及演变》，刘青峰编《民族主义与中国现代化》，（香港）中文大学出版社1994年版，第139页。

者都对农民的历史地位和精神革新产生巨大的影响。

毛泽东在1940年的《新民主主义论》就明确指出:"中国的革命实质上是农民革命,现在的抗日,实质上是农民的抗日。新民主主义的政治,实质上就是授权给农民。新三民主义,真三民主义,实质上就是农民革命主义。大众文化,实质上就是提高农民文化。……中国有百分之八十的人口是农民,这是小学生的常识。因此农民问题,就成了中国革命最基本的问题,农民的力量,是中国革命的主要力量。"[①] 农民与中国革命、新中国的关系的建立是天然的,此处毛泽东是从民族战争和革命两方面的角度再次提升了这一问题的重量级别。

可以说,后来毛泽东的《讲话》,就是中共对中国革命在文艺领域的要求。出于对农民问题的重视而提出"工农兵文艺"及文艺大众化的系列问题,无疑是顺理成章的。这体现出政治话语与意识形态的一致性。然而,《讲话》之后的相当一段时间内,解放区文艺界除了新秧歌运动较能体现《讲话》精神的落实的实绩外,有较高艺术水平和影响力的作品寥寥。

因此,出现在晋冀鲁豫解放区的赵树理小说,其在农民和士兵中的受欢迎程度,迅速引起相关部门的重视。

《小二黑结婚》由被压制到被宣传,以及赵树理被树立为"方向"的过程,已经是著名的文学史掌故,在此不再详述。总体而言,"赵树理方向"的形成,典型地体现了意识形态对文艺整合和利用的诸多特点。在这一过程中,意识形态与赵树理之间存在一个不期而遇然后互相认可与对话的过程。

在这一过程中,时任中共中央北方局宣传部长的李大章写于1943年12月的评论《介绍〈李有才板话〉》,是关于赵树理的第一篇重量级文章。1943年8月,赵树理创作了《李有才板话》,两个月后即由华北新华书店出版。据研究者考证:"华北新华书店编辑部成立之后,要求每人写一本通俗小册子,《李有才板话》便是根据编辑部这个要

---

① 毛泽东:《新民主主义论》,《毛泽东选集》第二卷,人民出版社1991年版,第692页。

求，在短时间内写出来的。"① 它与赵树理的小说《小二黑结婚》、剧本《两个世界》一起被列入"大众文艺小丛书"。小说出版的同月，李大章的文章在《华北文化》（革新版第2卷第6期）上发表。李大章认为，《李有才板话》较《小二黑结婚》而言，是"更有收获的作品""更有向读者介绍的价值"，并提出三点推荐的理由，"写作目的的明确和正确……能够在作品中处处显示出对读者对象的尊重，考虑到他们的习惯和口味，理解水平，接受能力，通过通俗浅近的文艺形式来进行思想教育""阶级分析的观点和方法""依靠两种工夫：一是对马列主义的学习，二是对社会的调查研究"。李大章进而提出，是否愿意为农民写作"通俗浅近"的文艺作品，不仅仅是"态度"问题，其本质是"为谁服务"的问题，"也就是立场问题"。②

这篇评论的诸多观点显然来自毛泽东的《讲话》。事实上也是如此。延安文艺座谈会一周年后的1943年10月19日（鲁迅的忌辰），《解放日报》正式发表《讲话》。第二天，中共中央总学委即发出通知，要求"各地党委收到这一文件后，必须当做整风必读文件，找出适当的时间，在干部和党员中进行深刻的学习和研究"。作为北方局重要领导的李大章显然能够也必须第一时间阅读到《讲话》。李大章的文章分量之重，不仅因为作者的权位，更在于它结合《讲话》精神的一系列阐释。它提到小说表现了"新社会的某些乡村，或某些角落"，提出"立场"问题、阶级分析的方法和"接近群众"的要求，这些都成为此后评论赵树理的文章的基本原则。

周扬著名的《论赵树理的创作》（《解放日报》，1946年8月26日）受益于李大章良多，但是也有一些重要的创见。周扬首先以他惯有的恢宏视野指出，中国农村的变革过程，是"现阶段中国社会最大的最深刻的变化，一种由旧中国到新中国的变化"，而赵树理的小说正好在一定程度上反映了这个变革过程，描绘出了这个伟大变革的

---

① 董大中：《〈小二黑结婚〉的出版史实》，《新闻出版交流》1991年试刊号。
② 李大章：《介绍〈李有才板话〉》，《华北文化》（革新版）1943年第2卷第6期。

"庄严美妙的图画"。① 周扬进一步认为，赵树理笔下的人物显示了鲜明的阶级性和斗争性格，"农民的主人公的地位不只表现在通常文学的意义上，而是代表了作品的整个精神，整个思想"。周扬认为赵树理同时也没有忘记普及与提高的关系，没有忘记教育群众，区分农民"积极的前进的方面"和"消极的落后的方面"。而赵树理小说的语言，也因为"熟练而丰富地运用了群众的语言，显示了卓越的口语化的能力"，创造了"民族的新形式"。

和李大章一样，周扬对赵树理小说的肯定和赞扬也是依据《讲话》精神进行诠释的。他对赵树理描写农民和农村社会，认为是相当于传达"文艺为工农兵服务"的思想；赵树理对农民性格和知识水平的描摹，也是《讲话》中关于普及与提高问题内容的反映。最重要的是，周扬认为，赵树理小说的语言，正好迎合了毛泽东文艺思想中"民族的大众的"要求，等于为毛泽东的"民族形式"文艺观找到了一个他以为的最好的注脚。这一点是李大章未能论述到的。

周扬的文章发表后，郭沫若、茅盾等党内资深作家也撰文对赵树理的小说创作给了高度评价。1946年8月，中共中央西北局宣传部召开文艺界座谈会，表示"今后要向一些模范作品如《李有才板话》学习"；10月，太岳文联筹委会召开座谈会，提出"学习赵树理的创作"；1947年5月，晋冀鲁豫边区文联和文协也提出："我们的农民作家赵树理同志如此辉煌的成就，为解放区文艺界大放异彩，提供了值得我们很好学习的方面"，并于同年7月至8月召开的文艺工作座谈会上，正式提出了"赵树理方向"。

1946年11月，赵树理在《太岳文艺》创刊号上发表短篇小说《福贵》。这篇小说于1948年被香港左翼文艺界的核心刊物《大众文艺丛刊》（第三辑，1948年7月）转载。随后，林默涵写了《从阿Q到福贵》一文，将《福贵》与《阿Q正传》进行比较，认为从阿Q到福贵，"恰好可以看到三十多年来中国农村的变化，和中国农民从

---

① 周扬：《论赵树理的创作》，《解放日报》1946年8月26日。

蒙昧到觉醒的历程"。① 尽管文章声明并非想"对《福贵》和《阿Q正传》去作艺术成就上的比较",但把两位被左翼文学界作为"方向"的作家联系在一起,却意义非凡。

然而,赵树理之所以能被中共意识形态部门或资深左翼作家进行上述的形塑和经典化,根本因素还是他自身作品所体现的政治倾向和艺术特征。

赵树理的成名作《小二黑结婚》描写了中国农村经由新旧斗争而产生的变化。与以往相似题材乡土小说不同的是,赵树理有意创造出了"新人"和"新时代"形象。以小二黑和小芹为代表的青年一代,与两类人群展开了斗争:一是以金旺、兴旺兄弟为代表的农村"黑"势力;二是以二诸葛、三仙姑为代表的农村"旧"势力。相对地,小二黑和小芹这对"新人"之"新",便在于红战胜黑,新战胜旧。而"红"与"新"来源于时代的新。因此,小说不仅人物形象鲜明,更重要的是文化倾向和意识形态也格外清晰。加之作者本身的纯熟口语和喜剧天分,这篇小说迅速在解放区流行就顺理成章了。

解放区在经济领域的土地改革、减租减息,在政治领域的民主选举等,并没有立即反映在文艺作品中。因此,赵树理作品的出现,及时地满足了意识形态的需要。其中,《李有才板话》较之《小二黑结婚》,又加入了更多的政治宣传。赵树理解释这篇小说的创作初衷时说:"我的作品,我自己常常叫它是'问题小说'……都是我下乡工作时在工作中碰到的问题,感到那个问题不解决会妨碍我们工作的进展,应该把它提出来。例如我写《李有才板话》时,那时我们的工作有些地方不深入,特别对于狡猾地主还发现不够,章工作员式的人多,老杨式的人少,应该提倡老杨式的做法,于是,我就写了这篇小说。"② 对"狡猾地主"的发现,对"老杨式的做法"的提倡,显示了赵树理写作中现实针对性的加强。他写小说,本质上属于一个革命

---

① 默涵:《从阿Q到福贵》,《小说》1948年第1卷第5期。
② 赵树理:《当前创作中的几个问题》,《火花》1959年6月。

工作者的日常工作。就这一点而言，可以看出他将自己纳入文化体制的自觉性和主动性。他不讳言自己文学创作的功用性和"听命"文学的某些特点。如上所述，《李有才板话》是根据华北新华书店编辑部要求每人写一本通俗小册子的要求，而在短时间内写出来的。

于是，就像为了写农村政权改革而写《李有才板话》一样，为了宣传地租是一种剥削，他写了《地板》；为了农村二流子改造问题，他写了《福贵》；为了揭示农业合作化的困难，他写了《小经理》；为了警示土改过程中存在的干部队伍问题，他写了《邪不压正》。《李家庄的变迁》的写作则是为了"揭露旧社会地主集团对贫下中农种种压迫剥削的，是为了动员人民参加上党战役的（这一任务没有赶上）"。①赵树理小说自然不能完全归为"听命"或"遵旨"文学，但其改变社会的目的性和功用性的过于突出，也在一定程度上限制了其美学方面的成就。尽管这些小说倚仗赵树理的语言功底和叙事能力，仍然有其特色和优点，但人物的呆板乃至漫画化，主题表达的刻意性，问题提出和解决的简单化，对政治话语的图解，使得其艺术性大受局限。从这一点看，赵树理文学具有宣传的特点、目的和功用。

就中国与农民的关系而言，赵树理在现代文学史上有其特别的地位。他并不是居高临下地或超凡脱俗地用悲剧的眼光打量"老中国的儿女们"，不是为了鲁迅式的"揭出病苦，引起疗救的注意"，或者胡风式的揭示人民的"精神奴役的创伤"，而是贴近农民，甚至以农民自居。他用积极乐观的态度，去肯定和称颂，而非痛苦地否定地书写。同样是有敏锐的时代意识，"五四"启蒙作家看出的是大时代将农民淹没，是农民作为沉默的大多数的无言的痛苦，而赵树理则去叙述新时代中农民的蜕变、涅槃和新生。与前者的批判旧时代旧社会不同，赵树理更喜欢歌颂新时代和新社会。就这一点而言，赵树理与三十年代左翼作家也显然不同。

---

① 赵树理：《回忆历史认识自己》，《赵树理文集》第 4 卷，人民文学出版社 2005 年版，第 1824 页。

2. "民族新形式"的表达

早在 1938 年,毛泽东就提出了著名的"新鲜活泼的、为中国老百姓所喜闻乐见的中国作风和中国气派"的表述。

> ……使马克思主义在中国具体化,使之在其每一表现中带着必须有的中国的特性,即是说,按照中国的特点去应用它,成为全党亟待了解并亟需解决的问题。"洋八股"必须废止,空洞抽象的调头必须少唱,教条主义必须休息,而代之以新鲜活泼的、为中国老百姓所喜闻乐见的中国作风和中国气派。把国际主义的内容和民族形式分离起来,是一点也不懂国际主义的人们的做法,我们则要把二者紧密地结合起来。①

毛泽东这篇文章,是共产党立足陕北之后,以毛泽东为首的马克思主义实践派对理论派展开斗争的一个阶段性成果。毛泽东在此提出的"中国作风和中国气派",并不特指文艺,而是针对党内的文风。它的本质问题又是马克思主义中国化问题。

到《反对党八股》(1942 年 3 月 8 日)中毛泽东对这一话语再次重复的时候,已经是整风运动的高峰期。此时的毛泽东已经完全奠定了在党内的最高地位,并开启了从思想到人事的整风和肃反。这是一个净化的过程,更是一个排他的过程。其上下文如下:

> 我们反对主观主义和宗派主义,如果不连党八股也给以清算,那它们就还有一个藏身的地方,它们还可以躲起来。……
>
> 党八股在我们党内已经有了一个长久的历史;特别是在土地革命时期,有时竟闹得很严重。
>
> 从历史来看,党八股是对于五四运动的一个反动。

---

① 毛泽东:《中国共产党在民族战争中的地位》,《毛泽东选集》第二卷,人民出版社 1991 年版,第 534 页。

……主观主义、宗派主义和党八股,这三种东西,都是反马克思主义的,都不是无产阶级所需要的,而是剥削阶级所需要的。这些东西在我们党内,是小资产阶级思想的反映。中国是一个小资产阶级成分极其广大的国家,我们党是处在这个广大阶级的包围中,我们又有很大数量的党员是出身于这个阶级的,他们都不免或长或短地拖着一条小资产阶级的尾巴进党来。

……

这里叫洋八股废止,有些同志却实际上还在提倡。这里叫空洞抽象的调头少唱,有些同志却硬要多唱。这里叫教条主义休息,有些同志却叫它起床。总之,有许多人把六中全会通过的报告当做耳边风,好像是故意和它作对似的。①

党八股和主观主义、宗派主义并列在一起,是一个重要的思想转变的标志。革命者的思维方式、思想立场,被与其家庭出身联系在一起。"小资产阶级"出身成为大部分革命者需要面对和解决的问题。所谓"中国作风和中国气派"具有了反对教条主义,亦即反对小资产阶级思想的政治意义。《讲话》与《党八股》发表时间相近。二者互相诠释。前者所指明的文艺的路线和方向正是后者在文艺界的运用。也即是说,教条主义与阶级认识关系的建立,已经不仅仅限于中国共产党内部的整风,而被普及到包括文艺界在内的党外。座谈会取消了作家与政治家的平等对话性质,而反映了政治家对作家的规训和要求。

在这一思想史背景下,"新鲜活泼的、为中国老百姓所喜闻乐见的中国作风和中国气派"虽然具有回应国统区民族形式讨论的性质,但更重要的是,对解放区文艺作了一个明确的规定。在解放区范围内,只有这一形式才是正确的。

赵树理文学对这一"中国作风和中国气派"的贡献迅速被认识

---

① 毛泽东:《反对党八股》,《毛泽东选集》第三卷,人民出版社1991年版,第830、831、833、845页。

到了。也就是说，不仅仅是因为赵树理歌颂了新时代，书写了新农民，展望了新中国，也不仅仅因为赵树理有明确的阶级立场和积极的宣传目的，还因为赵树理为毛泽东的上述民族形式表述作了一个最好的注脚。

1946年6月23日，时任《解放日报》副刊编辑的冯牧在《解放日报》上以"人民文艺的杰出成果"为题，发表推荐《李有才板话》的评论文章。这篇文章认为《李有才板话》是"最早地成功地反映了解放区农民翻身斗争的作品"，"描绘了农村中的农民生活和农村关系的急剧变化的图画"。但他重点分析了赵树理的语言和艺术形式，认为他采用了"民间语言"，抛弃了"欧化语言和西洋小说形式"而保留了中国旧小说的"简洁和朴素"，并着重肯定小说的"口语化、适于朗诵"的特点。这可以说是第一篇侧重从"文学"角度分析赵树理小说的文章。

紧接着，周扬的文章也特别强调，赵树理小说的语言，因为"熟练而丰富地运用了群众的语言，显示了卓越的口语化的能力"，创造了"民族的新形式"。

1947年7月25日到8月10日，在中央局宣传部的指示下，晋冀鲁豫边区文联召开会议专门讨论赵树理。讨论"经过实事求是的研究作品，并参考郭沫若、茅盾、周扬等对赵树理创作的评论及赵树理创作过程、创作方法的自述"，最后一致认为，"赵树理的创作精神及其成果，实应为边区文艺工作者实践毛泽东文艺思想的具体方向"。[①] 时任边区文论副理事长的陈荒煤将讨论结果写成《向赵树理方向迈进》一文，发表在边区机关报纸《人民日报》上。陈荒煤号召"我们"向赵树理学习三点：他的作品的政治性，他所创造的"生动活泼、为广大群众所欢迎的民族新形式"，以及他"高度的革命功利主义，和长期埋头苦干、实事求是的精神"，最后提出："应该把赵树理同志的方向提出来，作为我们的旗帜，号召边区文艺工作者向他学习，看齐！"

---

① 陈荒煤：《向赵树理方向迈进》，《人民日报》（晋冀鲁豫边区）1947年8月10日。

以上论述是 1946 年、1947 年左翼文艺界对赵树理文学的总结和定位。它们概括性地指出了赵树理的阶级立场（"政治性"），形式意义（"民族新形式"）和创作目的性（"革命功利主义"）。这三者密不可分。创作目的体现出阶级立场，而形式意义又是创作目的的回应和阶级立场的反映。"民族新形式"的创造，"生动活泼、为广大群众所欢迎"，完美地解决了为谁写作、以怎样的形式和效果如何三个问题。

二 以民间/传统补充和超越"五四"/西方

歌颂因共产党政策而生的新时代，塑造新农村和新农民形象，创造了民族新形式，是赵树理文学得到中共意识形态部门赏识的原因之一。从更深的层面而言，赵树理美学思想中，潜意识地对精英文化的排斥、对外来文化和新文学主流的摒弃，暗合了毛泽东《讲话》的精神。这是另一方面的契合。如同论者指出的那样："在艺术上赵树理并不属于'五四'传统。他来自农村，操着农民的语言并且把自己看成是他们的传声筒……他的农民形象显著地区别于'五四'代表者。他强调的不是苦难，而是乡村中人们的活力。"[1]

赵树理不同意"五四"启蒙者（如鲁迅）及其学生辈（如胡风）的地方，首先在于姿态。赵树理说："我不想上文坛，不想做文学家。我只想上'文摊'，写些小本子夹在卖小唱本的摊子里去赶庙会，三两个铜板可以买一本，这样一步一步地去夺取那些封建小唱本的阵地。做这样一个文摊文学家，就是我的志向。"[2]

1946 年，冯牧在《解放日报》上发表的推荐《李有才板话》的评论文章，就看出它采用了"民间语言"，抛弃了"欧化语言和西洋小说形式"而保留了中国旧小说的"简洁和朴素"，并着重肯定小说的"口语化、适于朗诵"的特点。

赵树理这一选择的形成有一个过程。

---

[1] ［德］顾彬：《二十世纪中国文学史》，范劲等译，华东师范大学出版社 2008 年版，第 199 页。

[2] 李普：《赵树理印象记》，《长江文艺》1949 年第 1 卷第 1 期。

少年时代的赵树理,也是热爱五四文学的读者。然而,就读长治师范学校期间,"寒暑假期中,他把他所崇拜的新小说和新文学杂志带回去给父亲看,因为他以为,文学作品照例应该是最容易被接受的,但父亲对他那一堆宝贝一点也不感兴趣。无论他怎样吹嘘也没有用,新文艺打不进农民中去"。① 这一经历对他刺激很大。自此,他开始了对新文艺以及由新文艺作家构成的"文坛的循环"的怀疑和拒绝。

不过,对赵树理独特的文学信念的树立起更大作用的,还是抗战爆发后的更为突出的文艺大众化问题,包括民族形式论争和《讲话》。

"民族形式"讨论时,左翼批评家不同程度上表示对"五四"新文艺的批评,认为"五四"作家"所谓'平民'其实是意指着市民而不是工农大众,所谓平民文学,其实是市民文学,不是'大众自己的文艺'"。譬如1940年,文学月报社举办的"文艺的民族形式问题座谈会"上,不少人认为"五四"提倡的最成功的白话文,始终还是白话"文","是士大夫的白话,而不是大众自己的白话"。但对"五四"文艺传统的批评并不是要取消或者中断这个传统。批评者最终仍强调"五四"新文艺是进步文艺,"民族形式底创造应该以现今新文学所已经达成的成绩为基础",并加强吸收"中国历代文学底优秀遗产""民间文艺底优良成分""西洋文学底精华"。② 进而有论者把这三者概括为"三位一体"(臧云远发言)。在这一认识基础上,论者判定"民族形式根本是新文学本身底一个发展"。

可以说这个座谈会代表了绝大多数左翼作家的态度和看法。这个"三位一体"的办法兼顾了时间(古今)和空间(中外),堪称全面。但它也显示了讨论者大多还是"五四"过来的作家或者"五四"新文艺拥护者,像向林冰那样明确提出以"民间形式"取代"五四"文学传统的少之又少。

为了补充"五四"新文艺的"不足","民族形式"论争对"新

---

① 李普:《赵树理印象记》,《长江文艺》1949年第1卷第1期。
② 文学月报社举办的"文艺的民族形式问题座谈会"上叶以群的发言。原载《文学月报》1940年第1卷第5期。

形式"/"旧形式"本身做了进一步辨析。所谓"旧形式",并非泛泛地指称"传统""封建"时期的所有文艺形式,而是指"旧形式的民间形式,如白话小说、唱本、民歌、民谣,以至地方戏、连环画等等,而不是旧形式的统治阶级的形式"。① 也就是说,"旧形式"被区分为"民间形式"和"统治阶级的形式"两种。

周扬在文章中认为,新/旧形式的讨论实质上关涉如何认识自己民族自己国家的问题,"必须把学习和研究旧形式当做认识中国、表现中国的工作之一个重要部分",进而判断:"现在的中国社会是一个新旧交错的社会,但一般说来旧的因素依然占优势,于是浸染了现代都市生活与现代世界文学修养的作家,在这里不能不有一点儿困惑了。"周扬的文章在谈及旧形式利用的问题时,确立了一个等级序列。即以"五四"新文艺、新形式作为基础,以民间旧形式作为补充的手段,最后达成"文艺与现实之更接近,与大众之更接近"的"更高更完全的民主主义内容,民族形式的新中国文艺之建立"。

毛泽东对这些讨论及其结论是不满意的。他看到,"抗战建国"这一总目标的提出,为文艺大众化、通俗化运动提供了更具体的方向。文艺的大众化、通俗化并不仅仅是一个普及和动员的问题,同时还必须与建立独立的现代民族国家这一目标联系在一起。在这样的意义上,毛泽东的"中国作风和中国气派"的提出,就不仅仅是关涉旧形式利用问题和通俗化问题,而且是新的民族国家的文化自主性问题。他提出了反省"五四"新文化"缺陷",以抗日建国为总目标,重新整合已有的文化资源,以创造一种适合独立民族国家的普泛性的现代民族形式。

身处太行山区的赵树理并未直接参与民族形式论争。但是他参加了1942年的太行文化人座谈会。会上,他与徐懋庸、高咏等人的激烈争辩,可以说是"民族形式"论争在赵树理身上具体而微的体现。据回忆材料,在这次探讨革命文艺如何深入大众的座谈会上,赵树理是最激烈地倡导通俗化的一个。他还引人注目地当众展示了一堆被文艺

---

① 周扬:《对旧形式利用在文学上的一个看法》,《中国文化》1940年创刊号。

界知识分子视为"低级"的"旧派"读物《太阳经》《玉匣记》《老母家书》《增删卜易》《洞房归山》《秦雪梅吊孝》等,以证明在农民和士兵间大量流行的并非新文艺作品,而是为知识分子"瞧不上"的通俗读物。

太行会议后不久,赵树理即着手创作现代上党戏《万象楼》。这部以宣传反迷信思想作为主题的地方戏被赵树理视为自己文艺生涯的真正起点。(据有关材料,"文化大革命"初期赵树理因现代上党戏《十里店》受批判时曾痛切地说:"我是生于《万象楼》,死于《十里店》。"①)

因此,当《讲话》传来,赵树理顿时有欣逢知音之感:"毛主席的《讲话》传到太行山区之后,我像翻了身的农民一样感到高兴。我那时虽然还没有见过毛主席,可是我觉得毛主席是那么了解我,说出了我心里想说的话。十几年来,我和爱好文艺的熟人们争论的,但始终没有得到人们同意的问题,在《讲话》中成了提倡的、合法的东西。我心里有一种说不出的高兴。"② 正是这样一种与毛泽东话语的内在契合,使得赵树理的作品在解放区广泛流传,经由彭德怀、周扬、茅盾、郭沫若等人的热情推荐而传播至全国。"赵树理方向"的提出,既是对《讲话》"鲁迅方向"的一个呼应,也是《讲话》精神在延安以外地区的辐射和扩散,更是《讲话》指导下工农兵文艺的实绩和成果展示。

周扬的文章一锤定音:赵树理是"一位具有新颖独创的大众风格的人民艺术家";"'文艺座谈会'以后,艺术各部门都得到了重要的收获,开创了新的局面,赵树理同志的作品是文学创作上的一个重要收获,是毛泽东文艺思想在创作上的一个胜利。我欢迎这个胜利,拥护这个胜利"。

赵树理文学最大的特点并非反封建这一肤浅层面,而是反抗西方文化。关于前者,赵树理与"五四"新文艺作家并没有矛盾。真正的

---

① 董大中:《赵树理评传》,百花文艺出版社1986年版,第336页。
② 戴光中:《赵树理传》,北京十月文艺出版社1987年版,第174页。

冲突之处在于如果面对"五四"、西方（另一个角度看，也可是说是如何面对民间与底层）。他最初发表的文学作品确实带有"五四"新文艺的浓郁色彩，包括所谓"欧化句法"和"学生腔"；但他很快就抛弃之。加入抗日组织之后，赵树理所写的都是配合抗日宣传的地方戏、鼓词、打油诗和民间小调。真正"文学"的创作，也一边倒地倚重民间。

同样是出于对西方现代性的不满，毛泽东选择了社会主义/共产主义作为超越对手并显示民族性的资源，赵树理则试图借助中国传统文学资源或民间资源来完成这一超越。

三 历史中间物的命运："工农兵文学"到"社会主义文学"的赵树理

"方向"一词，极为频繁地出现于四十年代后期的中国文坛。

《大众文艺丛刊》第1辑（1948年3月1日）即题为"文艺的新方向"。前述1948年11月7日北大师生的"今日文学的方向"座谈会，发起者也叫北大学生社团"方向社"。

"赵树理方向"是工农兵文艺的方向，也一度是新中国文艺的方向。赵树理同时代的作家孙犁说："这一作家的陡然兴起，是应大时代的需要产生的。是应运而生，时势造英雄。"[①] 这句话也可以理解为赵树理对"大时代"的意义和作用。可以说，赵树理为"工农兵文艺"所作的贡献是怎么夸大也不为过的。他的影响甚至遍及国统区（比如朱自清就喜读赵树理）。

对赵树理的评论集中发生在1946—1947年并非偶然。它是为配合中共政治军事领域的斗争而开展的。又如，赵树理的小说语言，常常有意地最大限度地减少特殊地域的特殊用语，而尽量采用符合"普通话"规范的直白语词和结构句式的文法，但同时又表现出了浓郁的地方色彩。这一点有利于统一的文化教育体制的建立。

[①] 孙犁：《谈赵树理》，《天津日报》1979年1月4日。收入黄修己编《赵树理研究资料》（乙种），北岳文艺出版社1985年版。

这一切都使得赵树理像是为一个新的时代、新的中国而生的。

新中国成立前后，赵树理的作品同时被选入两套大型丛书："中国人民文艺丛书"和"新文学选集"。这是所有作家中独一无二的。这两套丛书的出版，前者是伴随新中国的建立而迅速地整理、建构文学经典的需要，后者则是对新文学传统和文学遗产进行等级化处理。赵树理的小说集《李有才板话》和长篇小说《李家庄的变迁》被选入展示解放区文学实绩的"中国人民文艺丛书"，而《赵树理选集》则被列入展示"1942年以前就已有重要作品问世"的作家实绩的"新文学选集"当中。事实上，后书包含的作品《李有才板话》《小二黑结婚》《传家宝》《登记》《地板》《打倒汉奸》，均发表于1943年之后。这一点也许恰恰反映了当时的左翼文学界对赵树理经典地位的确立的迫切。

后来八十年代的启蒙思想家从另一个角度确认了赵树理意义。他们将赵树理视作"以中国下层农民传统战胜和压倒了西来文化"的毛泽东时代文艺的代表作家，并在启蒙/救亡（革命）、现代/传统的对应关系中，认定其浓厚的"前现代"和"传统"的色彩。[①]

可以说，赵树理的小说（未必是他本人）站在了一个重要的时代节点上。这是一个真正的划分旧与新的时代。农民的"翻身"式的变化，最集中地浓缩了这一时代的特征。这是共产党政权乐意看到的。当毛泽东提出"新民主主义中国"，并憧憬"社会主义中国"的时候，他渴望看到"工农兵文艺"的繁荣加以配合。赵树理文学正好能将"民族形式""工农文艺""社会主义新中国"有机地联系在一起。

然而，这个充满浓郁的"山野气息"和野性的由乡村知识分子成长起来的作家，被纳入当代文学秩序的中心位置的过程，显然并非"自然"发生的过程。赵树理内在的精神世界和文化立场，与外部世界的冲突，从四十年代解放区一直延续到新中国成立后。

---

① 李泽厚：《二十世纪中国文艺一瞥》，《中国现代思想史论》，东方出版社1987年版，第246页。

赵树理的一个特殊称谓是"农民作家",这不仅指他的作品几乎全是农村题材,以农民为表现对象,并体现农民的欣赏趣味,同时也是指他的精神气质、生活方式和个人形象。李普直言:"从外表上看,这是一个纯粹的农民,是一个从俗流的眼光看来的十足的乡巴佬。"① 这似乎是对赵树理的一个经典评价,尽管他并非真正的农民,而是一个农村出生的知识分子。1947年5月4日,晋冀鲁豫边区文联和文协分会也曾这么表述:"我们的农民作家赵树理同志如此辉煌的成就,为解放区文艺界大放光彩,提供了值得我们很好学习的方面。"②

赵树理的"农民"性给他带来了无上荣誉,也带来了无限麻烦。毛泽东话语所要建设的"新中国",主体自然是农民,但目标却是"现代"国家。赵树理小说中的"农民意识"与"现代意识"之冲突的发生在所难免。

赵树理始终关注的是处在社会大变动过程中的农民,因此,他就会表现出与以"独立个体"或"都市市民"为主体的现代中国国民想象不同的地方。赵树理小说与传统小说的区别是明显的,就是他始终坚持"启蒙""反封建"这样的现代化主题。如前所述,这一点而言,他与"五四"新文艺作家并无矛盾。相反,他认为自己的小说比"五四"新文艺更现代,因为他全面关注了被现代化遗弃的广大中国农村和农民。就这一点而言,进入1949年,进入真正的"新中国",赵树理也有其先进性。

然而,赵树理文学的现代意识又不是毛泽东话语的简单图解。在早期的小论文中,赵树理把"通俗化"工作称为"'新启蒙运动'的一个组成部分","一方面应该首先从事拆除文学对大众的障碍;另一方面是改造群众的旧的意识,使他们能够接受新的世界观"。所谓"新的世界观",在赵树理小说中既不同于"五四"新文艺的核心——个人主体的独立意识,也不同于以集体主体为核心的国家具体政策,

---

① 李普:《赵树理印象记》,《长江文艺》1949年第1卷第1期。
② 参见钱丹辉主编《中国解放区文艺大辞典》,安徽文艺出版社1992年版,第72页。

而呈现另外一种混沌的状态。这种状态或许可以描述为：从既有的由乡村封建世界观和宗族秩序中解除出来，但并不立即获得独立的个体意识，而停留在未被重新整合的"自在"状态中。① 这是为什么赵树理的小说"一方面宣传反迷信，但又没有明确地写需求'民主'的个人主体；一方面宣传'婚姻自主'，但又不写'爱情'；一方面配合每一次政治宣传而写出相应的主题小说，但又总被指责为有'农民意识'。'农民意识'经常转换为'实利主义'，一方面暴露出农民的利益与国家利益之间的缝隙，另一方面又被批评为缺乏现代人意识"。②

可见，赵树理的新中国、新农村、新农民想象，并没有上升到某个理论框架的层面，更是难以做到"紧跟政治"。其中一个核心问题是阶级斗争（尤其是其中的阶级仇恨）的书写。四十年代后期至五十年初期，知识分子与中共政权的亲近关系，主要来源于两方面：一是反帝的民族主义情绪；二是站在农民一边的立场和姿态。但随着工业化的开展、集权的文化制度的建立和执行，二者的冲突日益增多。赵树理始终不能做到依照理论、概念来虚构或硬套，所以始终难以令当局满意。"农民意识"自然变成与集体话语和国家话语对抗的落后乃至反动的话语。

五十年代后期以后的赵树理所面临的困境，除了对政治的不适应乃至不满（尤其是"大跃进"期间）之外，还有与吸洋墨水的"五四"作家的不合。

赵树理作为晋冀鲁豫解放区作家被周扬立为文艺大众化的典范之后，与延安作家群逐渐产生了人事、名气或其他方面的冲突。在四十年代的解放区，就文艺的通俗化、知识分子的自身改造等问题，赵树理就与徐懋庸等发生过激烈的争论。《小二黑结婚》出版过程的曲折更是成为一段著名的文坛"公案"。周扬撰文论述赵树理，是一把双刃剑：一方面使得赵树理等坚持文艺通俗化的土包子成为最耀眼的作

---

① 吉提：《通俗化"引论"》，《抗战文艺》革新1941年第2卷第1期。收入《赵树理全集》卷4，第141页。"吉提"是赵树理和另外几人合用的笔名。
② 贺桂梅：《转折的时代：40—50年代作家研究》，山东教育出版社2003年版，第372页。

家；另一方面也把赵树理的自发、野生状态纳入了讲秩序和规范的体制内。赵树理成为"周扬的人",并非好事一件。

从四十年代末开始,随着非"左"力量的式微或肃清,左翼各派别开始了内部的斗争和力量的重组。其中最核心的便是对《讲话》解释权的争夺,其实也是对新中国文化领导权的争夺。其中有周扬一派,胡风一派,自然也有其他派别或人选。新中国文艺系统中,周扬与其他左翼作家由来已久的派系矛盾,加上赵树理自身的气质与风格,很快地,赵树理与丁玲所代表的"五四"新文学继承者形成了明显的对峙。"新中国"的各类文化机构或团体,也就成为各类斗争的场所或营地,重要的如文联、作协、出版社、《人民文学》、党报、科研院所等。丁玲等所在的"作协"聚集的主要是"洋学生"出身的左翼作家,而赵树理任社长的工人出版社则由来自太行山老解放区的"土包子"组成。

在这一争夺新中国文化领导权的斗争中,一度作为工农兵文艺方向的赵树理并不占优势。正如研究者所揭示:"尽管在表面上,赵树理的通俗文艺上有《讲话》撑腰,下有读者和市场的欢迎,但是在新中国的文学秩序的重组过程中,他依然处于文坛的边缘,他的文学努力并没有得到同行们的承认。和十年前一样,占据着文坛的主导地位的,仍然是那些'洋学生'出身的作家,如今,他们又都成了'干部'。在这样的压力下,以赵树理为首的通俗文艺家自然感到非常的苦恼。"[①]

赵树理的同事兼邻居,作家严文井曾这样形容新中国成立初年北京文坛中赵树理的处境:

> 五十年代初的老赵,在北京以至全国,早已是大名鼎鼎的人物了,想不到他在"大酱缸"里却算不上老几。他在"作协"没有官职,级别不高;他又不会利用他的艺术成就为自己制造声势,

---

[①] 张霖:《两条胡同的是是非非——关于五十年代初文学与政治的多重博弈》,《文学评论》2009年第2期。

更不会昂着脑袋对别人摆架子。他是个地地道道的"土特产"。不讲究包装的"土特产"可以令人受用,却不受人尊重。这是当年大酱缸里的一贯行情。

"官儿们"一般都是三十年代在上海或北京熏陶过的可以称之为"洋"的有来历的人物,土头土脑的老赵只不过是一个"乡巴佬",从没有见过大世面;任他作品在读者中如何吃香,本人在"大酱缸"还只能算一个"二等公民",没有什么发言权。[①]

这段话主要从人事和气质的角度分析"土""洋"之争。却未能从现代文学(文化)构成的复杂性以及社会主义文化的特性来认识。

反倒是赵树理自己看得更清楚。"文化大革命"时期,赵树理按要求写过一篇自我总结和反省类型的文章,名为"回忆历史认识自己"。除了政治上的表态和个人工作履历的说明外,尚有诸多值得注意之处。文章如此分析现代中国文化的传统:"中国现有的文学艺术有三个传统:一是中国古代士大夫阶级的传统,旧诗赋、文言文、国画、古琴等是;二是'五四'以来的文化界传统,新诗、新小说、话剧、油画、钢琴等是;三是民间传统,民歌、鼓词、评书、地方戏曲等是。"关于第二种即五四新文学,他不满人们"无形中已把它定为正统"。赵树理坚持认为应"以民间传统为主……民间传统有很多使他们相形见绌的部分……"他感慨:"老的真正的民间艺术传统形式事实上已经消灭了,而掌握了文化的学生所学来的那点脱离老一代群众的东西,又不足以补充其缺。我在这方面的错误,就在于不甘心失败,不承认事实。事实上,我多年所提倡要继承的东西已经因无人响应而归于消灭了。"[②]

[①] 严文井:《赵树理在北京胡同里》,《中国作家》1993年第6期。所谓"大酱缸"指的是中国作家协会。因为作协设在东总布胡同,这里以前曾经开过制酱作坊,故有此称。

[②] 赵树理:《回忆历史认识自己》,《赵树理文集》第4卷,人民文学出版社2005年版,第357—358页。

赵树理的这种"无人响应"是孤独的，但又是现代中国文化的普遍弊端。

第三节 阶级话语指导下的新农村与新中国想象：以丁玲和周立波为中心

一 作为方法的阶级理论

关于二十世纪中国思想史，李泽厚曾经提出著名的"启蒙与救亡"的双重变奏说。这一理论架构是立足于启蒙主义而生发的，是对启蒙的肯定与启蒙未能持续和完成的反思。然而，倘若摆脱这种启蒙观所带有的八十年代思想的局限性，客观而全面地对二十世纪中国思想作一概括，那么无疑地，民族主义、革命应该占据思想坐标的中心。如果说民族主义涵盖了"救亡"的话，革命则既与民族主义密切相关，与启蒙也密切相关。革命与启蒙在二三十年代尚表现出更多的冲突和斗争，而进入抗战，尤其是四十年代后期，革命表现为启蒙的方式之一则已经是一种普遍的共识了。前文提到，抗战及其胜利，相当程度地提升了中国的国际地位。国民党政府对不平等条约的部分废除或修改、开罗会议、中国加入联合国并成为常任理事国等事件，也相当程度地缓解了近代以来中国人的民族危机感。即便抗战的胜利并没有完全彻底地实现国人除垢纳新涅槃新生的期待，经济萧条政治腐败也依然没有多少改观，但作为整体的"中国"形象的更新却可以说是很大程度地实现了。这一时期，正是"救亡"淡出，而"革命"兴盛之际。

共产党政权并没有放弃启蒙，却采取革命的方式，其中最为核心的概念就是阶级理论。如果说阶级话语在抗战时期主要是潜龙在渊地"监视"着占主流的民族话语的话，那么战后，无论是国统区还是解放区，它都浮出水面重新占据历史的中心。当国民党试图接续战时自上而下的政策，对中国的各方面进行修修补补的改良的时候，共产党则旗帜鲜明而大刀阔斧地发动了自下而上的阶级斗争。通过土地改革等手段,共产党空前地实现了国民党和"五四"知识者都未能实现的对中国农民的启蒙。历史学者说:"中国是一只大型的潜水艇夹肉面包。五四运动已经策划了上面这块长面包,昔日文士官僚今日已醒觉为革命的主使人。逻辑里下面这块长面包,亦即为数亿万无从区划的农民,则构成革命之动力。"① 的确,通过以土改为主要手段的农村阶级斗争,毛泽东创造了一种新的底层机构。它包括农会、农协和其他农村基层组织,共产党的支部也建立在村一级。这样,国民党时代政治管理系统到达县乡一级的体制,被共产党更推进一步。甚至可以说,四十年代后期解放区的农村政策和农村工作,实现了中国历史上空前的对农村的影响(自然也包括控制)。

在这一由阶级话语决定的历史进程中,真正的体现新中国农村想象的先进作家,主要的就不是赵树理,而是积极参加土改并且配合政策的丁玲、周立波等作家了。赵树理文学更多地体现了作者与政治意识形态的契合,丁玲和周立波四十年代末的创作则已经纯粹是在意识形态引导下的主动的文学行为了;赵树理视毛泽东为知音,丁玲和周立波却奉毛泽东为导师。因为紧跟时代,新中国文学生产模式中,丁玲和周立波起的作用也就逐渐超过赵树理了。

在四十年代末,由"民族国家"的想象转进到"阶级国家"的建立,是共产党意识形态的重要更新,也对文学者提出了新的要求。阶级国家想象要求人们从认知结构(人民的革命的/反人民的反革命的)到价值体系(是/非、善/恶、正动/反动)全方位地完成新的身份认同。阶级身份认同之后,形成新的世界观和历史观。而这一新社会和新世界中的人,不仅是"民族新人",更要是"阶级新人"。这一点,以朴素的民主精神为底色,而不以鲜明的主义为指导的赵树理文学,始终难以做到。

有意思的是,丁玲和周立波都是老牌左翼作家,在三十年代已经

---

① 黄仁宇:《中国大历史》,生活・读书・新知三联书店1997年版,第295页。

扬名文坛。因此，思考他们如何奔赴延安，如何接受延安话语，如何自我改革，尤其是如何践行毛泽东的阶级话语，对左翼文学的流变之研究有很大的参考价值。

二 丁玲、周立波如何塑造新农民

对非农村出身的或者长期远离农业生活的现代作家而言，如何真正进入农民的世界，并非易事。艾青在他1944年的诗集《献给乡村的诗》序言中便说："我的这个集子，写的是旧的农村，用的是旧的感情。我们出身的阶级，给我很大的负累，使我至今还不可能用一个纯粹的农民的眼光看中国的农村。"[1] 就是这一心理和情感需要，很多作家积极报名参加解放区的土改运动。其中，以土改为主题而产生的成就最高的当数丁玲的《太阳照在桑干河上》和周立波的《暴风骤雨》两部长篇小说。

作为老牌左翼作家，丁玲的深入农村并不奇怪。三十年代初，她就号召知识分子进行自我改造，并提出建议："所有的旧感情和旧意识，只有在新的，属于大众的集团里才能得到解脱，也才能产生新感情和新意识。所以要产生新作品，除了等待将来的大众而外，最好请这些人决心放弃眼前的苟安的，委琐的优越环境，穿起粗布衣，到广大的工人、农民、士兵的队伍里去，为他们，同时也就是为自己，大的自己的利益而作艰苦的斗争。"[2] 虽然延安初期的言论引起轩然大波，也在一定程度上显示了丁玲骨子里自我意识的挥之不去，但整风运动和《讲话》很快就使其心悦诚服地开启自我改造。

不过，即便文艺指导思想解决了，文艺表现过程却是属于作家个人的。换言之，作家乐意深入民间，与群众打成一片，写工农兵文学，但毕竟，只有他们才是作家，才是"能够认识自己的本质和存在形

---

[1] 转引自程光炜《艾青传》，北京十月文艺出版社1999年版，第394页。
[2] 丁玲：《对创作上的几条具体意见》，《丁玲全集》第7卷，河北人民出版社1999年版，第10页。

态,并用语言表达出来的人"。① 所以像丁玲这样"作家"意识强烈的作家,其作品的个性(或曰文学性)仍然会制约作者本人的意旨。

《太阳照在桑干河上》主旨是明确的,即对阶级话语改造乡村中国的过程作一史诗性叙述。但小说最后呈现的,却不是主旨的清晰,而是主旨的复杂。

首先,丁玲通过自己在土改实际工作中的切身观察和思考,对阶级划分的具体标准发出质疑。比如顾涌这个"富裕中农"的形象。丁玲看到的是一个"劳动了一辈子,腰已经直不起来了"的人,于是,"我感觉出我们的工作有问题,不过当时不敢确定,一直闷在脑子里很苦闷。"② 在另一场合她说得更明确:"我觉得划分阶级上有些问题,觉得凡是以劳动起家的,我们把人家的财产、土地拿出来,是不大妥当的。譬如像顾涌这样的一个家庭,我们决不能把他划成富农,他应该是一个富裕中农,于是我在小说里便从这个角度来表现了他。"③ 丁玲对"富农"与"富裕中农"二词的较真儿,可以看出她的政治敏锐性:"富农"是靠近"地主"的,而"富裕中农"则属于"贫下中农"。

正因为如此,丁玲花了相当笔墨写顾涌:"当我提起笔来写的时候,很自然地就从顾涌写起了,而且写他的历史比谁都清楚。我没敢给他定成分,只写他十四岁就给人家放羊,全家劳动,写出他对土地的渴望。写出来让读者去评论。"④ 丁玲以退为进,用谨慎的姿态,却更深刻地表现了农村复杂的生活和人际关系。她的观点和态度,也借助顾涌大女儿的话表现出来:"共产党,好是好,穷人才能沾光,只要你有一点财产就遭殃……可是一宗,老叫穷人闹翻身,翻身总得靠自己受苦挣钱,共人家的产,就发得起财来么?"⑤

---

① [日]中岛碧:《丁玲论》,严绍璗译,袁良骏编《丁玲研究资料》,天津人民出版社1982年版,第544页。
② 丁玲:《生活、思想与人物》,《人民文学》1955年第3期。
③ 丁玲:《关于〈太阳照在桑干河上〉的写作》,《人民日报》2004年10月9日。
④ 丁玲:《生活、思想与人物》,《人民文学》1955年第3期。
⑤ 丁玲:《太阳照在桑干河上》,《丁玲全集》第2卷,河北人民出版社2001年版,第18页。

因此，顾涌和顾顺父子俩的冲突颇具历史意义。顾涌并不反对他儿子的意见（主动"献地"），他只是不断自问自答："像我这样的人，受了一辈子苦，为什么也要和李子俊他们一样？我就凭地多算了地主，我的地，是凭我的血汗，凭我的命换来的呀！"① 他对此很不服气。（虽然小说暗示后来顾涌被评定的成分应该是"富农"）而儿子顾顺，作为村里青年中的积极分子、青联会副主任，极为活跃地投入土改中。当有一次开农会没有叫他，他感到冤屈和耻辱，他将此归罪于他父亲："他以为是父亲连累了他。为什么父亲那么喜欢买土地，那么贪得无厌！要是少买一点地，那倒好些。他假使只是一个少地的农民，像李昌那样，倒也好些。"② 他骂家人是"老顽固""落后分子"，并宣称要和参加八路军的二哥站在一起，要与父母划清界限。顾家父子的冲突不仅显示了土改中血缘关系与政治立场的冲突，实际上也是后来历次政治运动中家庭成员之间"划清界限"现象的起始。

其次，丁玲塑造了黑妮这个"地主的女儿"的形象，呈现农村血缘和宗法问题与阶级话语的冲突。黑妮身上有丁玲的影子，可以说浓缩了她对依照阶级话语定义的血缘观的明显不认同。她说："当时我想，地主是坏的，但地主的儿女们是否也是坏的呢？……譬如我本人就是出身于地主家庭，但我却是受家庭压迫的，这是由于中国社会的复杂性，于是，我就安排了一个地主家的女儿黑妮，并给了她一个好出路。"③

最重要的是，丁玲具体、客观而全面地描述了土改和历史转折期普通农民思想和精神的状态及其转变过程。丁玲对其中人与人关系的复杂性、农民精神的劣根性都有详尽披露。血缘和宗法问题首先就羁绊着党员干部。正如张裕民在党员大会上所自承："凭咱们是出生入死的兄弟伙子说话，咱们谁没有个变天思想，怕得罪人？谁没有个妥协，讲情面？谁没有个藤藤绊绊，有私心？咱们有了这些，咱们可就

---

① 丁玲：《太阳照在桑干河上》，《丁玲全集》第 2 卷，河北人民出版社 2001 年版，第 278 页。

② 同上书，第 92 页。

③ 丁玲：《关于〈太阳照在桑干河上〉的写作》，《人民日报》2004 年 10 月 9 日。

忘了本啦。"① 小农意识的自私与懦弱也穿插于土改过程。他们"像蜜蜂似的嗡嗡了一阵",他们既猜疑又害怕,"盼望了一阵子,没盼到什么,他们又把所有的精力集中到他们经常的劳动中去了。……'中央'军来不来,有八路军挡着呢。再说,'中央'军也是中国人,咱们劳动吃饭,又不想当官当权,咱们还是做咱们的老百姓,庄稼人"。② 此外,当斗争意识被激起来,他们又只着眼于个人利益的多少,却难以真正从中获得精神上和政治意识上的"翻身"。他们对地主的批斗,也是"要么不斗争,要斗就往死里斗……他们还没具有较远大的眼光,他们要求报复,要求痛快"。③ 中国农民,即便经历了土改,要真正成为"新中国"的独立、自由、懂法的公民,还任重道远。

尽管在整体上,《太阳照在桑干河上》以阶级话语为引导,但作家自身的能动创造性往往溢出这一话语。或者说,丁玲对生活真实的再现,对人物的精细描写,加之个人化的思考,使得小说并未成为政治传声筒。它并非依照阶级理论规划展开,而是展现了农民和农村社会的复杂与生动。

虽然写作时间接近,《暴风骤雨》较之《太阳照在桑干河上》,显示了更"先进"的历史观和世界观。

两部小说都从一挂大车进入村庄开始,这一映像带有强烈的象征色彩:有外人进村了,世界要变了。不同的是,《太阳照在桑干河上》中,写的是顾涌驾着亲家的大车回到村里,并向村民传达部分"外面的世界"的信息。作者通过对暖水屯民众面对世道剧变的态度的描写,营造了一种山雨欲来的躁动气氛。《暴风骤雨》中,驾车进入元茂屯的则是工作队——一种外来力量。前者是"带回",后者则是"进入"。前者是站在农民、农村的角度,表现一种等待和承受;后者则是站在启蒙者和执政者的角度,表现一种实行和贯彻。

---

① 丁玲:《太阳照在桑干河上》,《丁玲全集》第 2 卷,河北人民出版社 2001 年版,第 239 页。
② 同上书,第 33—34 页。
③ 同上书,第 253 页。

这种实行和贯彻带着强烈的历史感：

> 七月里的一个清早，太阳刚出来。……这时候，从县城那面，来了一挂四轱辘大车。轱辘滚动的声音，杂着赶车人的吆喝，惊动了牛倌。他望着车上的人们，忘了自己的牲口。……
> 一九四六年七月下旬的这个清早，在东北松江省境内，在哈尔滨东南的一条公路上，牛倌看见的这挂四马拉的四轱辘大车，是从珠河县动身，到元茂屯去的。①

公元纪年的特别强调，突出了故事发生的大背景。元茂屯这个村庄即将展开的故事也就被纳入了历史进程之中，"故事"产生了"事件"意义。

这种历史和政治意义的凸显，时时出现在小说中。比如在批斗韩老六的大会召开之前，作者这样渲染气氛和制造意义："报仇的火焰燃烧起来了，烧得冲天似的高，烧毁几千年来阻碍中国进步的封建，新的社会将从这火里产生，农民们成年溜辈的冤屈，是这场大火的柴火。"② 这类话语逻辑贯穿了小说始终。最高领袖将本来属于长历史问题的中国农村薄弱、农民贫穷以及佃农制度等，都归结于"美帝国主义"和"蒋介石"。这一思想在《暴风骤雨》中得以贯彻。

小说将元茂屯的社会关系描写得很简单：村庄存在两个社会、两个阶层，即统治阶级和被统治阶级。二者是统治与被统治、剥削掠夺与被剥削掠夺的关系，处处充满暴力性的阶级矛盾。恶霸与群众阵线鲜明，对立突出。既没有复杂身世、经历和人格的人，人与人也没有阶级关系之外的更复杂关系。血缘、地缘、家族等因素并没有对阶级对立产生冲击或缓和作用。

因为存在这两个社会和阶层，小说中底层农民的反抗意识由来已

---

① 周立波：《暴风骤雨》，《周立波文集》第一卷，上海文艺出版社1981年版，第5页。
② 同上书，第181页。

久。经过工作队的启迪和宣传,这一群体对阶级话语的接受可谓顺利。比如,通讯员小王对赵玉林讲的话很快就为他接受:"天下穷人都姓穷,天下穷人是一家。天下就是穷人多,这话真不假。明日咱去多联络些穷人,韩老六看你有本事,能拧过咱们!"① 郭全海也在农会宣传他学到的道理:"天下两家人,穷人和富人,穷人要翻身,得打垮地主。"② "天下穷人是一家",揭示了"翻身"的真谛。这一简洁至极而又不乏形象的表达,印证了群众社会的这一特性:"给群体提供的无论是什么观念,只有当它们具有绝对的、毫不妥协的和简单明了的形式时,才能产生有效的影响。因此它们都会披上形象化的外衣,也只有以这种形式,它们才能为群众接受。在这些形象化的观念之间,没有任何逻辑上的相似性或连续性,它们可以互相取代,就像操作者从幻灯机中取出一张又一张叠在一起的幻灯片一样。这就解释了为什么能够看到最矛盾的观念在群体中同时流行。"③

在工作队的动员下,众多庄户人几乎很快地聚拢在一起,确认了彼此之间共同的本质:大家虽然姓氏不同,没有血缘关系,但是都属于"穷人阶级"。

这一朴素的阶级身份确认过程,虽然掩盖了太多阶级话语的内涵和外延,遗漏了不少土改政策的具体要求,但体现了一种效率和速度,尤其是传达了一种积极乐观的革命精神。事实上,小说叙述中,作者经常跳出来,以总结和点评历史的口吻,赞扬农民翻身农村变化的时代意义,这一夹叙夹议手法,显示了叙述者的自信和自觉。宏大抒情积极配合着宏大叙事。

五十年代,评论者在比较《太阳照在桑干河上》和《暴风骤雨》时,认为前者"最使我们不能忘记的,正是作者注意到了农村阶级斗

---

① 周立波:《暴风骤雨》,《周立波文集》第一卷,上海文艺出版社1981年版,第43页。
② 同上书,第103页。
③ [法]古斯塔夫·勒庞:《乌合之众:大众心理研究》,冯克利译,中央编译出版社2004年版,第44页。

争的复杂性,注意到了农村复杂的阶级关系"。① 而后者"表现农村阶级斗争的复杂性是不充分的"。陈涌认为,农村阶级斗争复杂性决定于农村阶级关系的复杂性,除了地主与农民这对主要矛盾外,"农村往往还表现着地主与富农之间、地主与地主之间、大小地主之间以及这种农民与那种农民之间的矛盾……这一切复杂多变的矛盾和斗争组成了农村阶级关系和阶级斗争的一幅丰富多样的图画……但在周立波同志的这个作品里,这些丰富多样的关系是没有得到充分表现的……我们很难想象现实生活正是这样的"。②

周立波未能到达这种"复杂",其中一个原因或许可以归结为他对"政策"的倚重。他表示过,希望小说能把"政策思想和艺术形象统一起来":"千万不要使作品的形象和政策分家,使政策好像是从外面加进去似的。"③ 众所周知,《暴风骤雨》一再删改,其中一个主要的目的就是努力于艺术与政策的结合。小说中显著的历史、时代和政治意识,也突出地说明了这一点。

然而,局限于思想视域,陈涌也未能看到自己论述的矛盾之处。他一面说要看到"地主与富农之间、地主与地主之间、大小地主之间以及这种农民与那种农民之间的矛盾",另一面却又将之归类于"阶级斗争"的范畴。事实上,其中的诸多人际关系,属于血缘、宗法或其他关系。譬如,《太阳照在桑干河上》在表现了阶级关系之外,也展现了乡土社会的宗法关系。而且,这种宗法关系不是作为阶级关系的附属而设置的,虽然阶级关系不断对宗法关系进行解构。宗法关系实际上有其相对独立性。

三 阶级话语的建构过程及其现代性意义

更重要的是,《太阳照在桑干河上》表现了一种可能更普遍、更真实的状况,即对于中国农村社会而言,阶级话语是一种外来话语,

---

① 陈涌:《丁玲的〈太阳照在桑干河上〉》,《人民文学》1950 年第 5 期。
② 陈涌:《暴风骤雨》,《文艺报》1952 年第 11、12 期。
③ 周立波:《关于写作》,《文艺报》1952 年第 7 期。

它后于原生于农村社会的宗法、家族或血缘关系。即便丁玲认同并以之为表现主题，阶级话语在农村社会中有一个进入、生发的过程。

历史学者的研究结果可以印证这一点。他们揭示这一问题：在中国共产党眼里，中国农村不仅经济落后，而且阶级觉悟水平低。这一切在土改中凸显出来。在革命来到村庄之前，"贫雇农没有充分意识到为了共同利益，需要团结起来反对本村中有钱的地主。的确，当大多数农民第一次听到共产党的阶级分析理论分析时，都觉得与自己无关，感到很陌生"。① 土改的目的就是瓦解以血缘、家族、宗法等因素为基础的社会结构，而以阶级性鲜明的新的结构取而代之。

阶级话语的"外来"性质，决定了阶级关系在村庄中必需的建构过程。如果说《太阳照在桑干河上》努力叙述阶级话语生成和确立的过程，着眼于建构从"旧中国"到"新中国"的变化，那么《暴风骤雨》则已力图将阶级斗争叙述为历史自身的展开——这里体现出更为自觉的叙事意识。《暴风骤雨》之所以被认为太过"简单"，不是阶级关系"复杂性"展示不够，而是这里只有阶级关系。恶霸和穷苦大众都依照各自的阶级本质而存在、而行动，除此之外并不表现其他面向的属性。而且阶级关系被表现为是村庄内部本有的、自然的，外部力量仅仅是起一个唤醒阶级意识的作用。这一叙事消弭了阶级问题在农村的建构过程。

再回到丁玲与赵树理。1946 年周扬在评价赵树理小说的时候即指出，中国农村的变革过程，是"现阶段中国社会最大的最深刻的变化，一种由旧中国到新中国的变化"。② 这里明确表达了一种新的叙事期待。同样是表现新中国，想象新农村，拥有更先进的世界观的丁玲，后来居上，更深刻宏大地表达了这一"由旧中国到新中国的变化"。《太阳照在桑干河上》以明确而积极的姿态回应了四十年代后期中国革命变革乡村社会的过程。小说在乡土中国的土壤上塑造了"中国的新时代和中国新人"。在小说翻译成俄文的时候，丁玲也这么说："我感到我在苏

---

① ［美］R. 麦克法夸尔、费正清编：《剑桥中华人民共和国史（1966—1982）》，多人译，中国社会科学出版社 1998 年版，第 651 页。
② 周扬：《论赵树理的创作》，《解放日报》1946 年 8 月 26 日。

联读者面前负有重大的责任,他们将会把我的书当作了解中国农村,了解土改情况,了解中国新时代和中国新人的一个源泉。"①

这一对新旧中国的更迭的书写,绝非对政治路线的图解。作者虽然充满热情地想象和建构新的社会图景,但同时真实地记录了中国农村的状况和变化的"过程";作者史诗般地书写了四十年代的历史变革,但又以倒叙和回忆的方式保留了革命话语进入农村之前的"旧中国"的社会图景;作者既充满国家民族的历史感,却不忘顾及个人叙事(包括融入作者亲身经历和个人体验)。因此,对于这种叙事的结果即"新中国"而言,《太阳照在桑干河上》不仅体现了历史发展的线性即纵向特征,也展现了历史发展的宽度即横向特征。更重要的是,它叙述的是阶级话语进入乡村,并分化乡村社会的过程。

如果我们将这一阶级话语的建构视作一种现代性,如果我们认同这一新中国想象的过程——包括工农兵文艺和社会主义文学,那么它本质上体现了一种"将现代性组织现代民族国家的过程自然化、客观化、历史逻辑化"。② 而在这一过程中,在现当代文学叙事模式转换的时刻,《暴风骤雨》较之《太阳照在桑干河上》能表现出更大的"进步"。它把"阶级"这一现代性话语进入村庄的过程自然化了,从而将阶级斗争视作了历史前进的必然和必需手段。就此而言,是《暴风骤雨》而不是《太阳照在桑干河上》更能标志"社会主义现实主义"写作范式的基本确立。在这个意义上,《暴风骤雨》的"史诗性"并不逊让《太阳照在桑干河上》,它对于"十七年"期间革命史诗的写作可能有着较后者更为深入的影响。

《暴风骤雨》的结尾两个细节极具历史寓意:一是军属代表王老太太对参军村民出征前的发言:

咱们翻身了,南边的穷人还没有翻身,光咱们好了,忘了人

---

① 丁玲:《〈太阳照在桑干河上〉俄译本前言》,《丁玲论创作》,上海文艺出版社1985年版,第15页。
② 李杨:《抗争宿命之路——"社会主义现实主义"(1942—1976)研究》,时代文艺出版社1993年版,第117页。

还掉在火坑里，那是不行。①

　　这句话一方面标志着伴随着土改的完成，中共在东北已经站稳脚跟，即将向南进发；另一方面，"翻身"成功的农民已经突破了狭隘的眼界，有了"国家"（"新中国"）的意识。"民主"意识和"阶级"意识，加上"国家"意识，新中国农民的思想基础逐渐形成。

　　二是小说的结尾，萧队长召集屯里党员商议："咱们要开始整党和建党，建立支部，工作队都得取消了，日后屯子里的工作都靠支部来坚持开展。"②"党支部"的建立，预示了新中国政治管理最基层形态建构的完成。"工作队"的指导作用逐渐让位于党支部、村委会加农会的管理体制。

　　有文学史家曾指出："当代文学创作中存在一个重大的问题：即有不少表现现实生活（尤其是农村生活）的作品，有不同程度的围绕政策，围绕着当时阶级关系的分析转的情况。"③若将这一现象追溯至《暴风骤雨》，未必完全无理。不过，除了正视其"想象中国的方法"的影响外，我们更愿意将之视为一种教训。就在《暴风骤雨》出版后的十三年，另一文学史家以普遍人性和"个人命运"的视角，如此打量革命文学的道德问题：

> 　　大部分中国作家把他们的同情只保留给贫苦者和被压迫者；他们完全不知道，任何一个人，不管他的阶级与地位如何，都值得我们去同情了解。这一个缺点说明了中国现代文学在道德意识上的肤浅：由于它只顾及国家的与思想上的问题，它便无暇以慈悲的精神去检讨个人的命运。④

----

① 周立波：《暴风骤雨》，《周立波文集》第一卷，上海文艺出版社1981年版，第513页。
② 同上书，第514页。
③ 洪子诚：《当代中国文学的艺术问题》，北京大学出版社1986年版，第38页。
④ 夏志清：《中国现代小说史》，刘绍铭等译，（香港）中文大学出版社2001年版，第77页。

结　　语

对于中国来说,"民族"这一概念并不陌生,西方的民族国家体系才完全是崭新的事物。社会学家费孝通在二十世纪八十年代提出"中华民族多元一体格局"的著名论断时,也认为:"中华民族作为一个自觉的民族实体,是在近百年来中国和西方列强的对抗中出现的,但作为一个自在的民族实体,则是在几千年的历史过程中形成的。"①基于此,也有学者不赞同"民族国家""民族国家想象"的提法,认为中国不同于西方,自秦汉以来一直是民族国家。中国现代文学的本质还是现代性而不是民族国家性质。② 这一观点不无道理。

所以本书所论的"新中国想象"(偶尔也会涉及"民族国家想象"一词,主要是出于一些引用的方便),立足点在于国家,而非民族。从中国现代思想史角度看,晚清民初是民族主义思潮的顶峰(兼有对内的排满和对外的亡国亡种危机双重意识)。但随着民国的建立,国家观念逐渐占据主角。即便是三四十年代"民族危亡"时期,国家也未被民族所取代。当然,"中华民族""民族革命战争"等词汇仍然是具有相当号召力的。所以"民族"与"国家"并置也不无道理。

以上讨论的重要文学家包括宗白华、李长之、废名、沈从文、朱自清、袁可嘉、穆旦、赵树理、丁玲、周立波等。然而,这一名单还

---

① 费孝通主编:《中华民族多元一体格局》(修订版),中央民族大学出版社1999年版,第3页。
② 昌切:《现代进程中的民族与国家》,《安徽大学学报》2011年第5期。

可以更长：如老舍、冯至、萧红、朱光潜、李广田、萧乾、钱锺书、张爱玲、杨晦、储安平等。他们都直接或间接地对新中国的未来提供了建设的方案或想象的图景，也对中国现代文学的命运与未来充满了担忧或憧憬。

对于继承了梁启超一代以文学助力"群治"，以及"五四"一代以文艺启蒙民众这两大传统的现代作家而言，四十年代的抗战以及战后的政治协商，为他们登上历史舞台提供了一个前所未有的契机。吊诡的是，越是充满民族复兴的希望的年代，越不属于知识分子的年代：抗战时期，他们歌颂抗战建国，但社会的主要推动者却是平民大众（尤其是农民），老师与学生的关系颠倒了；战后，他们中的相当多数一度以从政或议政的方式参与国共政治协商、国会、宪政等政治活动，试图以第三种力量的姿态介入时局，宣扬非武力的、重文化的发展方式和道路，然而最后解决中国问题的仍然是武力。忙活了十二年，他们也没能成为社会和国家的立法者。相反，一个前所未有的文化体制的建立，使文学家们不得不开始接受由主体性角色向功能性角色的过渡，成为践行政治意识形态的阐释者。

其实，以文学想象国家是一回事，真要落到实处，实非文学者所擅长。四十年代夏衍的《法西斯细菌》、老舍的《四世同堂》，以及五十年代曹禺的《明朗的天》等文学作品，都让知识分子现身说法，批判专业思想的无用。不仅如此，有人还质疑："真的把社会的价值体系交予知识分子，是否就能保证不走弯路。也就是说，中国的知识分子是否真的能承担起价值的责任。纵观中国近代的历史，除了客观的政治因素之外，每一次的变革或者动乱，都是以意识形态作为主导。好的说法是启蒙，坏的说法是蛊惑。所以受难最多的是知识分子，为祸最烈的也是知识分子。"[1]

四十年代的文学者们何尝不明白这一道理？但传统文化中"士"之入世被推崇，天下兴亡匹夫有责精神的源远流长，早已深入知识

---

[1] 季红真：《世纪末的回顾》，《读书》1996年第7期。

分子的内心世界。卞之琳曾自叹"小处敏感,大处茫然",岂非现代作家的一种普遍精神写照?但感时忧国又岂会因这一种"茫然"而轻易去之?这一点正契合了关于历史发展的动力的这一描述:"一切文明的主动动力并不是理性,倒不如说,尽管存在着理性,文明的动力仍然是各种感情——譬如尊严、自我牺牲、宗教信仰、爱国主义以及对荣誉的爱。"[①]

四十年代文学正是经由宏大乃至模糊的"抗战建国"的号召,完成了对民族国家形象的重构和确认。在这一过程中,中华民族完成了从"一个自在的民族实体"到"一个自觉的民族实体"的转变。抗战前,国家想象的主体是知识分子,想象的主要模式是对外学习和追赶西方,对内启蒙民众;抗战后,国家想象的主体仍然是知识分子,但想象的主要模式是建立自觉的现代民族国家,在内部倚仗民众,在外部则提出与西方列强平起平坐。

其中,"乡土中国"的觉醒是标志性进步。以农民为代表的普通民众一直是文化启蒙的客体和需要拯救的对象,缺少民族的主体意识和现代国民的自觉性。他们是民族危机的看客,却也是民族危机的受害者。《生死场》详细描写了东北沦陷后民众由于生存危机而导致民族意识觉醒的过程。在沦陷之前,当地村民们"从前不晓得什么叫国家,从前也许忘掉了自己是哪国的国民",但在日本入侵之后,村民们歃血为盟,在装好子弹的匣枪面前宣誓"救国":"生是中国人,死是中国鬼"。姚雪垠的《差半车麦秸》中,如果没有抗战的爆发,主人公王哑巴可能永远都是"五四"作家笔下那种需要启蒙的麻木农民,但是战争使得王哑巴的命运和思想都发生了激烈的变化,朴素的民族主义思想指引他参与了民族解放事业。在这些小说中,农民已经不再是麻木的看客、被启蒙的对象和等待拯救的客体,而是生发了现代国民意识与民族认同感的现代国民。

[①] [法]古斯塔夫·勒庞:《乌合之众:大众心理研究》,冯克利译,中央编译出版社2004年版,第94页。

四十年代文学还通过前所未有的对边疆生活的描写，拓宽了疆域与民族的认识，从而完成了一个崭新中国的想象。比如，青苗的《特鲁木旗的夜》，写的是绥蒙之间战士的抗日；徐盈的《汉夷之间》，表现了汉族与其他民族的隔阂，并分析了汉族地主对夷胞的诈骗欺压以及官吏的敲诈剥削等影响民族和谐相处的现象。此外，徐盈的《黑货》《向西部》等小说也表达了类似主题。端木蕻良的长篇《大地的海》写了东北边疆人民联合朝鲜爱国者共同抗日的故事。骆宾基的《边陲线上》《混沌》讲述的也都是东北的汉族游击队与朝鲜农民并肩作战。杨朔的《帕米尔高原的流脉》则歌颂了共产党领导下边区的欣欣向上的景象。

这些对现代中国形象的纪实或幻想，既有纵向的对晚清以降的民族国家观念的理论结构的继承，也横向地呼应了历史学、社会学和人类学各领域在四十年代对中国形象的考察和重新塑造。历史学方面，顾颉刚、郭沫若、范文澜、钱穆等著名史学家都在四十年代写出了他们关于中国历史的代表作。社会学与人类学方面，则有众多关于中国西南或西北地区的研究成果：任乃强《泸定导游》（1939）、长寿《凉山罗彝考察报告》（1940）、吴泽霖等《贵州苗夷社会研究》（1942）、林耀华《凉山夷家》（1944）、徐嘉瑞《大理古代文化史》（1945）、田汝康《芒市边民的摆》（1946）、俞湘文《西北游牧藏区之社会调查》（1947）、费孝通等《皇权与绅权》（1948）等。这些研究考察了中国四川、贵州、云南、西藏、新疆等地区。而这些地区是历来被忽视或边缘化的、中原文化区以外的中国文化重要区域。其他还包括范长江的著名采风作品《中国的西北角》，王洛宾、李依若等对西北和西南民歌的收集整理等。

三四十年代的中国学术达到一个前所未有的繁荣程度，这一点可以从两个角度理解：其一，从学术积累和传统形成的角度，三四十年代的学术是在前人，包括近代甚至清代学术的基础上发展的（但主要影响还是近代因素，尤其是现代西方科学方法的引入引发的学术革命），是学术史累积的自然结果。其二，从历史条件的刺激的角度，抗战作为近代中国最重大的事件之一，对知识界的跨越式发展起了前所未有的作用，所谓一日千里，是在抗战建国的统一的理念的影响下发生的。学术不再仅仅是个人的事情，还与一个国家的教育文化的传承（这一点对民族的兴亡无疑是很重要的），以及一个新中国构建的规划都发生关系——这成为知识界的一种普遍的认识。

影响 20 世纪中国文学的最重要因素是政治。政治话语（包括国家话语）无处不在。四十年代文学的新中国想象本质上是一种现代性建构。更为确切地说，是一种关于中国这一特殊地理范围内的现代性认识，或曰中国现代性问题的探索。但它却处处受到政治的掣肘。相关的影响既包括民族话语，自然也还有阶级话语。

抗战胜利伊始的 9 月 4 日，蒋介石发表《抗战胜利告全国同胞书》，宣示"建立三民主义新中国、推行民主宪政还政于民、实施军队国家化"三点建国方针。这一宣传口号是广大知识分子所向往和追求的梦想。1949 年 9 月，"中国人民政治协商会议"召开，9 月 22 日《人民日报》发表社论《旧中国灭亡了，新中国诞生了》，曰："中国人民政治协商会议的开幕，是中国光辉灿烂的人民的新世纪的开端。这是全中国人民空前大团结的会议。这个会议宣告了旧中国的永远灭亡和新中国的伟大诞生。"这一事件也未必不是知识分子所向往和追求的。

左翼作家杨刚在 1943 年所写的一篇反思自我道路的文章中说："我放逐了那些无谓的自我感伤、晦暗的探索、放逐了一些花眉绿眼、机灵巧诈的字句，放逐了晦涩，放逐了轻灵，我放逐了那种为将来写作，而把眼泪流在背脊上面的罪恶欲望。我生在今天的人民中间，虽然我微弱到不能够理解他们，可是，我要尽力组织我的生活与感情，一分一厘也不要浪费在人民以外的东西身上。"[①]

那么非左翼作家，除了沈从文等极少数之外，又有多少不是含有与杨刚相似的情感呢？看看四十年代的作家们怎么说的吧：

---

① 杨刚：《一个知识分子的自白》，《中原》1943 年创刊号。

"浪漫主义",这是西洋文化的精髓,而中国传统文化所最缺少的部分。因为中国人的生活态度是过分地现实,平易,而中庸化了的缘故,影响到文化的各方面,包含文学艺术在内,都缺乏一种生动、飞跃、幻想的成分……中国要复兴,整个的民族生活态度必须要浪漫化,要民族浪漫化,先得从文学艺术上发扬出浪漫的精神。①

四十年代中国作家的国家想象,上承晚清至二三十年代的民族救亡意识,下启社会主义中国的独特发展道路。它建立在中国成为世界强国(起码是名义上的,"四强"或"五强")这一基础上,因而在面对西方文化时具有了一种空前的自信;同时,它对中国民族文化和外来文化进行了较为系统综合的梳理,因而内在地支援了共产主义和社会主义在中国的传播及相应政权的建立。这一丰富的历史资源对于理解四十年代文学转折,以及反思二十世纪中国知识分子和中国文学,都有重要的启示意义。

---

① 常燕生:《新浪漫主义与中国文学》,《青年生活》1946年创刊号。

参考文献

一 作品集

1. 《艾青全集》，花山文艺出版社1991年版。
2. 《储安平集》，东方出版社2011年版。
3. 《丁玲全集》，河北人民出版社2001年版。
4. 《废名集》，北京大学出版社2009年版。
5. 《郭沫若全集》，人民文学出版社1982年版。
6. 《胡风全集》，湖北人民出版社1999年版。
7. 《九叶集》，江苏人民出版社1981年版。
8. 《老舍文集》，人民文学出版社1980年版。
9. 《李长之文集》，河北教育出版社2006年版。
10. 《穆旦诗文集》，人民文学出版社2006年版。
11. 《沈从文全集》，北岳文艺出版社2002年版。
12. 《闻一多全集》，湖北人民出版社2004年版。
13. 《赵树理全集》，北岳文艺出版社1986年版。
14. 《宗白华全集》，安徽教育出版社1994年版。
15. 《朱自清全集》，江苏教育出版社1997年版。
16. 《毛泽东选集》，人民出版社1990年版。
17. 《毛泽东文集》，人民出版社1993—1999年版。

二　研究专著

1. ［美］本尼迪克特·安德森：《想象的共同体——民族主义的起源与散布》，吴叡人译，上海人民出版社 2003 年版。

2. 陈建华：《革命的现代性：20 世纪中国革命话语考论》，上海古籍出版社 2000 年版。

3. 陈思和：《中国新文学整体观》，上海文艺出版社 1987 年版。

4. 陈志让：《军绅政权：近代中国的军阀时期》，广西师范大学出版社 2008 年版。

5. 陈孝全：《朱自清传》，北京十月文艺出版社 1991 年版。

6. 程光炜：《文化的转轨——"鲁郭茅巴老曹"在中国 1949—1976》，光明日报出版社 2004 年版。

7. 戴光中：《赵树理传》，北京十月文艺出版社 1987 年版。

8. 董大中：《赵树理评传》，百花文艺出版社 1986 年版。

9. ［美］杜赞奇：《从民族国家拯救历史：民族主义话语与中国现代史研究》，王宪明等译，社会科学文献出版社 2003 年版。

10. 范智红：《世变缘常——40 年代小说论》，人民文学出版社 2002 年版。

11. ［美］费正清、费维凯编：《剑桥中华民国史》，杨品全、刘敬坤等译，中国社会科学出版社 1994 年版。

12. 冯友兰：《新事论：中国到自由之路》，生活·读书·新知三联书店 2007 年版。

13. 高华：《红太阳是怎样升起的：延安整风的来龙去脉》，（香港）中文大学出版社 2000 年版。

14. ［美］格里德尔：《知识分子与现代中国》，单正平译，南开大学出版社 2002 年版。

15. ［法］古斯塔夫·勒庞：《乌合之众：大众心理研究》，冯克利译，中央编译出版社 2004 年版。

16. ［德］顾彬：《二十世纪中国文学史》，范劲等译，华东师范大学出版社 2008 年版。

17. 贺桂梅：《转折的时代：40—50 年代作家研究》，山东教育出版社 2003 年版。
18. 何兆武：《上学记》，生活·读书·新知三联书店 2006 年版。
19. ［美］洪长泰：《到民间去：1918—1937 年的中国知识分子与民间文学运动》，董晓萍译，上海文艺出版社 1993 年版。
20. 洪子诚：《问题与方法》，生活·读书·新知三联书店 2002 年版。
21. ［英］霍布斯鲍姆：《民族与民族主义》，李金梅译，上海人民出版社 2000 年版。
22. ［美］金介甫：《沈从文传》，符家钦译，国际文化出版公司 2005 年版。
23. ［法］雷蒙·阿隆：《知识分子的鸦片》，吕一民、顾杭译，译林出版社 2005 年版。
24. 李书磊：《1942：走向民间》，山东教育出版社 1998 年版。
25. 李杨：《抗争宿命之路——"社会主义现实主义"（1942—1976）研究》，时代文艺出版社 1993 年版。
26. 李杨：《50—70 年代中国文学经典再解读》，山东教育出版社 2003 年版。
27. 李怡：《现代性：批判的批判》，人民文学出版社 2006 年版。
28. 李泽厚：《中国现代思想史论》，东方出版社 1987 年版。
29. 林毓生：《中国意识的危机——五四时期激烈的反传统主义》，穆善培译，贵州人民出版社 1986 年版。
30. 凌宇：《沈从文传》，北京十月文艺出版社 1988 年版。
31. 刘禾：《跨语际实践——文学、民族文化与被译介的现代性》，宋伟杰译，生活·读书·新知三联书店 2002 年版。
32. ［捷克］普实克：《普实克中国现代文学论文集》，湖南文艺出版社 1987 年版。
33. 钱理群、温儒敏、吴福辉：《中国现代文学三十年》（修订本），北京大学出版社 1998 年版。

34. 钱理群：《1948：天地玄黄》，山东教育出版社 1998 年版。
35. 钱穆：《国史大纲》，商务印书馆 1996 年版。
36. 钱穆：《中国文化史导论》，商务印书馆 1994 年版。
37. ［美］萨义德：《知识分子论》，单德兴译，生活·读书·新知三联书店 2002 年版。
38. ［美］萨义德：《文化与帝国主义》，李琨译，生活·读书·新知三联书店 2003 年版。
39. ［美］萨义德：《权力、政治与文化——萨义德访谈录》，单德兴译，生活·读书·新知三联书店 2006 年版。
40. ［美］史景迁：《天安门：知识分子与中国革命》，尹庆军等译，中央编译出版社 1998 年版。
41. 汤拥华：《宗白华与"中国美学"的困境：一个反思性的考察》，北京大学出版社 2010 年版。
42. 唐小兵：《英雄与凡人的时代》，上海文艺出版社 2001 年版。
43. 唐小兵编：《再解读：大众文艺与意识形态》，北京大学出版社 2007 年版。
44. 王德威：《想像中国的方法：历史·小说·叙事》，生活·读书·新知三联书店 1998 年版。
45. 王德威：《抒情传统与中国现代性》，生活·读书·新知三联书店 2010 年版。
46. 王晓明编：《二十世纪中国文学史论》，东方出版中心 1997 年版。
47. 王晓明编：《批评空间的开创：20 世纪中国文学研究》，东方出版中心 1998 年版。
48. 王瑶：《中国新文学史稿》，新文艺出版社 1954 年版。
49. 夏志清：《中国现代小说史》，刘绍铭等译，（香港）中文大学出版社 2001 年版。
50. 谢泳：《西南联大与中国现代知识分子》，湖南文艺出版社 1998 年版。
51. 谢泳：《逝去的年代：中国自由知识分子的命运》，文化艺术出版社 1999 年版。

52. 谢泳：《储安平与〈观察〉》，中国社会出版社 2005 年版。

53. 谢泳：《书生的困境——中国现代知识分子问题简论》，广西师范大学出版社 2009 年版。

54. 徐贲：《知识分子——我的思想和我们的行为》，华东师范大学出版社 2005 年版。

55. 徐中约：《中国近代史》，计秋枫、朱庆葆、郑会欣译，（香港）牛津大学出版社 2002 年版。

56. 许纪霖：《二十世纪中国思想史论》，东方出版中心 2000 年版。

57. 许纪霖：《新世纪的思想地图》，天津人民出版社 2002 年版。

58. 杨奎松：《"中间地带"的革命——国家大背景下看中共成功之道》，山西人民出版社 2010 年版。

59. 杨联芬：《晚清至五四：中国文学现代性的发生》，北京大学出版社 2003 年版。

60. 杨联芬：《中国现代小说导论》，四川大学出版社 2004 年版。

61. 杨联芬等：《二十世纪中国文学期刊与思潮（一八九七——一九四九）》，百花洲文艺出版社 2006 年版。

62. 姚丹：《西南联大历史情境中的文学活动》，广西师范大学出版社 2000 年版。

63. ［美］易劳逸：《毁灭的种子》，王建朗等译，江苏人民出版社 2009 年版。

64. 余英时：《士与中国文化》，上海人民出版社 1987 年版。

65. 余英时：《现代危机与思想人物》，生活·读书·新知三联书店 2005 年版。

66. 岳南：《南渡》《北归》《伤别离》，（台北）时报文化出版公司 2011 年版。

67. 张新颖：《20 世纪上半期中国文学的现代意识》，生活·读书·新知三联书店 2001 年版。

68. 朱鸿召：《延安文人》，广东人民出版社 2001 年版。

69. ［日］竹内好：《近代的超克》，李冬木、赵京华、孙歌译，生活·读书·新知三联书店2005年版。

三 研究论文

1. 陈思和：《关于编写中国二十世纪文学史的几个问题》，《天津社会科学》1996年第1期。
2. 陈思和：《共名和无名：百年中国文学发展管窥》，《上海文学》1996年第10期。
3. 陈思和：《简论抗战为文学史分界的两个问题》，《社会科学》2005年第8期。
4. 陈思和：《评"中国现代文学史多元共生新体系"——范伯群教授的新追求和新贡献》，《文艺争鸣》2009年第7期。
5. 陈太胜：《从李长之到梁宗岱——兼论中国新文化运动的第二期》，《文艺争鸣》2004年第1期。
6. 程映虹：《政治朝圣的背后》，《读书》1998年第9期。
7. 范家进：《农民启蒙的政治遭遇和形式探寻》，《中国现代文学研究丛刊》2006年第4期。
8. 郭建玲：《1945—1949年中国现代文学格局转型研究》，博士学位论文，华东师范大学，2007年。
9. 李春青：《略论"意境说"的理论定位问题——兼谈中国文论话语建构的可能》，《文学评论》2013年第5期。
10. 刘志荣：《抗战爆发：中国20世纪文学史上的重要分界线》，《复旦学报》（社会科学版）2001年第4期。
11. 刘增人：《四十年代文学期刊扫描》，《中国现代文学研究丛刊》2003年第2期。
12. 罗钢：《意境说是德国古典美学的中国变体》，《南京大学学报》（哲学·人文科学·社会科学）2011年第5期。
13. ［日］丸田孝志：《国旗、领袖像：中共根据地的象征（1937—1949）》，刘晖译，《中国社会历史评论》2009年第十卷。

14. 王富仁：《关于左翼文学的几个问题》，《中国现代文学研究丛刊》2002 年第 1 期。

15. 王富仁：《河流·湖泊·海湾——革命文学、京派文学、海派文学略说》，《中国现代文学研究丛刊》2009 年第 5 期。

16. 王富仁、朱鸿召、袁盛勇：《反思与重启：延安文学及其研究的当代性》，《学术月刊》2006 年第 2 期。

17. 王增进：《关于"知识分子"词源的若干问题》，《经济与社会发展》2003 年第 1 卷第 1 期。

18. 王丽丽、程光炜：《中国现代文学的又一次探索——试论四十年代的文学环境》，《海南师范学院学报》（社会科学版）2003 年第 2 期。

19. 王培元：《左翼文学是如何被消解的》，《中国现代文学研究丛刊》2002 年第 1 期。

20. 王培元：《政治漩涡中的延安文人》，《中国现代文学研究丛刊》2002 年第 4 期。

21. 王亚平、徐刚：《"五四"的改写与重塑——兼谈四十年代的文学转折与"当代文学"发生问题》，《社会科学论坛》2010 年第 1 期。

22. 文贵良：《危机与新生——战争年代（1937—1949）的文学话语转型》，博士学位论文，复旦大学，2006 年。

23. 吴晓东：《〈长河〉中的传媒符码——沈从文的国家想象和现代想象》，《视界》2003 年第 12 辑。

24. 吴晓东：《战乱年代的另类书写——试论废名的〈莫须有先生坐飞机以后〉》，《现代中国》第六辑，北京大学出版社 2005 年版。

25. 许纪霖：《书写知识分子的历史》，《书屋》1997 年第 5 期。

26. 许纪霖：《社会民主主义的历史遗产——现代中国自由主义的回顾》，《开放时代》1998 年第 4 期。

27. 许纪霖：《上半个世纪的自由主义》，《读书》2000 年第 1 期。

28. 杨奎松：《毛泽东发动延安整风的台前幕后》，《近代史研究》1998

年第 4 期。
29. 杨奎松：《关于战后中共和平土改的尝试与可能问题》，《南京大学学报》（哲学社会科学版）2007 年第 5 期。
30. 杨奎松：《新中国土改背景下的地主问题》，《史林》2008 年第 6 期。
31. 杨联芬：《孙犁：革命文学中的"多余人"》，《中国现代文学研究丛刊》1998 年第 4 期。
32. 易彬：《他非常渴望安定的生活——同学四人谈穆旦》，《文汇读书周报》2002 年 9 月 27 日。
33. 易彬采写：《"我当然很想到解放区去"——访诗人彭燕郊》，《新文学史料》2008 年第 1 期。
34. 易彬采写：《"那代人都很理想主义"——访诗人彭燕郊》，《新文学史料》2008 年第 2 期。
35. 易彬采写：《彭燕郊回忆同时代作家》，《新文学史料》2008 年第 4 期。
36. 臧棣：《袁可嘉：40 年代中国诗歌批评的一次现代主义总结》，《文艺理论研究》1997 年第 4 期。
37. 张霖：《两条胡同的是是非非》，《文学评论》2009 年第 2 期。
38. 张岩泉：《诗人的聚合与诗坛的分化——40 年代与九叶诗派有关的三次论辩述评》，《湖北三峡学院学报》2000 年第 3 期。
39. 赵园、钱理群、洪子诚等：《20 世纪 40 至 70 年代文学研究：问题与方法》，《中国现代文学研究丛刊》2004 年第 2 期。

四　民国报刊

1. 《宇宙风》（1935 年 9 月—1947 年 8 月）
2. 《文学杂志》（1937 年 5 月—1937 年 8 月，1947 年 6 月—1948 年 11 月）
3. 《七月》（1937 年 9 月—1941 年 9 月）
4. 《大公报》汉口版（1937 年 9 月—1938 年 10 月）、重庆版（1938 年 12 月—1952 年 8 月）

5. 《新华日报》（1938年1月—1947年2月）

6. 《文艺阵地》（1938年4月—1944年3月）

7. 《抗战文艺》（1938年5月—1946年5月）

8. 《宇宙风乙刊》（1939年3月—1941年12月）

9. 《鲁迅风》（1939年1月—1939年9月）

10. 《中国文化》（1940年2月—1941年8月）

11. 《黄河》（1940年2月—1944年4月）

12. 《大众文艺》（1940年4月—1940年12月）

13. 《战国策》（1940年4月—1941年7月）

14. 《解放日报》（1941年5月—1947年3月）

15. 《万象》（1941年7月—1945年6月）

16. 《诗创作》（1941年6月—1944年3月）

17. 《文讯》（1941年10月—1944年7月；1946年1月—1946年12月；1947年6月—1948年12月）

18. 《谷雨》（1941年11月—1942年8月）

19. 《文艺先锋》（1942年10月—1948年9月）

20. 《人世间》（1942年10月—1943年11月；1947年4月—1949年5月）

21. 《时与潮文艺》（1943年3月—1946年5月）

22. 《民族文学》（1943年7月—1943年11月）

23. 《客观》（1945年11月—1946年4月）

24. 《文艺复兴》（1946年1月—1947年11月，1948年9月—1949年8月）

25. 《观察》（1946年9月—1950年5月）

26. 《东北文艺》（1946年12月）

27. 《诗创造》（1947年7月—1948年10月）

28. 《大众文艺丛刊》（1948年3月—1949年3月）

29. 《中国新诗》（1948年6月—1948年10月）

30. 《文艺报》（1949年9月至今）

后　　记

没想到，我的第一本"著作"就这样出世了。

2012年博士毕业后，我到武汉大学任教。那时候新聘教师是"师资博士后"的身份，即在一般的教学科研之外，还得从事博士后工作。两年后经过出站考核，方转为"固定编制"教师。这本小书就是以博士后出站报告为基础修改的，所以算是三四年前的东西了。

我的博士后研究其实是在博士论文做完之后，"意犹未尽"的产物。所论问题固然不同，但其历史背景和思考视域则是一样的，可以说是博士论文的姊妹篇。然而，由于以博士论文为基础申报获得了国家社科基金后期资助，却尚未结项成书，所以，现在竟然把这后写者先出版——姐姐未出阁，妹妹倒抢先嫁了。

能力一般，水平有限，拙作的平庸粗浅是显见的，疏漏之处也有待日后增补改进。唯一可以自我安慰的是，从硕士论文到博士论文再到博后报告，我的四十年代情结总算有个了结了。虽然我对文本细读，对文学的"内部研究"兴味亦浓，但自从遇上"四十年代"，便一见钟情一往情深，"抗日""战争""迁徙""西部""转折""知识分子精神""建国""新社会"等问题就萦绕于怀，挥之不去，"寤寐思服"。历史学出身的我，深感当代中国的诸多问题，皆可以追溯回四十年代（延续到六七十年代）。这也算一种"感时忧国"罢。

而我所说的"了结"还有一层意思。从博士期间开始，当我选择相关议题的时候，就隐隐感到一丝不安：我所书写、所追忆、所缅怀或者反思的对象，仅仅是所谓"知识分子"，甚至主要是精英知识分子。我关注的仅仅是他们的思想、生活，他们对社会的批评、对国家的想象和设计。而这一群体之外的更广大部分的存在，在我看来，其被关注和书写的意义更为巨大。比如，我的大部分生活在农村的祖父辈和父辈，大都是20世纪头10年至四十年代生人，亲身经历了从"民国"到"新中国"的变迁与转折，他们更有资格讲述历史的丰富和时代的诡谲及个人命运在其中的沉浮。他们当然也有资格讲述"红太阳是怎样升起的"，和红太阳升起以后的岁月。在此之前，我只是将之视作"故事"来聆听，而忽视了其史传的价值。事实上，这一部分的沉默的"他们"，"无言的痛苦是太多了"；而1949年，距今也快七十年了，历史记忆刻不容缓。希望以后可以将部分精力投入到口述史、回忆录的整理和农村社会变迁的研究。

十来年前，读到周德伟先生"岂有文章觉天下，忍将功业误苍生"一联，颇为震撼和感慨。写作此书时，也时时想起这句话，为彼时的前辈先贤，也为从四十年代迄今的中国知识分子。杨奎松先生称之为"忍不住的关怀"，极为恰切。所以，我在书中对一些人事虽略有苛评，但整体上仍是极为钦佩敬服这些先生们的，常有"前不见古人"之感。这也是从事中国现代文学研究最大的收获和感念了。

此书能够写完以至出版，首先感谢我的博士导师杨联芬先生和博士后合作导师方长安先生。他们的指导和帮助让我逐渐走上学术研究的正路。其次感谢我的家人尤其是父母。多年以来，他们一直用爱和关怀支持我的学习和工作。还要谢谢博士后出站报告的答辩老师们：何锡章教授、刘保昌教授、於可训教授、昌切教授、樊星教授、陈国恩教授、金宏宇教授。诸位教授的意见都极为宝贵而有益。在我读博期间，以及到武大工作的过程中，刘勇、李怡、陈太胜、吴晓东、高远东、孙郁、吴子林、罗曼莉等诸位师友都曾经给予帮助和提携，我深怀感激。书中的部分内容，已经在《文学评论》《文艺争鸣》

《鲁迅研究月刊》《长江学术》等刊物发表，在此一并感谢相关的编辑老师。

最后，拙作得以顺利出版，还要感谢中国社会科学出版社陈肖静女士辛苦而细致的工作。

2017 年 10 月

于台湾新竹清华大学